电气设备用六氟化硫的检测与监督

孟玉婵　朱芳菲

中国电力出版社
www.cepp.com.cn

内 容 简 介

本书以介绍六氟化硫气体分析检测技术为主要内容，包括六氟化硫气体实验室检测技术和六氟化硫电气设备现场检测技术两大部分，还包括检测技术人员必需具备的有关基础知识，即六氟化硫气体基本特性、分析化学基础知识、检测误差分析和数据处理知识，此外，阐述了六氟化硫电气设备故障诊断的气体分析技术，六氟化硫新气、运行气和电气设备的监督管理，电力设备用六氟化硫的监控标准等内容。同时还关注了六氟化硫温室效应及回收处理再利用技术。

本书可供电力公司和发电厂从事六氟化硫电气设备运行、试验及检修工作的技术人员、管理人员自学和培训使用。

图书在版编目（CIP）数据

电气设备用六氟化硫的检测与监督/孟玉婵，朱芳菲编著 . —北京：中国电力出版社，2008.12
ISBN 978 - 7 - 5083 - 8027 - 8

Ⅰ. 电… Ⅱ.①孟…②朱 Ⅲ. 气体绝缘材料-氟化物气体分析-检测 Ⅳ. TM213

中国版本图书馆 CIP 数据核字（2008）第 157573 号

中国电力出版社出版、发行

（北京三里河路 6 号 100044 http：//www.cepp.com.cn）
航远印刷有限公司印刷
各地新华书店经售

*

2009 年 1 月第一版 2009 年 1 月北京第一次印刷
787 毫米×1092 毫米 16 开本 10.5 印张 255 千字
印数 0001—3000 册 定价 **19.00** 元

前　言

六氟化硫是一种无毒、不燃烧、具有优异绝缘和灭弧性能的气体。这种绝缘介质在高压电器中的应用，推动了电网技术的进步，加快了电力建设的发展速度。

随着电力工业的迅速发展和技术装备水平的提高，六氟化硫电气设备大量投入运行，相应需要完善和加强对气体绝缘设备的技术监督。过去几十年中，各电网分别组建了"六氟化硫监督检测中心"，负责六氟化硫电气设备气体质量分析、监督和管理。近年来，随着电网的发展，基层单位也开始逐步建立、健全六氟化硫气体监督检测机构。为进一步提高六氟化硫气体监督检测工作的水平，提高从事六氟化硫气体分析工作的人员的技术素质。原电力工业部部属电力科研院所、各大网局都曾进行过多次六氟化硫气体监督检测技术培训考核工作。在专业技术培训工作中，大家深感需要一本科学、实用、系统的六氟化硫气体分析技术读物。为此，作者收集了大量相关资料，力图将多年来电力系统对六氟化硫电气设备在运行、监督、管理、气体质量分析、标准制修订方面所做的大量工作、积累的实践经验和研究成果加以总结，奉献给读者。

本书绪论、第一章、第二章、第四章、第七章由朱芳菲编写，第三章、第五章、第六章、第八章和附录由孟玉婵编写，全书由孟玉婵统稿校核。在本书编写过程中，曾得到有关同志的支持与帮助，在此一并表示感谢。

由于编写人员水平有限，加之时间仓促，书中难免出现错误，恳请读者批评指正。

作　者

2008 年 5 月 21 日

目 录

电气设备用六氟化硫的检测与监督

绪　　论

一、电力行业发展寻求新的绝缘介质

由于社会经济的发展，人们对电能的依赖和需求量日益增加，促使巨型火电站、水电站和原子能电站加速建设。这些巨型电站为了就近取得能源或由于环境保护的要求，往往都远离负荷中心，因而促使电力输送系统向大容量、长距离、超高压方向发展。为此，对电气设备提出了新的要求，而新的电气设备的发展又依赖于优异的绝缘介质和灭弧介质。只有不断引用新的绝缘介质和灭弧介质，才能圆满地解决电力网高电压等级各个发展阶段的技术难题。

电气设备传统的绝缘介质和灭弧介质是绝缘油。这是由于绝缘油具有比空气强度高得多的绝缘特性，其比热容比空气大一倍，液态受热后具有对流特性，使它在电气设备中既作绝缘介质又兼冷却介质。在油断路器中，开断电流时，绝缘油为电弧高温所分解，形成以氢为主体的高温气体，积贮压力，达到一定值后形成气吹。由于氢的热导率极高，使弧道冷却并游离，导致电弧在电流过零时熄灭，使断口间获得良好的绝缘恢复特性，保证了大电流的开断。因此，绝缘油在断路器内既是良好的绝缘介质又是优异的灭弧介质。可见油断路器在高压断路器的发展史上长期占支配地位是有其原因的。但绝缘油最大的弱点是可燃性，而电气设备一旦发生损坏短路，都有可能出现电弧，电弧高温可将绝缘油引燃形成大火。这个问题在城市电网中更为突出。城市对电力依赖性大，要求供电功率大，连续性强，因此在城市电网建设中一系列的供电技术问题（如防火、防过电压、环保等）都需要认真考虑。这就迫使人们改变以油介质为主的绝缘构成，寻求不燃烧、抗老化的新型绝缘介质和灭弧介质。

在 19 世纪末，六氟化硫（化学分子式 SF_6）对大多数人来说，还是陌生的，人们在自然界中未发现它的存在。1900 年法国人首次用元素硫和氟气直接反应合成出六氟化硫气体，并对其物理化学性质进行了初步研究，发现六氟化硫是一种可以与氮气和其他惰性气体相比拟的化学性质极稳定的物质。随着科学技术的发展，六氟化硫气体日益引起人们的兴趣和关注。由于六氟化硫气体具有不燃烧的特性，并具有优异的绝缘性能和灭弧性能，逐步被人们作为新型介质应用于高压电器。1937 年，法国首先将六氟化硫用于高压绝缘电气设备。1955 年，美国西屋电气公司制造了世界上第一台六氟化硫断路器。进入 20 世纪 60 年代，六氟化硫绝缘电气设备的优越性已为世人所公认，各发达国家竞相研制开发该类设备。我国从 20 世纪 60 年代开始研制六氟化硫绝缘电气设备，目前在我国 63～500kV、750kV、±800kV 及 1000kV 电压等级中，六氟化硫断路器和六氟化硫全封闭组合电器（GIS）的应用已相当普遍，110kV 的六氟化硫变压器也已经在运行。

二、六氟化硫气体质量监督的必要性

六氟化硫气体除因相对密度大（约为空气的 5 倍），可能在下部空间积聚引起缺氧窒息外，其纯气是无毒无害的。但是在其生产过程中或者在高能因子的作用下，则会分解产生若干有毒甚至剧毒、强腐蚀性有害杂质。当体系中存在水分、空气（氧）、电极材料、设备材料等，则会导致分解过程的复杂化，致使分解产物的数量和种类明显增加，其危害也显著加大。

六氟化硫气体杂质的危害主要表现在它的分解产物的毒性和腐蚀性。六氟化硫气体中的杂质及分解产物中酸性物质（特别是 HF、SO_2 等）可引起设备材质的腐蚀；水分的存在，在一定条件下可能导致电气性能劣化，甚至造成严重设备事故；而六氟化硫中存在的诸如 SF_4、SOF_2、SF_2、SO_2F_2、HF 等均为毒性和腐蚀性极强的化合物，对人体危害极大，并有可能引起恶性人身事故。因此对六氟化硫气体施行严格的质量监督与安全管理是确保设备可靠运行和人身安全的重要保证。表 0-1 中所列是各国的六氟化硫气体质量标准。

表 0-1 六氟化硫气体质量标准

杂质名称	IEC 标准	日本旭硝子公司标准	联邦德国 KatioChemie 标准
空气（氮、氧）	$\leqslant 2.0\%$	< 0.05	$< 0.02\%$
四氟化碳	$\leqslant 0.24\%$	$< 0.05\%$	10×10^{-6}
水分	$< 25 \times 10^{-6}$（$-36℃$）	$< 8 \times 10^{-6}$	$< 5 \times 10^{-6}$
游离酸（用 HF 表示）	$< 1 \times 10^{-6}$	$< 0.3 \times 10^{-6}$	$< 0.1 \times 10^{-6}$
可水解氟化物（用 HF 表示）	—	$< 5 \times 10^{-6}$	$< 0.3 \times 10^{6}$
矿物油	$\leqslant 10 \times 10^{-6}$	$< 5 \times 10^{-6}$	$< 1 \times 10^{-6}$
六氟化硫纯度（%）	$\geqslant 99.7\%$（液态时）	> 99.8	> 99.9

杂质名称	前苏联 M3K 标准	意大利标准	美国 ASTMP 标准
空气（氮、氧）	$< 0.05\%$	$< 31 \times 10^{-6}$	$< 0.05\%$
四氟化碳	$< 0.05\% \sim 0.04\%$	$0.02\% \sim 0.04\%$	—
水分	$< 0.0015\%$	露点$-55℃$	露点$-55℃$（$-58°F$）
游离酸（用 HF 表示）	0.03×10^{-6}	—	$< 0.6 \times 10^{-6}$
可水解氟化物（用 HF 表示）	—	—	—
矿物油	0.010%	—	$< 5 \times 10^{-6}$
六氟化硫纯度	—	99.9864%	99.89%

注 表中的百分数，除注明为体积分数以外，皆为质量分数。

三、六氟化硫气体的质量监督内容

实现六氟化硫气体质量控制的技术基础和前提是，建立准确可靠的分析检测方法和技术，用以监督检验六氟化硫中的杂质组分和含量。为此国际电工委员会（IEC）于 1971 年和 1974 年颁布，2005 年修订了六氟化硫气体质量标准和六氟化硫新气及电气设备中六氟化硫气体的标准分析方法。我国国家标准 GB 12022《工业六氟化硫》1989 颁布，2006 年修订，GB/T 8905—1996《六氟化硫电气设备中气体管理和检测导则》（目前正在修订）。我国行业标准 DL/T 596—1996《电力设备预防性试验规程》，也分别对六氟化硫气体的分析检测方法和技术、六氟化硫高压电气设备的监督与管理作了相应的规定。表 0-2 简要介绍了六氟化硫气体检测项目、分析方法、仪器设备。

表 0-2 　　　　　　　　　　　六氟化硫气体检测项目、分析方法、仪器设备

序号	项　目	分　析　方　法	仪　器　设　备
1	六氟化硫气体泄漏检测	可以采用局部包扎法或压力降法检测六氟化硫电气设备在一定时间间隔内的漏气量，并根据设备的充气量换算年漏气率	检漏仪，仪器原理可以是：真空电离、电子捕获、紫外电离等
2	气体湿度检测	可以采用重量法、露点法、阻容法、电解法测量气体湿度	微量水分测试仪
3	气体密度检测	精确称量一定体积的六氟化硫气体的质量并将其换算到 20℃、101325Pa 时的质量，根据已知气体的体积计算其密度	球形玻璃容气瓶，天平，流量计等
4	生物毒性检测	模拟大气中氧气和氮气的比例，以 79% 体积的六氟化硫与 21% 体积的氧气混合，小白鼠在此环境中染毒 24h，观察 72h	染毒缸
5	气体酸度检测	一定体积的六氟化硫气体以一定的流速通过内有氢氧化钠的吸收瓶，气体中的酸被过量的碱吸收，用硫酸标准液反滴定吸收液，根据消耗硫酸标准液的体积、浓度和一定吸收体积的气体计算酸度	砂芯洗气瓶微量滴定管
6	空气和四氟化碳检测	气相色谱法，用癸二酸二异辛酯等柱填料分离气体组分，用 TCD、FPD 检测器检测	气相色谱仪
7	可水解氟化物检测	六氟化硫气体在密封的玻璃吸收瓶中与稀碱进行水解，产生的氟离子用比色法和氟离子选择电极法测定	氟离子选择电极，离子活度计，分光光度计等
8	矿物油含量测定	将定量的六氟化硫气体按一定流速通过两个内有一定体积的四氧化碳的洗气瓶，使六氟化硫气体中的矿物油被完全吸收，然后用红外分光光度计测定吸收液在 $2930cm^{-1}$ 处的吸收峰的吸光度，从标准曲线上查找矿物油的浓度	红外分光光度计
9	气体纯度检测	气相色谱法等	气相色谱仪，纯度仪
10	电弧裂解产物检测	气相色谱法检测，或用专用型检气管、检测仪检测	气相色谱仪，检气管、检测仪

　　按现行国家标准，为了控制六氟化硫新气质量，对六氟化硫新气要求做生物毒性测定、密度、酸度测定，杂质组分（如可水解氟化物、空气、四氟化碳、矿物油等）的测定，以及六氟化硫气体纯度的测定。我国规定的六氟化硫气体质量标准见表 8-2、表 8-3。

　　对于六氟化硫电气设备中气体的质量监督和管理，以往我们在实际工作中只注重气体湿度、纯度和电气设备气体泄漏的检测。行业标准 DL/T 596—1996《电力设备预防性试验规程》的颁布，对运行中六氟化硫气体的试验项目、周期提出了新的要求，将六氟化硫电气设备中气体质量监督的范围扩大了。具体要求与标准见表 8-6。

　　在六氟化硫气体杂质中，气体含水量极受关注。气体湿度的检测是气体质量监督的一项重要内容。气体湿度检测方法很多，主要应用的方法有重量法、露点法、阻容法、电解法。温度检测的对象不仅针对六氟化硫新气，还包括六氟化硫电气设备中正在使用的六氟化硫气体。诸多的湿度检测方法中，重量法为国际电工委员会（IEC）推荐的仲裁方法，电解法、露点法、阻容法为日常测量方法。表 0-3 所列为气体中微量水分定量测定的主要方法。

表 0-3　　　　　　　　　　　气体中微量水分定量测定的主要方法

方法名称	检 测 原 理	主 要 特 点
重量法	样品气体定量通过吸湿剂（P_2O_5、$MgClO_4$ 等）后精确称量	为经典水分基准分析方法，作仲裁用，但实验条件及操作要求严格，测定时间长，耗气量大
电解法	样品气体通过电解池，被 P_2O_5 嗅层吸附，同时被电解，将此电解电流放大检出	操作较简便稳定，适于连续在线分析，但测定灵敏度较低（一般需 $>10\times10^{-6}$），间歇测定时达到稳定操作需要时间长
露点法	当测试系统温度略低于样品气体中的水蒸气饱和温度（露点）时，水蒸气结露，通过光电转换输出信号	操作较为简便、可靠，适于间歇测定，测量范围较宽，下限可在 10^{-6} 级，但装置较复杂，需制冷，测量精度与仪器质量关系很大
吸附量热法	利用吸附剂（Al_2O_3 硅胶等）吸附与脱附水分时产生的热反应，通过热敏电阻变化而检出	测量范围较宽，灵敏度、准确度均较高，但对敏感元件要求高，不适于测定化学活泼气体
吸附电测法	将 $\alpha-Al_2O_3$ 制成吸湿敏感元件，利用容抗变化测定水分含量	装置简便，灵敏度高，用气量少，但敏感元件制作复杂
气相色谱法	选择适当色谱柱进行水分离测定	通用性强，用气少，响应快，但操作条件苛刻，至今未能实用化
压电石英振荡法	压电石英晶体因吸湿引起质量变化产生差频（Δf），将其调制、放大检出	灵敏度高，响应快，连续和间歇测定均可，但装置较复杂，价格昂贵

六氟化硫气体在电弧作用下的分解产物分析检测也是六氟化硫气体绝缘电气设备监督的内容。由于六氟化硫气体分解产物组分复杂、含量较低，增加了分析检测的难度。随着分析技术的不断发展，分析手段也不断增加。表 0-4 简要介绍了常用的分析仪器、工作原理和测定物质。

表 0-4　　　　　　　　　　常用的分析仪器、工作原理和测定物质

仪器名称	工 作 原 理	测 定 物 质
离子选择性电极	根据电化学原理，在特定电极体系中某离子浓度与输出电位间存在线性关系，由此确定该物质的含量。灵敏度可达 5×10^{-7}mol/L，选择性强	可水解氟化物及其他可在溶液中转化为氟离子的含氟化合物
紫外—可见光分光光度计	化合物分子对特定波长的紫外光或可见光具有选择吸收的能力。利用光电转化将其定性、定量确认。选择性强、应用面宽	可水解氟化物及其他可在溶液中转化为氟离子的含氟化合物
气相色谱仪	多组分的气体首先在特定色谱柱上分离，利用热导（TCD）和火焰光度（FPD）检测器检定。样品用量少，灵敏度高	可实现十几种六氟化硫分解产物的分离与测定
气相色谱—质谱联用仪	利用色谱的分离技术和质谱确定化合物的成分、结构的定性作用，根据荷质比 M/e 不同，有效地实现多组分样品的定性分析	六氟化硫气体中各类分解产物的定性分析
红外分光光度计	利用各种物质的分子及其官能团所具有的特征红外线吸收特性，定性、定量地测定未知物，可分析多种化合物组成与结构	多种六氟化硫气体中杂质组分的测定
气体检测管	被测气体通过气体检测管，根据管中特定化学显色物质的变化，确定待测组分的含量	可测定 HF、SO 等特定的物质
核磁共振波谱仪	^{19}F 磁共振频率由高分辨的核磁共振波谱仪检出，由于各种基件中 ^{19}F 的化学位移不同，从而检出各种含氟化合物。灵敏度高、扫描速度快	可测定多种电弧分解产物
X 射线衍射	采用 X 射线通过被试晶体物质，记录 X 射线衍射图像，以分析被试物质晶体结构来确定其组分	常用来测定固态分解产物

四、六氟化硫气体在环保方面存在的问题

六氟化硫气体作为优良的绝缘介质和灭弧介质，被广泛地应用于各类高压电器中，包括六氟化硫气体绝缘断路器、GIS、变压器、互感器、电力电缆等。但是，六氟化硫气体同时又具有很强的吸收红外辐射的能力，也就是说，六氟化硫气体是具有极强的温室效应的气体。过去我们对六氟化硫气体的温室效应作用不是没有发现，而是由于地球大气中六氟化硫气体的含量非常低，所以没有得到重视。由于六氟化硫气体在化学性能上是极其稳定的一种气体，它在大气中的寿命约为 3200 年，如以 100 年为基数，它的潜在温室效应作用为 CO_2 的 23900 倍。同时目前排放的六氟化硫气体正以每年 8.7% 的速率增长，这些因素都使我们不能不重新重视六氟化硫气体的温室效应问题。

具有温室效应气体的不断排放引起地球升温，直接威胁到人类的生存，已引起全球的关注。联合国发起召开的《全球气候变暖框架公约缔约国会议》（FCCC），主要商讨防止地球变暖的问题。该会议明确将 CO_2、SF_6、CH_4、NO_2、PFC、HFC 六种气体列为必须加以限制的具有温室效应的气体，并明确规定了各发达国家（主要是美国、欧洲、日本）对六种气体排放量的削减指标。

六氟化硫气体的排放（不包括气体的自然泄漏，自然泄漏仅占 1/1000）主要指六氟化硫电器设备生产中、充气排气中、试验中、设备安装调试中及设备运行检修中直接对大气的排放。要削减六氟化硫气体的排放量，控制六氟化硫气体的温室效应作用，对策应包括：

（1）研究六氟化硫气体的代用品，尽量不用或少用六氟化硫气体。如用 N_2 代替 SF_6，研究 SF_6 与 N_2 的混合气体等。

（2）开发研制新型的六氟化硫高压电器，减小 GIS 等六氟化硫高压电器的尺寸，减少六氟化硫气体的用量。逐步淘汰旧的产品。

（3）减少六氟化硫气体的排放量，提高六氟化硫气体的回收利用率。

在目前还不得不使用六氟化硫气体作为主要的绝缘气体的情况下，六氟化硫高压电器在生产、安装、试验、运行检修中使用专门的气体回收装置，对气体加以回收、处理、再利用应是控制六氟化硫气体的温室效应作用的主要对策。

虽然长期以来，人们对使用六氟化硫产品的前景是很乐观的，目前对六氟化硫气体的回收、处理、再利用已日益得到重视，但是六氟化硫气体在环保方面存在的问题，将成为六氟化硫电器发展中的不确定因素。

六氟化硫气体的基本性质

第一节 六氟化硫气体的物理化学特性

金属和非金属的六氟化物是含氟化合物中的一个庞大的和引人注目的群体。尽管大多数的六氟化物在20世纪初即已发现，但对这些物质的认真研究却仅始于20世纪40年代。目前已知的18种六氟化物，按照它们的化学性质可分为二组，即非金属化合物和金属化合物。第一组以其稳定性著称，第二组在氟化或水解能力上则有很高的活力。六氟化硫属非金属氟化物，经对其物理化学性质的研究，发现六氟化硫具有与氮气和其他惰性气体相比拟的极稳定的化学性质。

一、基本特性

六氟化硫由卤族元素中最活泼的氟原子与硫原子结合而成。分子结构是六个氟原子处于顶点位置而硫原子处于中心位置的正八面体（见图1-1），S与F原子以共价键联结，键距是 1.58×10^{-10} m。

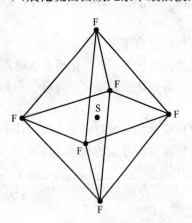

图1-1 六氟化硫分子结构示意图

六氟化硫在常温常压下具有高稳定性，在通常状态下六氟化硫是一种无色、无味、无毒、不燃的气体。其分子等值直径是 4.58×10^{-10} m。

六氟化硫气体的相对分子质量是146.07，空气相对分子质量是28.8。六氟化硫气体的密度是6.16g/L（20℃，101 325Pa时），约为空气密度（1.29g/L）的五倍。由于六氟化硫气体密度比空气密度大得多，因此，空气中的六氟化硫自然下沉，致使下部空间的六氟化硫气体浓度升高，且不易扩散稀释。

二、物理化学性质

在标准状态下六氟化硫是一种无色气体，其密度接近理论值。当冷却到−63℃时变成无色的固体物质，加压时可熔化，其三相点参数为 $t=-50.8℃$，$p=0.23$MPa。

1. 溶解度

六氟化硫在极性和非极性溶剂中的溶解度见表1-1。最早测得六氟化硫在水中的溶解度比氦（He）、氖（Ne）、氙（Xe）、氩（Ar）等惰性气体在水中的溶解度低得多，见表1-2。

2. 热稳定性

六氟化硫气体的化学性质极为稳定，在常温和较高的温度下一般不会发生分解反应，其热分解温度为500℃。六氟化硫在室温条件下与大多数化学物质不发生作用。在温度低于800℃时，六氟化硫为惰性气体，不燃烧。在赤热的温度下，它与氧气、氢气、铝以及其他许多物质不发生作用。但在高温下则与许多金属发生反应，而与碱金属在200℃左右即可反应。使用温度在150～200℃时，要慎重选用与六氟化硫接触的材料。

表1-1　　　　　　　六氟化硫在极性和非极性溶剂中的溶解度　　　　　　（摩尔分数）

溶剂	溶解度	溶剂	溶解度	溶剂	溶解度	溶剂	溶解度
H_2O	0.05×10^{-4}	$n-C_7H_{16}$	100.55×10^{-4}	C_7H_{16}	224.4×10^{-4}	$(C_4F_9)_3N$	731×10^{-4}
HF	1.3×10^{-4}	$i-C_8H_{18}$	153.5×10^{-4}	CCl_4	65.54×10^{-4}	$N_2H_3CH_3$	2.11×10^{-4}
C_6H_6	26.4×10^{-4}	$C_6H_5CH_3$	33.95×10^{-4}	$C_2Cl_3F_3$	278.6×10^{-4}	N_2O_4	93.48×10^{-4}
C_6H_{12}	53.91×10^{-4}	$C_6H_{11}CH_3$	70.15×10^{-4}	CS_2	9.245×10^{-4}	CH_3NO_2	10.0×10^{-4}

$t=25℃$，$p=0.1MPa$

表1-2　　　　　　六氟化硫与氦、氖、氙、氩在水中的溶解度　　　　　　（体积分数）

物质	溶剂	溶解度	物质	溶剂	溶解度
六氟化硫	H_2O	5.5×10^{-3}	氙	H_2O	118×10^{-3}
氦	H_2O	9×10^{-3}	氩	H_2O	34×10^{-3}
氖	H_2O	16×10^{-3}			

3. 热传导性

由于任何物质的传热过程都包括热传导、热对流、热辐射，所以评价传热性能的优劣应综合分析。对于气体介质而言，它的传热效应往往不是单纯的传导作用，还要考虑自然的对流传热、分子扩散运动携带的能量，以及气体与热固体表面接触膨胀扩散传热等。因此综合考虑六氟化硫气体的导热系数、摩尔定压热容和表面传热系数，可以看到六氟化硫气体的热传导性能虽较差，导热系数只有空气的2/3，但它的摩尔定压热容是空气的3.4倍，其对流散热能力比空气大。此外六氟化硫气体的表面传热系数比空气和氢气大。表面传热系数大，表示热物体在单位表面积、单位温差下的散热效果好，因此六氟化硫气体的实际散热能力比空气好，见表1-3。

表1-3　　　　　　　　六氟化硫气体与空气传热性能的比较

性　能	单　位	SF₆	空　气	比　值
热导率	W/（m·K）	0.0141	0.0241	0.66
摩尔定压热容	J/（mol·K）	97.1	28.7	3.4
表面传热系数	W/（m²·K）	15	6	2.5

4. 临界常数

在一定温度下，实际气体压力与体积的关系曲线称为实际气体的等温线。实际气体的等温线平直部分正好缩成一点时的温度称为临界温度。临界温度表示气体可以被液化的最高温度。在临界温度时使气体液化所需的最小压力称为临界压力。六氟化硫的临界压力和临界温度都很高，临界压力 3.9MPa，临界温度为 45.6℃。在临界压力和临界温度下六氟化硫气体的密度是 7.3g/L。

一般的气体其临界温度越低越好，如氮气，临界温度−146.8℃，表明氮气只有在低于−146.8℃时才可以液化。六氟化硫则不然，只有在温度高于 45.6℃ 才能恒定地保持气态，通常条件下很容易液化，所以六氟化硫气体不适于在低温、高压下使用。

六氟化硫气体的升华点为−63.8℃，在此温度下，0.1MPa 的压力可使六氟化硫气体直接转变为固体。六氟化硫气体的熔点为−50.8℃，在此温度下，六氟化硫液态转变为固态，在 0.23MPa 压力下，六氟化硫气体也可以直接转变成固体。

5. 负电性

六氟化硫是负电性气体。负电性是指分子（原子）吸收自由电子形成负离子的特性。六氟化硫气体的这一性质主要是由氟元素确定的。氟元素在周期表上是第七族卤族元素，它的最外层有七个电子，很容易吸收一个电子形成稳定的电子层（八个电子）。元素的负电性可由电子亲和能来评价。当分子或原子与电子结合时会释放出能量，该能量称为电子亲和能。卤族元素均具有负电性，氟具首位。

若干元素的电子亲和能值见表 1-4。当氟与硫结合后，仍将保留此特性。

表 1-4 若干元素的电子亲和能值

元　素	F	Cl	Br	I	O	S	N	SF$_6$
电子亲和能（eV）	4.10	3.78	3.43	3.20	3.80	2.06	0.04	3.4
周期族	Ⅶ	Ⅶ	Ⅶ	Ⅶ	Ⅵ	Ⅵ	Ⅴ	

六氟化硫气体的基本性质与其他气体的比较见表 1-5。

表 1-5 六氟化硫气体的基本性质与其他气体的比较

性　质	单　位	SF$_6$	空　气	H$_2$	N$_2$
密度（0℃）	g/L	6.7	1.29	0.089	1.25
相对分子质量		146	28.9	2.0	28
汽化温度	℃	−63.8	−194.0	−252.8	−195.8
导热系数	W/（m·K）	0.0141	0.0214		
摩尔定压热容	J/（mol·K）	97.1	28.7		
表面传热系数	W/（m²·K）	15	6		
音速（30℃）	m/s	138.5	33.0	1200	330
介电常数	1	1.002	1.0005		
临界温度	℃	45.6		−239.7	−146.8
临界压力	MPa	3.72		1.28	3.35
熔点	℃	−50.8			−210
原子的电子亲和能	eV	3.4			0.04（N）

第二节 六氟化硫气体的电气性能

一、绝缘性能

1. 氟原子的高负电性与六氟化硫的优异的电气性能

电力系统和电气设备中常用气体作为绝缘介质。气体在正常状态下是良好的绝缘介质，但当电极间电压超过一定临界值时，气体介质会突然失去绝缘能力而发生放电现象，此现象称为击穿，表现为火花放电、电弧放电、间隙击穿、电晕、沿面放电等。气体介质之所以会击穿而产生火花放电通道，是由于在强电场下产生了强烈的游离，并发展到自持放电的结果。气体放电的过程实际上是游离复合的过程。

六氟化硫气体是一种高电气强度的气体介质。在均匀电场下它的电气强度为同一气压下空气的2.5~3倍。在0.3MPa气压下六氟化硫气体的电气强度与绝缘油相同。图1-2所示为六氟化硫气体和空气、变压器油在工频电压下击穿电压的比较。

六氟化硫气体的这一特性主要是由六氟化硫的负电性所决定的。气体击穿遵循碰撞游离的规律，六氟化硫气体在强电场下电离，生成六氟化硫正离子和自由电子。由于六氟化硫分子结构以硫原子为中心、6个氟原子分别位于正八面体的顶端，而氟原子是负电性极强的元素，因此它的电子捕获截面大，六氟化硫电子亲和能达到了3.4eV，所以六氟化硫气体可以捕捉自由电子形成负离子。这样，一方面使游离能力很强的电子数目大为减少，削弱了游离因素；另一方面，离子的自由行程比电子短，两次碰撞间获得的动能小，同时在发生弹性碰撞时又容易失去动能，因此离子本身产生碰撞游离的可能性小，所以在气体放电时，负离子起到阻碍放电形成与发展的作用。

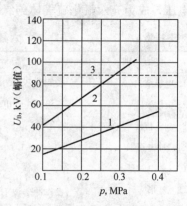

图1-2 六氟化硫气体和空气、变压器
油在工频电压下击穿电压的比较
1—空气；2—六氟化硫；3—变压器油

此外，六氟化硫分子直径大，使得电子在六氟化硫气体中的平均自由行程相对缩短，不容易在电场中积累能量，从而减少了电子的碰撞游离能力。

同时六氟化硫相对分子质量是空气相对分子质量的5倍。六氟化硫离子在电场中运动速度比空气（氧、氮）更慢，正、负离子更容易复合，使气体中带电质点减少。

游离—复合过程可用反应式表示如下：

$$SF_6 \xrightarrow{\text{电离}} SF_6^+ + e \qquad \text{(吸收能量)}$$

$$SF_6 + e \longrightarrow SF_6^- \qquad \text{(放出能量)}$$

$$SF_6^- + SF_6^+ \xrightarrow{\text{复合}} 2SF_6 \qquad \text{(放出能量)}$$

2. 六氟化硫气体绝缘的特点

六氟化硫气体绝缘的特点是：电场均匀性对击穿电压的影响，在0.1MPa气压下远比空气的大，而在高气压下和空气的击穿特性相近。六氟化硫气体与空气相比，他们中的电子等带电质点随电场强度加大而增长的速度，以前者的为大，而电晕的自屏蔽效应以前者的为弱，故六氟化硫在极不均匀电场中的击穿电压比均匀电场中的要低得更多，即电场的均匀程度对六氟化硫击穿电压的影响要比对空气的击穿电压的影响大。

极性对六氟化硫气体击穿电压的影响和空气相似，也和电场均匀程度有关。由于充六氟化硫气体的绝缘结构其电场都是稍不均匀电场，它的负极性击穿电压比正极性击穿电压低，因此六氟化硫气体绝缘的电气设备的绝缘水平决定于负极性。

充六氟化硫气体的电气设备的冲击击穿特性是：放电时延长，冲击系数大，击穿电压随冲击波波头时间的增加而减少，负极性击穿电压比正极性低。若与常规的电气设备变压器相比，其伏秒特性比较平缓，冲击系数又低得多，因而一般认为充六氟化硫的电气设备的绝缘水平主要决定于雷电冲击水平，且是负极性下的雷电冲击。

在均匀、稍不均匀电场中，在 0.1MPa 压力下，空气的击穿电压和电极的表面状态及材料的关系不大。而在高气压下，击穿电压与电极表面状态有很大关系。六氟化硫气体绝缘同样具有高气压下空气绝缘的特性。电极表面粗糙度对六氟化硫气体绝缘的击穿电压的影响，和气压、电压波形、极性等因素有关。在六氟化硫气体中导电粒子的存在也会显著地降低击穿电压，成为充六氟化硫气体绝缘的电气设备的一个故障因素。

表 1-6 六氟化硫气体绝缘与空气绝缘比较

类　　别	空 气 绝 缘	六氟化硫气体绝缘
1. 电场结构	长间隙不均匀电场	短间隙稍不均匀电场
2. 极性效应	正极性击穿电压低	负极性击穿电压低
3. 冲击特性		
(1) 冲击系数	约 1.0～1.1	约 1.1～1.3
(2) 放电时延		同样电场结构下，放电时延比空气长
(3) 波形	操作冲击波下，随着波头时间的改变，击穿电压有极小值	击穿电压随波头时间增加而减小
4. 气体压力	击穿电压随气压增大而增加，但有饱和的趋势	同空气
5. 电极表面状况与导电粒子	无影响	有影响

二、灭弧特性

1. 电弧现象概述

电弧是一种气体导电现象，其特点是：温度很高，中心温度达 10000K；电流密度很大，平均电流密度为 $1000A/cm^2$。

在正常状态下气体的分子是不导电的。所以常温下气体是良好的绝缘介质，但当温度升高到几千度时，气体的分子（原子）大量产生游离，而离解成为正离子和自由电子，这些带电粒子在电极间（触头间）电场的作用下产生定向运动因而造成气体导电现象。

气体导电具有负的伏安特性和负的电阻温度特性。即当电流增加时其电压降下降，当弧柱的温度增大时其电阻减小。

电弧电压降由三部分组成，靠近两个电极的近极区压降和中间等离子区的压降。等离子区的压降在电弧电压降中占主要部分，电弧的特性由等离子体的特性所决定。

等离子体特性中与电弧的燃烧、熄灭直接有关的就是其导电特性（电导率），它是由温度所决定的。断路器灭弧的基本过程，即是对电弧通道采用足够强的冷却手段，使交流电流过零前后电弧通道温度迅速下降，随之等离子体电导率迅速下降，使其带电粒子重新结合成中性分子，过渡到绝缘状态。

2. 六氟化硫气体是一种优良的灭弧介质

作为良好的灭弧介质，首先要在对灭弧具有决定作用的温度范围内，具有良好的导热性，能快速冷却电弧。在电流过零时，能迅速地去游离，使弧隙的介质强度能迅速恢复。六氟化硫气体能很好地满足这些要求。在六氟化硫气体中，对交流电弧的熄灭起决定作用的是六氟化硫气体的负电性，以及六氟化硫气体独特的热特性和电特性。

（1）六氟化硫气体独特的热特性和电特性在熄弧中的作用。六氟化硫气体随温度的增加，分解作用逐渐显著。在温度低于 1000K 时，六氟化硫气体几乎不发生分解。随温度上升，气体开始分解且速度加快。在 2000K 附近达到高峰阶段。此时六氟化硫分子分解成四氟化硫、二氟化硫等低氟化物和硫、氟原子。在温度继续上升时，低氟化物又被分解成硫、氟原子。而电离开始的温度是 4000K 左右，一旦温度超过 5000K，电离速度加快，电导率明显增加，空间形成自由电子和硫、氟离子，形成显著的导电特性。由于实际触头燃弧时，不可避免地有金属蒸汽存在，六氟化硫分解气体电离的下限温度为 3000K，实际弧柱中温度在 3000K 以上就形成导电的弧芯部分，电弧中心温度约为 15000～20000K。

由于气体的分解和离解都要消耗能量，分解和离解加剧时，气体就要大量吸收热量。所以高温下六氟化硫气体的分解和离解反应对导热过程影响很大，致使六氟化硫气体在 2000K 附近有一热传导高峰。这对六氟化硫电弧弧柱截面形状有重要影响。通常称 3000K 以上的区域，即主要的通过电流的区域为"弧芯区"，外面温度较低的区域为"弧焰区"。由于六氟化硫气体在 2000K 附近的热传导高峰，使六氟化硫电弧在弧芯区边界上有很高的热传导能力，传导散热很强烈，温度降低得很快，因此形成陡峭的温度下降的边界，造成高温导电区域内具有高导电率和低热导率。因此六氟化硫电弧电流几乎全部流经电弧高温的中心部分，可见六氟化硫气体中的电弧是由细而辉度高的弧芯部分和低温的外焰部分组成的，而且六氟化硫气体中的电弧直至小电流都有维护细直径、高辉度的特性。六氟化硫电弧弧芯的高温结构可以维持到电流接近零点。

六氟化硫气体这种独特的热特性和电特性形成六氟化硫电弧弧芯的导电率高，因而电弧电压低，电弧功率小，有利于电弧熄灭。同时由于六氟化硫弧柱在电流很小时还维持弧芯导电机构，弧芯的热体积小，在电流零点时的残余弧柱体积小，因此六氟化硫弧柱介质恢复特性好。由于弧芯结构可以维持到电流零点附近，这使六氟化硫电弧不会造成电流截断，在开断感性小电流时不会出现高的截流过电压，而且弧芯的高温可以通过很陡峭的温度特性效应进行散发，可快速冷却电弧。

（2）六氟化硫气体的负电性在熄弧中的作用。电弧在六氟化硫气体中燃烧时，在电弧的高温作用下，电弧空间的六氟化硫气体几乎全部分解为单原子态的氟和硫。在电弧电流过零的瞬间，由于氟和硫都具有很强的负电性，大量地吸附和捕捉自由电子，形成负离子，使 F^- 在电流过零时急剧增多，这些负离子的质量都很大，是电子的几千倍。在电流过零后极性相反时，这些负离子移动缓慢，导致与正离子结合的概率大为增加，使负离子大量复合，所以弧隙的介质强度恢复大为加快。

（3）六氟化硫气体的电弧时间常数。反映灭弧介质最重要的特性之一的参数就是流过电弧的电流在自然过零时弧柱电导变化的时间常数，其值越小越好。通常，把电弧电流突然消失后，电弧电阻增大到 e（2.718）倍时所需时间作为电弧时间常数。电弧时间常数代表电弧电导随输入功率变化的快慢，因此电弧时间常数是介质灭弧性能的重要标志量。小电流试验中，六氟化硫电弧时间常数仅为空气的电弧时间常数的 1/100，即六氟化硫的灭弧能力是空气的 100 倍。大电流电弧试验表明，六氟化硫的开断能力约为空气的开断能力的 2～3 倍。六氟化硫气体优良的灭弧性能与其电弧时间常数小是分不开的。

表 1-7　　　　　　　　　　六氟化硫气体介质与空气介质比较

项　　目	六氟化硫	空　气	项　　目	六氟化硫	空　气
弧芯平均温度（K）	12000～14000	10000～11000	电弧时间常数（μs）	10^{-2}	1

第三节　六氟化硫气体的状态参数

六氟化硫气体和许多气体一样，在不同温度和压力下存在三态。六氟化硫气体在一定容器内不流动时，可用三个状态参数来代表它所处的状态，即压力（p）、密度（ρ）、温度（T）。因气体的大量分子是处在无规则的热运动之中，故气体的状态参数是大量分子运动状态的平均参数。

一、理想气体状态方程

一定量的气体（质量 m，相对分子质量 M_r）一般可以用下列三个量来表征：气体所占的体积（V），气体的体积是气体分子所能达到的空间，与气体分子本身体积的总和完全不同；压强（p），指气体作用在容器器壁单位面积上的正交压力；温度 t 或 T。这三个表征气体状态的量，称为气体的状态参数。

实验表明，表征平衡状态的三个参量 p、V、T 之间存在着一定的关系，我们把气体的 p、V、T 之间的关系式称为气体状态方程。

一般气体，在压力不太大（与大气压相比），温度不太低（与室温相比）的条件下，它遵守玻义耳—马略特定律、盖吕萨克定律和查理定律。也就是温度不变时，压力和体积成反比。体积不变时，压力和温度成正比。压力一定时，温度和体积成正比。遵守这些定律的气体称为理想气体。理想气体的 p、V、T 关系方程称为理想气体状态方程。

许多气体在通常情况下，可视为理想气体，它们的状态参数之间存在简单的关系，即理想气体状态方程式

$$pV = \frac{m}{M_r}RT$$

式中　m——气体质量，g；

　　　p——气体压力，MPa；

　　　T——温度，K；

V——气体体积，L；

M_r——气体摩尔质量，g/mol；

R——摩尔气体常数，为 0.0082MPa·L/（K·mol）。

上述的理想气体状态方程也可以表示为：

$$p = \rho R'T \qquad \rho = \frac{m}{V} \qquad R' = \frac{R}{M_r}$$

式中　ρ——气体密度；

R'——气体常数。

根据气体状态方程可以推断气体状态变化时各参数之间的关系。例如气体在等温压缩（或等温膨胀）时，压力与密度成正比。

二、六氟化硫气体状态参数曲线

在工程应用的范围之内，空气或一般气体都可以当作理想气体来看待，它们与理想气体的特性差异很小，按理想气体分析计算不会有显著误差。六氟化硫气体则不然，由于六氟化硫气体分子质量大，分子之间相互作用显著，使得它表现得与理想气体的特性相偏离。图1-3给出在温度不变（20℃）的条件下，六氟化硫气体压力随着体积压缩而变化的情况。当压力高于 0.3～0.5MPa 时，由于六氟化硫分子间吸引力随密度增大即分子间距离的减小而愈益显著。实际的气体压力变化特性，与按理想气体变化的压力特性之间的偏离也愈来愈大。按照理想气体定律推导出来的各种关系式用来计算六氟化硫参数会产生较大的误差。

在实际使用中，为较准确地计算六氟化硫的状态参数常采用经验公式，下面的公式是比较实用的。

$$p = [0.58 \times 10^{-3} \rho T (1+B) - \rho^2 A] \times 10$$
$$A = 0.764 \times 10^{-3} (1 - 0.727 \times 10^{-3} \rho)$$
$$B = 2.51 \times 10^{-3} \rho (1 - 0.846 \times 10^{-3} \rho)$$

式中　p——六氟化硫气体的压力，MPa；

ρ——六氟化硫气体的密度，kg/m³；

T——六氟化硫气体的温度，K。

在工程实用中使用这个公式计算太复杂，所以把它们的关系绘成一组状态参数曲线图，见图1-4。

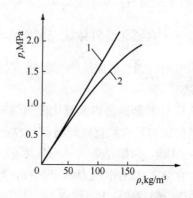

图1-3　理想气体与六氟化硫气体的
压力与密度变化关系（t＝20℃）
1—按理想气体变化；2—六氟化硫气体
压力变化

图中的曲线 AMB 是六氟化硫气体由气态转化为液态和固态的临界线，也称六氟化硫的饱和蒸汽压力曲线。它代表在给定温度下气相与液相，气相与固相处于平衡状态时的压力（饱和压力）值。曲线之右侧是气态区域，AMM′为液态区域，M′MB 为固态区域。M 点为六氟化硫的熔点，其参数为 $t_M = -50.8℃$，$p_M = 0.23MPa$，这点是气、液、固三相共存状态。B 点为六氟化硫沸点，$t_B = -63.8℃$，饱和蒸汽压等于 0.1MPa。图中的气态区域中的斜直线簇所表示的就是经验公式中所表示的 $p-\rho-t$ 的关系。

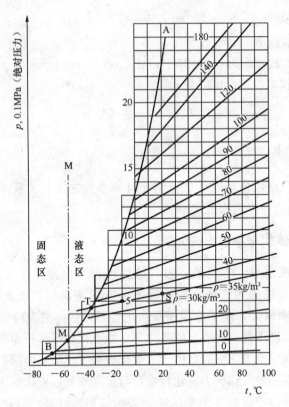

图 1-4　六氟化硫的状态参数曲线

M—熔点；$t_M=-50.8℃$；$p_M=0.23MPa$；B—沸点；$t_B=-63.8℃$；$p_B=0.1MPa$

三、六氟化硫气体状态参数曲线的应用

应用状态参数曲线图可以较方便地计算六氟化硫的状态参数，以及求取液化或固化的温度。

1. 计算断路器内六氟化硫气体的充气体积

例如：某六氟化硫断路器，在20℃时工作压力为0.45MPa（表压），六氟化硫气体充装量为31kg，求断路器内部充气体积。

在20℃时工作压力0.45MPa，则绝对压力为0.55MPa。由20℃，0.55MPa压力，从图1-4查得斜直线簇中工作点S，估算这条经过S点的平行于斜直线簇的斜线的密度是35kg/m³，则六氟化硫断路器的充气体积为：31/35=0.886m³。

2. 求六氟化硫断路器内部充气压力随外界温度变化而变化的允许范围

例如：在20℃时，上述充气工作压力为0.45MPa，绝对压力为0.55MPa的六氟化硫断路器，在环境温度升至30℃时，若保持密度$\rho=35kg/m^3$不变，沿此斜线在图1-4的S点右侧查得30℃时，绝对压力为0.58MPa，工作压力则为0.48MPa。而在温度降至-10℃时，沿密度$\rho=35kg/m^3$斜线可以在S点左侧查出-10℃时，绝对压力为0.49MPa，工作压力为0.39MPa。结果表明，外界温度在-10～30℃之间变化时，六氟化硫断路器的工作压力可以在0.39～0.48MPa之间变化（20℃时充气压力0.45MPa）。

3. 了解不同工作压力下六氟化硫气体液化时的温度

上例中的六氟化硫断路器，20℃时工作压力为0.45MPa，密度$\rho=35kg/m^3$，工作点S，过 S 点的斜线交于 AMB 曲线于 T 点，此点温度 $t=-33℃$，相应的工作压力为 0.35MPa。即此断路器中六氟化硫气体，在 $-33℃$ 时开始液化。T 点表示温度下降而出现凝结的液化点。

六氟化硫气体一旦开始液化，随温度继续下降，六氟化硫气体不断凝结成液体，气体的密度不再保持常数而是不断减小，而且气体的压力下降得更快。温度降到液化点并不表示全部气体立刻被凝结成液体，只是凝结的开始。当温度继续降低，气体的压力、密度下降更快时，六氟化硫气体的绝缘、灭弧性能都迅速下降，所以六氟化硫断路器不允许工作温度低于液化点。

从曲线 AMB 可以看出，六氟化硫断路器工作压力越高，液化温度越高。液化温度与断路器的工作压力有关。若按液化温度不高于 $-20℃$ 计算，相应的在 20℃ 时的绝对压力不应高于 0.82MPa，工作压力（表压）不应高于 0.72MPa。

断路器工作压力很低时，温度下降时可能不出现液化而直接凝成固体。其 $p-T$ 直线与 AMB 曲线的交点在 M 点以下。

第四节　六氟化硫气体在电弧作用下的分解

六氟化硫气体化学性质极为稳定。纯六氟化硫气体是绝对无毒的，但其分解产物全是有毒的。在大电流开断时由于强烈的放电条件，六氟化硫会解离生成离子和原子团（基），而在放电过程终了时，其中大部分又会重新复合成六氟化硫。但其中一部分会生成有害的低氟化物。这些物质的反应能力极强，当有水分和氧气存在时，这些分解产物又会与电极材料、水分等进一步反应生成组分十分复杂的多种化合物。这不仅会造成设备内部有机绝缘材料的性能劣化或金属的腐蚀，致使设备绝缘性能下降，而且会对电气设备和人身带来严重不良后果。因此，有必要对六氟化硫气体在电弧作用下的分解过程以及分解产物的物理化学性质作一扼要介绍。

一、六氟化硫气体的电弧分解反应

六氟化硫气体在电弧作用下分解的主要成分是 SF_4 和电极或容器的金属氧化物。在有水分、氧存在时，则会有 SOF_2、SO_2F_2、HF 等化合物的生成。

下面介绍六氟化硫气体分解的主要反应。

（1）六氟化硫气体的自身分解反应如下：

$$SF_6 = SF_4 + F_2$$

（2）断路器因电弧产生的金属电极材料的蒸汽与六氟化硫进行的氧化还原反应，以铜电极为例反应如下：

$$2SF_6 + Cu = CuF_2 + S_2F_{10}$$
$$SF_6 + Cu = CuF_2 + SF_4$$
$$SF_6 + 2Cu = 2CuF_2 + SF_2$$
$$2SF_6 + 5Cu = 5CuF_2 + S_2F_2$$
$$SF_6 + 3Cu = 3CuF_2 + S$$

在金属铜被氧化生成 CuF_2 的同时，硫则被还原成多种价态离子。这些离子除以游离形式存在外，还会形成多种低氟化合物。对于其他金属电极来说也大体是这样。无论是何种氟化物，其形成均与金属的还原能力、相对于六氟化硫的金属蒸发量、氟化物的热稳定性等因素有关。电弧集中于电极的附近，相对于 SF_6 而言，金属蒸汽量一般是过剩的。此时，易生成硫原子数较少的低氟化物。

生成的低氟化物主要是 SF_4、S_2F_2、SF_2，很少有发现 S_2F_{10}。而且所生成的氟化物中 S_2F_{10}、SF_2、S_2F_2 在受热时均会发生如下的非均化反应：

$$S_2F_{10}=SF_4+SF_6$$
$$2SF_2=SF_4+S$$
$$2S_2F_2=SF_4+3S$$

在放电时因其温度升高过程不同，分解产物的组成比率按照上述反应可有很大的变化。

（3）另外，在气体中如果有水分存在时，则很容易发生水解反应生成 H_2SO_3 和 HF。这是构成设备内部绝缘性能劣化和腐蚀的原因。因此，应严格控制断路器内的水分含量。

水分含量低时会引起下述的部分水解反应：

$$SF_4+H_2O=SOF_2+2HF$$
$$SOF_2+H_2O=SO_2+2HF$$
$$2SF_2+H_2O=SOF_2+2HF+S$$
$$2S_2F_2+H_2O=SOF_2+2HF+3S$$

当水分含量高时则会发生完全的水解反应：

$$SF_4+3H_2O=H_2SO_3+4HF$$
$$2SF_2+3H_2O=H_2SO_3+4HF+S$$
$$2S_2F_2+3H_2O=H_2SO_3+4HF+3S$$
$$SOF_2+2H_2O=H_2SO_3+2HF$$

上述之分解产物都具有很强的反应能力，而且具有不同程度的毒性。从事有关六氟化硫气体工作的人员，应认真执行 DL/T 639《六氟化硫电气设备制造运行及试验检修人员安全防护细则》以避免工作人员中毒事故的发生，确保人身安全。

二、六氟化硫在电弧作用下主要分解产物的性质

主要分解产物有：

（1）四氟化硫（SF_4），在常温下为无色气体，有类似 SO_2 的刺激味道。在空气中能与水蒸气形成烟雾。SF_4 与水猛烈反应生成 SOF_2 和 HF，与碱液反应生成氟化物和亚硫酸盐，遇浓硫酸会发生分解并放热。SF_4 易溶于苯，可用碱液或活性氧化铝吸收。SF_4 对肺有侵害作用，影响呼吸系统，其毒性与光气并列。原联邦德国和美国规定空气中允许浓度为 0.1×10^{-6}。

（2）氟化硫（S_2F_2），在常温下为无色、有类似 SCl_2 味道的气体；遇水蒸气能在 30～40 秒内完全水解形成 S、SO_2 和 HF；90℃开始分解，200～250℃反应加快；常温下不与 Fe、Al、Si、Zn 反应，与水和碱激烈反应，与氨作用生成 NH_4F。S_2F_2 易被活性氧化铝吸收。S_2F_2 为有毒的刺激性气体，对呼吸系统有类似光气的破坏作用。

（3）二氟化硫（SF_2），极不稳定，受热后更加活泼，易水解生成 S、SO_2、HF。可用碱

液或活性氧化铝吸收。毒性与 HF 近似，美国毒性基准规定为 5×10^{-6}。

（4）十氟化二硫（S_2F_{10}），为五氟化硫的二聚物，在常温常压下为易挥发性液体，无色、无臭、无味，化学上极稳定；在水和浓碱液中分解极慢，且不溶于其中；在 $200 \sim 300℃$ 时即完全分解生成 SF_4 和 SF_6。S_2F_{10} 是一种剧毒物质，其毒性超过光气，主要破坏呼吸系统，空气中含 1×10^{-6} 能使白鼠 8h 死亡。美国和联邦德国曾规定 S_2F_{10} 在空气中之允许浓度为 0.025×10^{-6}。

（5）氟化亚硫酰（SOF_2），为无色气体，有窒息性味道。化学性质很稳定，在红热温度下仍不活泼，例如在 $125℃$ 时不与 Fe、Ni、Co、Hg、Si、Ba、Mg，Al、Zn 以及氯、溴、一氧化氮等物质反应。SOF_2 可发生水解反应，并能在碱的酒精溶液中分解。它与水的反应在 $0℃$ 时进行缓慢，然而它与溶于 HF 中的水可瞬时反应。SOF_2 为剧毒气体，可造成严重肺水肿，刺激黏膜，当空气中含有 $1 \times 10^{-6} \sim 5 \times 10^{-6}$ 时即可觉察出刺激味道，并会引起呕吐。

（6）氟化硫酰（SO_2F_2），无色无臭气体，化学上极稳定，加热至 $150℃$ 亦不与水和金属反应。SO_2F_2 被 KOH、NH_4OH 缓慢吸收，但不易被活性氧化铝吸收。苏打石灰（CaO+NaOH）可吸收 SO_2F_2。SO_2F_2 是一种导致痉挛的有毒气体，可引起全身痉挛并麻痹呼吸器官、肌肉、使其失去正常功能而造成窒息。它与 SOF_2 不同，它的危险性尤其在于无刺激味道，且不引起眼、鼻、黏膜的刺激作用，故初始不易察觉，往往发现中毒之后会迅速造成死亡。我国规定空气中最高允许浓度为 5×10^{-6}。

（7）四氟化硫酰（SOF_4），与水反应生成 SO_2F_2 并放出大量热；能被碱液吸收；对肺部有侵害作用。

（8）氟化氢（HF），对皮肤、黏膜有强刺激作用并可引起肺水肿、肺炎等；对设备材质有腐蚀作用。

（9）二氧化硫（SO_2），强刺激性气体，损害黏膜及呼吸系统，还可引起胃肠障碍，疲劳等症状。

空气中 SF_6 气体及其毒性分解产物的容许含量见表 1-8。

表 1-8 空气中 SF_6 气体及其毒性分解产物的容许含量

名 称	容许含量	名 称	容许含量
SF_6	1000×10^{-6}	SiF_4	$2.5mg/m^3$
SF_4	0.1×10^{-6}	HF	3×10^{-6}
SOF_4	$2.5mg/m^3$	CF_4	2.5×10^{-6}
SO_2	2×10^{-6}	CS_2	10×10^{-6}
SO_2F_2	5×10^{-6}	AlF_3	$2.5mg/m^3$
S_2F_{10}	0.025×10^{-6}	CuF_2	$2.5mg/m^3$
SOF_{10}	0.5×10^{-6}	$Si(CH_3)_2F_2$	$1mg/m^3$

注 单位为 "10^{-6}" 者为体积分数。

第二章

分析化学基础

第一节　溶液的浓度及配制

一种以分子、原子或离子状态分散于另一种物质中构成的均匀而又稳定的体系叫溶液。溶液由溶质和溶剂组成。溶解在溶剂中的物质称为溶质，能溶解溶质的物质称为溶剂。一定量的溶液或溶剂中所含溶质的量，称为溶液的浓度。

一、溶液浓度的表示方法

溶液浓度的表示方法有以下几种：

1. 百分浓度

百分浓度常用于辅助试剂的浓度中。它又分为三种，一般给出配制方法，或在浓度后面标注符号加以区别。如不指明，即指质量百分浓度。

（1）质量百分浓度，%（m_1/m_2）。质量百分浓度是指 100g 溶液中所含溶质的克数。

$$质量百分浓度 = \frac{溶质质量}{溶质质量 + 溶剂质量} \times 100\%$$

市售的酸碱常用此法表示。例如 97% 的 H_2SO_4 是指在 $100g\,H_2SO_4$ 溶液中含有 97g 的 H_2SO_4，3g 的水。

（2）质量浓度（以百分数表示），%（m/V）。它是指 100ml 溶液中所含溶质的克数。

$$质量浓度（以百分数表示） = \frac{溶质质量}{溶液体积} \times 100\%$$

用固体试剂配制溶液时常用此法，例如：10% 的硫酸铵是指 10g 硫酸铵溶解在 100ml 水中。

（3）体积百分浓度，%（V/V）。它是指 100ml 溶液中所含液体溶质的毫升数。

$$体积百分浓度 = \frac{溶质体积}{溶液体积} \times 100\%$$

液体试剂稀释时常用此法。例如：5% 盐酸是指 5ml 盐酸用水稀释至 100ml。

2. 物质 B 的质量浓度

物质 B 的质量浓度 ρ_B 定义为物质 B 的质量 m_B 除以混合物的体积 V，$\rho_B = m_B/V$，单位为 kg/m^3，kg/L。

在化学分析中，1L 溶液中所含溶质的质量或单位容积的溶液中所含溶质的质量称为质量浓度，常用单位还有 g/L、mg/L、mg/ml 等。

3. 物质B的物质的量浓度（体积摩尔浓度）

物质的量是量的名称，其符号是n_B，物质的量n_B是以阿伏加德罗常数为计数单位来表示物质指定的基本单位是多少的一个物理量。物质的量的单位是摩尔，国际单位符号是mol。

摩尔为国际单位制的基本单位，摩尔是一系统的物质的量。该系统中所含的基本单元数与0.012kg碳—12的原子数目相等。使用摩尔时，基本单位应予指明，可以是原子、分子、离子、电子及其他粒子或这些粒子特定的组合。据过去特定的实验工作已知，12g碳—12中含有$6.023×10^{23}$个^{12}C原子。这个数目叫做阿伏加德罗常数。因而摩尔定义可以表达为：如果一个物系中所含物质的基本单元数目是$6.023×10^{23}$个时，这个数量叫做1摩尔。

选取0.012kg碳—12（^{12}C）作为衡量物质的量—"摩尔"标准的原因，是因为碳—12（即原子核中有6个质子和6个中子的碳原子）的相对原子质量是12，由于0.012kg碳—12中含有碳原子数目是$6.023×10^{23}$，元素的相对原子质量和化合物的相对分子质量又是以此为基础定出的，所以不难看出，$6.023×10^{23}$个任何原子的质量若以克来表示，其数值就等于它的相对原子质量。同理$6.023×10^{23}$个任何分子的质量若以克来表示，其数值就等于它的相对分子质量。

摩尔质量是某种基本单元（$6.023×10^{23}$个微粒的集合体）所组成的物质所具有的质量与该物质所具有的物质的量（摩尔）的比值。摩尔质量的单位是千克每摩尔。国际单位制符号是kg/mol。摩尔质量的符号为M，其数值为确定化学组成的物质（或基本单元B）的相对分子（或原子）质量M_r。

物质的量（摩尔）、质量和摩尔质量之间存在如下关系：

$$n_B = m_B/M_B$$

式中　n_B——物质B的物质的量，mol；

　　m_B——物质B的质量，g；

　　M_B——物质B的摩尔质量，g/mol。

物质B的物质的量n_B与混合物的体积之比，称为物质B的物质的量浓度（体积摩尔浓度），符号为c_B（单位为mol/L），c_B表示1L溶液中所含溶质B的物质的量。

$$c_B = \frac{n_B}{V}$$

又因为$n_B = \frac{m_B}{M_B}$，所以$c_B = \frac{n_B}{V} = \frac{m_B}{M_B V}$

式中　V——溶液的体积，L。

c_B与ρ_B的关系如下：

$$c_B = \frac{n_B}{V} = \frac{m_B}{M_B} \cdot \frac{1}{V} = \rho_B/M_B \quad 或 \rho_B = c_B M_B$$

物质B的物质的量浓度（体积摩尔浓度）已取代过去的当量浓度，在使用物质的量浓度c_B时，必须标明物质B的基本单元。如$c(H_2SO_4)$、$c\left(\frac{1}{2}H_2SO_4\right)$等。

如$c(H_2SO_4) = 1.5mol/L$，指每升溶液中含有H_2SO_4为$1.5×98.08g$，其基本单元为H_2SO_4。如$c\left(\frac{1}{2}H_2SO_4\right) = 3mol/L$，指每升溶液中含有$H_2SO_4$为$3×49.04g$，其基本单元

是 $\frac{1}{2}H_2SO_4$。这里有如下关系：

$$\frac{1}{2}M(H_2SO_4) = M\left(\frac{1}{2}H_2SO_4\right) \quad 或 \quad \frac{1}{Z}M(X) = M\left(\frac{1}{Z}X\right)$$

二、溶液的配制方法

分析工作中遇到的溶液可分为两类，一类是用来控制化学反应的条件，在样品处理、分离、掩蔽等操作中使用，其浓度要求不必准确到四位有效数字，这类溶液称为一般溶液。另一类是用来测定物质含量的具有准确浓度的溶液，称为标准溶液。

1. 一般溶液的配制

(1) 以百分浓度表示的溶液的配制。

例：配制 10%KI 的溶液 200g。

用固体溶质配制百分浓度溶液，根据质量百分浓度的定义，称取 KI20g，取溶剂水 180g，即量取 180ml 水，将 KI 溶解于水中，完全溶解即可。

例：配制 0.1%的 60%酒精溶液的甲基红指示剂。

先配制 60%酒精溶液 100ml。取 60ml 纯酒精用水稀释至 100ml。称取 0.1g 的甲基红，溶至 100ml 的 60%酒精溶液中，完全溶解即可。

(2) 以物质 B 的物质的量浓度（体积摩尔浓度）表示的溶液的配制。

例：配制 2mol/L 浓度的 Na_2CO_3 溶液 500ml，需称取多少克 Na_2CO_3？

Na_2CO_3 相对分子质量为 106。

由 $c_B = \dfrac{m_B}{M_B V}$ 得到：

$$m_B = c_B M_B V = (2 \times 106 \times 500) \div 1000 = 106(g)$$

称取 Na_2CO_3 106g，溶解于 500ml 水中。

(3) 用市售溶液配制稀溶液的方法。

例：用市售浓 H_2SO_4 配制 9mol/L 浓度的 H_2SO_4 溶液 100ml。

市售浓硫酸相对密度为 1.84，含 H_2SO_4 为 97%。则其物质的量浓度：

$$c_{B_1}(H_2SO_4) = \frac{1000 \times 1.84 \times 0.97}{98.07} = 18(mol/L)$$

欲配制 9mol/L 浓度的 H_2SO_4 溶液 100ml，需取浓硫酸的毫升数为：

$$c_{B_1}V_1 = c_{B_2}V_2$$

$$V_1 = \frac{9 \times 100}{18} \approx 50(ml)$$

即取浓硫酸 50ml，稀释至 100ml 即成 $c_{B_2} = c(H_2SO_4) = 9mol/L$。

例：用市售盐酸配制 2mol/L 浓度的盐酸溶液 100ml。

市售盐酸相对密度为 1.18，质量百分浓度为 36%。

其物质的量浓度 $c_{B_1} = c(HCl) = \dfrac{1000 \times 1.18 \times 0.36}{36} \approx 12(mol/L)$

要配制的盐酸浓度为 c_{B_2}，体积为 $V_2 = 100ml$，则

$$c_{B_1}V_1 = c_{B_2}V_2$$

$$V_1 = \frac{2 \times 100}{12} \approx 16.7 \text{ml}$$

取市售盐酸 16.7ml，用水稀释至 100ml 即成。

某些商品试剂的近似质量百分浓度、相对密度和物质的量浓度见表 2-1。

表 2-1　　　某些商品试剂的近似质量百分浓度、相对密度和物质的量浓度

名称	质量百分浓度	密度 (g/ml)	物质的量浓度 (mol/L)	名称	质量百分浓度	密度 (g/ml)	物质的量浓度 (mol/L)
盐酸	36%～38%	1.18	12	高氯酸	70%～72%	1.75	12
硫酸	95%～98%	1.84	18	乙酸	99%	1.05	18
硝酸	65%～68%	1.52	16	氢氧化钠	40%	1.458	15
磷酸	85%	1.71	15	氨水	25%～28%（NH_3）	0.90	14
氢氟酸	42%	1.15	24				

2. 标准溶液的制备与标定

标准溶液的制备可以采用直接配制法和间接法。采用直接配制法配制标准溶液的物质必须是基准物。可以准确称量一定量的基准物，溶解并稀释到一准确的体积，根据计算求出该溶液的准确浓度。但很多物质不符合基准物的条件，如 NaOH 容易吸收空气中的水分和 CO_2，因此计算得到的质量不能代表 NaOH 的真正质量，因此这些物质必须采用间接法制备标准溶液。首先可配制一近似所需浓度的溶液，然后用基准物或已知浓度的标准溶液来确定其准确浓度，这个过程称为标定。

标定时应做三次平行测定，滴定结果的相对偏差不超过 0.2%，取平均值计算浓度。标准溶液的标定可用基准物标定，也可用其他准确浓度的标准溶液标定。标定时的实验条件应与标准溶液被使用时的条件尽量相同，以抵消实验过程中的系统误差。

下面以（六氟化硫新气酸度试验中）配制 0.1mol/L 的 NaOH 和配制 0.1mol/L 的 $H_2SO_4\left(以 \frac{1}{2} H_2SO_4\ 为基本单元\right)$ 标准溶液的方法，来说明标准溶液的配制与标定。

（1）以间接法制备 0.1mol/L 的 NaOH 和 0.1mol/L 的 $H_2SO_4\left(以 \frac{1}{2} H_2SO_4\ 为基本单元\right)$ 标准溶液各 1000ml。

NaOH 容易吸收空气中的水分和 CO_2，为了消除 CO_2 和 Na_2CO_3 的影响，可以先制备 NaOH 饱和溶液。

称取 30g 的 NaOH 溶至 50ml 的细颈瓶中，静置过夜。

饱和 NaOH 溶液的浓度约为：

$$c = \frac{30 \times 1000}{40 \times 50} = 15(\text{mol/L})$$

查表 2-1，15mol/L NaOH，其质量百分浓度约为 40%，密度为 1.458g/ml。

取 7.5ml 饱和溶液，其中所含 NaOH 质量约为：

$$7.5 \times 40\% \times 1.458 = 4.37(\text{g})$$

溶至 1000ml 后浓度约为：

$$c = \frac{4.37}{40} = 0.1(\text{mol/L})$$

用 98% 浓度、相对密度为 1.84 的市售浓 H_2SO_4，取 2.72ml，稀释至 1000ml。由于其稀释前含 H_2SO_4 为 $2.72 \times 1.84 \times 98\% = 4.9047g$，取 $\frac{1}{2}H_2SO_4$ 为基本单元，配得 H_2SO_4 的浓度为：

$$c\left(\frac{1}{2}H_2SO_4\right) = 4.9047/49 = 0.1(mol/L)$$

其准确的浓度再用基准物进行标定。实际工作中，NaOH 饱和液和浓 H_2SO_4 都可以适当地多取一点。如 NaOH 可以取到 8～10ml，浓 H_2SO_4 可以取 3ml。

（2）直接法配制邻苯二甲酸氢钾和碳酸钠标准液（0.1mol/L 溶液各 100ml）。

采用基准试剂的邻苯二甲酸氢钾和碳酸钠。事先将基准试剂邻苯二甲酸氢钾（在 105～110℃下）、Na_2CO_3（在 270～300℃下）烘至恒重待用。

$KHC_8H_4O_4$ 精确称量 2.2537g，溶于 100ml 水中。

其浓度 $c = 2.2537 \times 1000/(204.214 \times 100) = 0.1104(mol/L)$

Na_2CO_3 精确称量 0.5301g，溶至 100ml 水中。

浓度 $c = \dfrac{0.5301 \times 1000}{52.99 \times 100} = 0.1000(mol/L)$，以 $\left(\dfrac{1}{2}Na_2CO_3 \text{ 为基本单元}\right)$

（3）用 $KHC_8H_4O_4$ 标定 NaOH，指示剂选用酚酞，颜色由白变红。用 Na_2CO_3 标定 H_2SO_4，指示剂选用甲基橙，颜色由黄变橙。

酚酞选用 1% 的 60% 酒精溶液。甲基橙选用 0.1% 的水溶液。每次标定取 5ml Na_2CO_3 和 $KHC_8H_4O_4$ 基准液，加 1～2 滴指示剂，用 H_2SO_4 和 NaOH 去滴定。三次平行试验，滴定至终点，取平均值。

上例中，若滴定用去 H_2SO_4 4.914ml、NaOH 耗用量为 4.846ml，则 H_2SO_4 和 NaOH 的准确浓度为：

$$c\left(\frac{1}{2}H_2SO_4\right) = \frac{0.1000 \times 5}{4.914} = 0.1018(mol/L)$$

$$c(NaOH) = \frac{0.1104 \times 5}{4.846} = 0.1139(mol/L)$$

3. 配制溶液时注意事项

（1）分析实验所用的溶液应用纯水配制，容器应用纯水洗三次。

（2）溶液要用带塞的试剂瓶盛装，见光易分解的溶液要装于棕色瓶中。挥发性试剂，瓶塞要严密。长期存放的溶液存放时要用蜡封口。浓碱液应用塑料瓶装，如用玻璃瓶装，要用橡皮塞塞紧，不能用玻璃磨口塞。

（3）配制好的每瓶试剂必须标明名称、规格、浓度和配制日期。

（4）配制硫酸、磷酸、硝酸、盐酸等溶液时，都应把酸倒入水中，可将浓酸分为小份慢慢倒入水中，边加入边搅拌。对于溶解时放热较多的试剂，不可在试剂瓶中配制，以免炸裂。

（5）几乎所有的有机溶剂都有毒，应在通风柜内操作。

（6）溶液存储时有各种原因可导致溶液变质，使用时应予以注意。低浓度的标准液不宜长期存放。

（7）不能用手直接接触腐蚀性及剧毒的溶液。剧毒废液应作解毒处理，不可直接倒入下水道。

第二节　酸碱滴定及常用指示剂

一、酸碱质子理论

根据经典酸碱电离理论认为，凡是化合物溶于水能电离生成 H^+ 离子的称为酸，能电离生成 OH^- 离子的称为碱。酸碱中和则生成盐和水，但这种理论有一定的局限性，它只适用于水溶液，不适用于非水溶液。随着人们对于具有酸碱性质物质的不断认识，为了便于把水溶液和非水溶液中的酸碱平衡问题统一起来考虑，提出了酸碱质子理论。该理论认为，凡是能给出质子（H^+）的物质是酸，能接受质子的物质为碱。一种酸给出质子后，剩下的酸根具有接受质子的趋势，因而是一种碱。同理，一种碱接受质子后，其生成物具有给出质子的趋势，这就是酸。酸与碱的这种关系可简单表示如下：

$$酸 \rightleftharpoons H^+ + 碱$$

例如：$HAC \rightleftharpoons H^+ AC^-$

$NH_4^+ \rightleftharpoons H^+ NH_3$

$^+H_3N-R-NH_3^+ \rightleftharpoons H^+ + {}^+H_3N-R-NH_2$ 　　（R 代表 $-CH_2-CH_2-$）

上式中 HAC、NH_4^+、$^+H_3N-R-NH_3^+$ 能给出质子（H^+），它是一种酸。它给出质子后余下的 AC^-、NH_3、$^+H_3N-R-NH_2$ 能接受质子，因而 AC^-、NH_3、$^+H_3N-R-NH_2$ 是一种碱。这种因质子得失而互相转变的每一对酸碱，称为共轭酸碱对。

一种酸给出质子后所余下的部分即是该酸的共轭碱；一种碱接受质子后即成为该碱的共轭酸。上例中的 AC^- 是 HAC 的共轭碱，而 HAC 是 AC^- 的共轭酸，HAC 与 AC^- 是一对共轭酸碱对。由此可见，按照质子理论，酸碱可以是中性分子，也可以是阳离子或阴离子。

二、酸碱滴定曲线

研究滴定曲线的目的，是为了了解在滴定过程中溶液 pH 值的变化，特别是了解在理论终点及其附近的 pH 值有无变化和突变的大小，并依此来解决指示剂的选择问题。

在酸碱滴定过程中 H^+ 浓度变化很大，在绘制滴定曲线时，用 pH 值表示比较简单，仅是从 0~14 的变化。pH 值改变一个单位相当于 H^+ 浓度改变 10 倍，因此常用 pH 值来表示酸碱滴定过程中酸度的变化。pH 值等于氢离子浓度的负对数（$pH = -\lg c_{H^+}$）。例如 $c_{H^+} = 0.1 mol/L$ 时，则 $pH = -\lg 10^{-1} = 1$。同理 $c_{H^+} = 0.0001 mol/L$ 时，则 $pH = -\lg 10^{-4} = 4$。$pH = 7$ 时溶液呈中性，此时 $c_{H^+} = c_{OH^-} = 10^{-7} mol/L$。$pH < 7$ 时，溶液呈酸性，即 $c_{H^+} > 10^{-7} mol/L$，pH 值越小表明 H^+ 浓度愈大，酸性愈强。$pH > 7$ 时溶液呈碱性，即 $c_{H^+} < 10^{-7} mol/L$，pH 值愈大表明 c_{OH^-} 愈大，碱性愈强。

1. 强碱滴定强酸（或强酸滴定强碱）

以 KOH 标准溶液滴定 HCl 溶液为例，在开始滴定前，HCl 溶液呈强酸性，pH 值很低。随着 KOH 溶液的不断加入，溶液中不断地发生中和反应，溶液中的 H^+ 浓度不断降低，pH 值逐渐升高。当加入的 KOH 的物质的量与 HCl 的物质的量相等时，滴定到达理论终点，中和反应恰好进行完全，原来的 HCl 溶液变成了 KCl 溶液，如下式所示：

$$KOH + HCl = H_2O + KCl$$

此时溶液中 $c_{H^+} = c_{OH^-} = 10^{-7}$ mol/L，pH=7.0。

当到达理论终点以后再继续加入 KOH 溶液，溶液中就存在过量的 KOH，OH^- 浓度不断升高，pH 值不断上升，因此在整个滴定过程中，溶液的 pH 值是不断升高的。

下面用一实例来讨论滴定过程中溶液 pH 值的具体变化规律。

例：若用 0.1000mol/L KOH 溶液滴定 20.00ml 的 0.1000mol/L HCl 溶液，则滴定过程中溶液 pH 值的变化规律可计算如下。

（1）滴定开始前，溶液的 pH 值取决于 HCl 溶液的原始浓度：$c_{H^+} = 0.1000$mol/L，pH=1.00。

（2）滴定开始至理论终点前，溶液的酸度决定于剩余 HCl 溶液的体积，即：

$$c_{H^+} = \frac{c(HCl) \times 剩余\ HCl\ 溶液的体积}{溶液总体积}$$

当加入 18.00ml 的 KOH 溶液时，溶液中 90% 的酸被中和了，还剩余 0.1000mol/L 的 HCl 溶液 2.00ml，而总体积为 20.00＋18.00＝38.00ml。

$$c_{H^+} = \frac{0.1000mol/L \times (20.00ml-18.00ml)}{38.00ml} = \frac{0.1000mol/L \times 2.00ml}{38.00ml} = 5.26 \times 10^{-3} mol/L$$

$$pH=2.28$$

同法计算滴入 KOH 溶液 19.80ml、19.98ml 时，溶液的 pH 值计算结果见表 2-2。

表 2-2   0.1000mol/L KOH 溶液滴定 0.1000mol/L HCl 溶液

加入 KOH 溶液的体积（ml）	剩余 HCl 溶液的体积（ml）	过量 KOH 溶液的体积（ml）	pH 值
0.00	20.00		1.00
18.00	2.00		2.28
19.80	0.20		3.30
19.98	0.02		4.31
20.00	0.00		7.00
20.02		0.02	9.70
20.20		0.20	10.70
22.00		2.00	11.70
40.00		20.00	12.50

（4.31、7.00、9.70 为突跃范围）

（3）理论终点时，加入 KOH 溶液 20.00ml，此时 HCl 全部被中和，溶液呈中性。

$$c_{H^+} = c_{OH^-} = 10^{-7} mol/L，pH = 7.00$$

（4）理论终点后，溶液的 pH 值取决于过量的 KOH 溶液的体积，即

$$c_{OH^-} = \frac{c(KOH) \times 过量\ KOH\ 溶液的体积}{溶液总体积}$$

例如，当加入 20.02ml KOH 溶液时，KOH 溶液过量 0.02ml，此时溶液中 c_{OH^-} 为：

$$c_{OH^-} = \frac{0.1000mol/L \times 0.02ml}{40.02ml} = 5.00 \times 10^{-5} mol/L$$

$$pOH=4.30$$

$$pH=14.00-4.30=9.70$$

同理计算滴入 KOH 溶液 20.20ml、22.00ml、40.00ml 时，溶液的 pH 值列于表 2-2 中。

以 KOH 溶液的加入量为横坐标，溶液的 pH 值为纵坐标，绘制关系曲线，这种曲线称为滴定曲线。0.1000mol/L KOH 滴定 20.00ml、0.1000mol/L HCl 的滴定曲线如图 2-1

所示。

从表2-2和图2-1看出，在整个滴定过程中，pH值变化是不均匀的。在滴定开始时，溶液的pH值升高十分缓慢，这是由于溶液中存在着较多的盐酸，此时若要使pH值增加一个单位，即将溶液中的H^+浓度降低至原来的1/10，需要加入约18ml的KOH溶液。此后若要再使H^+浓度降低至原来的1/10，则需加入1.80ml KOH溶液就够了。由此可见，溶液中酸的含量愈少，则由于加入碱而引起pH值的改变也愈显著。

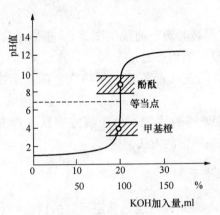

图2-1　0.1000mol/L KOH滴定20.00ml、0.1000mol/L HCl的滴定曲线

当滴定到溶液中只剩下0.02ml（半滴）HCl，溶液的pH值为4.31时，如果再加入1滴（0.04ml）KOH溶液，不仅将剩余的0.02ml HCl中和，而且还多了0.02ml KOH溶液，此时溶液的pH值为9.70。由此可见一滴之差就使溶液的pH值由4.31突然升至9.70，增加5个多pH单位。因此在滴定曲线上出现了一段垂直线，这称为理论终点附近的"pH突跃"。指示剂的选择主要以此突跃为依据。甲基橙、酚酞等许多酸碱指示剂的变色范围都处在这一pH突跃范围内，即在理论终点附近一滴KOH溶液之差就能使这些指示剂变化。因此在此情况下，以指示剂变色这一点来指示理论终

点不会产生多大误差。

例如用甲基橙作指示剂，滴定到甲基橙由红色变为黄色时，溶液的pH值约为4.4，滴定终点处在理论终点之前，KOH少用了一些但不超过0.02ml。

$$相对误差 \leqslant \frac{-0.02}{20.00} \times 100\% = -0.1\%$$

用酚酞作指示剂，酚酞由无色变为浅粉红色时，pH>8.0，滴定终点超过理论终点，KOH多用了一些，但也不超过0.02ml。

$$相对误差 \leqslant \frac{+0.02}{20.00} \times 100\% = +0.1\%$$

由上述可知，滴定终点与理论终点并不一致，但只要指示剂的变色范围处于或部分处于理论终点附近pH突跃之内，由此而产生的误差能符合滴定分析的要求。

2. 强碱滴定弱酸

同理强碱滴定弱酸（含有机弱酸）也可绘出滴定曲线。图2-2是用0.1000mol/L KOH滴定20.00ml、0.1000mol/L不同的弱酸时所绘制的滴定曲线。图中Ⅰ、Ⅱ、Ⅲ、Ⅳ为各种不同弱酸的滴定曲线。曲线Ⅰ为HAC滴定曲线，K_c代表各种弱酸的电离平衡常数。图中虚线为前所述之强碱滴定强酸的滴定曲线。

由图2-2看出，强碱滴定弱酸的滴定曲线的pH突跃范围不及强碱滴定强酸那样大，而且随着弱酸电离平衡常数K_c的减小，pH突跃范围也随之减小。这是滴定过程中产生了同离子效应，使弱酸更难电离，如用0.1000mol/L KOH滴定0.1000mol/L HAC，离子反应式为：

$$OH^- + HAC \rightleftharpoons H_2O + AC^-$$

溶液中之 AC⁻ 是强碱弱酸盐之酸根，此盐易水解使以上反应向左进行，增加溶液的 pH 值，再加上溶液中 KAC 和 HAC 组成了缓冲溶液，使 pH 值的增加缓慢，曲线较为平坦。当接近理论终点时，剩余的 HAC 已很少，溶液的缓冲能力逐渐减弱，随着 KOH 溶液的不断滴入，溶液的 pH 值变化又迅速加快，直至理论终点时，由于 HAC 的浓度急剧减小，溶液的 pH 值发生突变。根据计算，这时理论终点的 pH 值是 8.72，即在理论终点时是处在碱性范围。一滴 KOH 之差产生的 pH 突跃范围为 7.74～9.70。在这个滴定范围中应以酚酞作指示剂。

强酸滴定弱碱的滴定曲线与图 2-2 相似，只是 pH 值变化相反。等当点时 pH=5.3，滴定突跃范围是 6.3～4.3。因此选择酸性区域内变色的指示剂，如甲基红等。

弱酸与弱碱间的滴定，由于滴定突跃不明显，不用一般的酸碱滴定的方法测定。

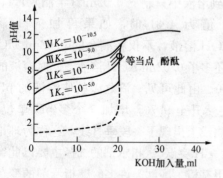

图 2-2 KOH 溶液滴定弱酸
溶液的滴定曲线

三、酸碱指示剂

酸碱滴定法的关键问题是确定反应的理论终点。因为酸碱滴定反应达到理论终点时，一般不发生外观的变化，为了确定反应的理论终点，需要加入一种在理论终点附近能发生颜色变化的物质——酸碱指示剂。常用的酸碱指示剂一般是弱的有机酸或有机碱。当溶液的 pH 值改变时，指示剂失去质子，由酸转变成共轭碱，或得到质子由碱转变成共轭酸。由于指示剂在结构上发生了变化，从而引起了颜色的变化，由此可以判断滴定终点。

例如甲基橙是一种弱的有机碱，它在溶液中存在着如下平衡式：

$$^-O_3S-\!\!\!\!\bigcirc\!\!\!\!-N=\!\!N-\!\!\!\!\bigcirc\!\!\!\!-N(CH_3)_2 + H^+ \longrightarrow$$

黄色离子

$$^-O_3S-\!\!\!\!\bigcirc\!\!\!\!-\underset{\underset{H}{|}}{N}-N=\!\!\!\!\bigcirc\!\!\!\!=N^+(CH_3)_2$$

红色离子

在碱性溶液中，它以黄色甲基橙离子形式存在，在酸性溶液中，该黄色离子获得质子转变成红色双极离子。

又例如酚酞是一种弱的有机碱，在溶解中存在下列平衡式：

无色分子　　　　　无色分子　　　　　无色离子　　　　　红色离子

26

酚酞以哪种形式存在，主要决定于溶液的酸度。当溶液的 pH 值增加时，平衡向右移动，红色离子增加，红色加深。当溶液的 pH 值降低时，平衡向左移动，红色减少。因此，酚酞在酸性溶液中无色，在碱性溶液中呈红色。

以上说明了酸碱指示剂为什么随着 H^+ 离子浓度的不同而改变其颜色。指示剂变色时的 pH 值是多少，对滴定来说十分重要。因为只有知道了指示剂变色的 pH 条件，才能用它指示滴定终点。根据实际测定，甲基橙当溶液的 pH 值小于 3.1 时为红色，溶液的 pH 值大于 4.4 时为黄色。从 pH 值 3.1～4.4 为甲基橙逐渐由红色变为黄色的过程，此过程称为甲基橙的变色范围。对于酚酞，当溶液的 pH 值小于 8.0 时呈无色，当溶液的 pH 值大于 10 时为红色。酚酞的变色范围为 8.0～10。同理，对于溴甲酚绿，pH 小于 4.0 为黄色（酸色），pH 值大于 5.6 为蓝色（碱色），变色范围为 4.0～5.6；碱蓝 6B（$C_{37}H_{30}O_4N_3SNa$），pH 值小于 9.4 为紫色；pH 值大于 14 为粉红色，其变色范围为 9.4～14。

综上所述，酸碱指示剂的颜色随着 pH 值的变化而改变，形成一个变色范围，而且各种指示剂的变色范围的幅度也各不相同。一般不大于 2 个 pH 单位，也不小于 1 个 pH 单位。由于指示剂具有一定的变色范围，只有在酸碱滴定的理论终点附近具有较大的 pH 值改变时，指示剂才从一种颜色变为另一种颜色，故在酸碱滴定中必须选用合适的指示剂。

此外，滴定溶液中指示剂加入量的多少也会影响变色的敏锐程度，一般指示剂适当少用些，变色会明显些，而且指示剂本身又是弱酸或弱碱，多加了相当于改变了溶液的酸碱度，从而引入了误差。

表 2-3 和表 2-4 给出常用酸碱指示剂及其变色范围。

表 2-3 常用酸碱指示剂及其变色范围

编号	指 示 剂	变色范围 pH	颜 色 变 化	配 制 方 法	用量 （滴/10ml）
1	百里酚蓝（麝香草酚蓝）	1.2～2.8	红—黄	将 100ml 溶于 4.3ml 0.05 mol/L NaOH 中研匀，用水冲至 250ml；或 1g 溶于 1L20%酒精溶液	1～2
2	甲基黄	2.9～4.0	红—黄	0.1%的 90%酒精溶液	1～2
3	甲基橙	3.1～4.4	红—黄	0.1%水溶液	1
4	溴酚蓝	3.0～4.6	黄—紫蓝	0.1%的 20%酒精溶液或其钠盐水溶液	1～3
5	茜素红（茜素磺酸钠）	3.7～5.2	黄—玫瑰	0.1%水溶液	1～3
6	溴甲酚蓝（溴甲酚绿）	3.8～5.4	黄—蓝	0.1%的 20%酒精溶液或其钠盐水溶液	1～3
7	甲基红	4.4～6.2	红—黄	0.1%的 60%酒精溶液	1～3
8	氯酚红	5.0～6.6	黄—红	0.1%的 20%酒精溶液	1～3
9	对硝基酚	5.0～7.4	无—黄	0.2%水溶液	1～5 滴/ml
10	石蕊	5.0～8.0	红—蓝	0.5%～1%水溶液	5～10
11	溴甲酚紫	5.2～6.8	黄—紫红	0.1%的 20%酒精溶液	1～3
12	溴百里酚蓝（溴麝香草酚蓝）	6.0～7.6	黄—蓝	0.1%的 20%酒精溶液	1～3
13	酚红	6.8～8.0	黄—红	0.1%的 20%酒精溶液	1～2
14	中性红	6.8～8.0	红—黄橙	0.1%的 60%酒精溶液	1～2

编号	指示剂	变色范围（pH）	颜色变化	配制方法	用量（滴/10ml）
15	甲酚红	7.2～8.8	黄—紫红	0.1%的20%酒精溶液	1～3
16	α—萘酚酞	7.3～8.7	淡橙—蓝绿	0.1%的50%酒精溶液	1～3
17	百里酚蓝（麝香草酚蓝）	8.0～9.6	黄—蓝	0.1%的20%酒精溶液	1～4
18	酚酞	8.2～10.0	无—红	1%的60%酒精溶液	1～5
19	萘酚酞烷	9.0～11.0	无—蓝	0.1%的70%酒精溶液	1～4
20	百里酚酞（麝香草酚酞）	9.4～10.6	无—蓝	0.1%的90%酒精溶液	1～2
21	茜素黄	10.0～12.0	黄—淡紫	0.1%水溶液	1～3
22	硝胺	11～13.0	无—红棕	0.1%的60%酒精溶液	1～5

表2-4 常用混合指示剂

指示剂溶液的组成	变色点 pH	颜色变化	备注 pH 值—显示颜色
1份 0.1%甲基橙水溶液 1份 0.25%靛蓝二磺酸水溶液	4.1	紫—绿	在灯光下可以滴定，溶液保存在棕色瓶中
1份 0.1%溴甲酚绿钠盐水溶液 1份 0.02%甲基橙水溶液	4.3	橙—蓝绿	3.5—黄色；4.05—绿色；4.3—浅绿
3份 0.1%溴甲酚绿酒精溶液 1份 0.2%甲基红酒精溶液	5.1	酒红—绿	颜色变化很显著
1份 0.2%甲基红酒精溶液 1份 0.1%亚甲基蓝酒精溶液	5.4	红紫—绿	5.2—红紫；5.4—暗蓝；5.6—绿色（溶液保存在棕色瓶中）
1份 0.1%溴甲酚绿钠盐水溶液 1份 0.1%氯酚红钠盐水溶液	6.1	黄—蓝 绿—紫	5.4—蓝绿；5.8—蓝色；6.0—蓝中带紫；6.2—蓝紫
1份 0.1%溴甲酚紫钠盐水溶液 1份 0.1%溴百里酚蓝钠盐水溶液	6.7	黄—紫蓝	6.2—黄紫；6.6—紫色；6.8—蓝紫
1份 0.1%中性红酒精溶液 1份 0.1%亚甲基蓝酒精溶液	7.0	蓝紫—绿	7.0—蓝紫（溶液保存在棕色瓶中）
1份 0.1%中性红酒精溶液 1份 0.1%溴百里酚蓝酒精溶液	7.2	玫瑰—绿	7.4—暗绿；7.0—玫瑰色；7.2—浅红
1份 0.1%酚红的 50%酒精溶液 2份 0.1%氮萘蓝的 50%酒精溶液	7.3	黄—紫	7.2—橙色；7.4—紫色（放置后颜色逐渐褪去）
1份 0.1%溴百里酚蓝钠盐水溶液 1份 0.1%酚红钠盐水溶液	7.5	黄—紫	7.2—暗绿；7.4—浅紫；7.6—深紫
2份 0.1%α-萘酚酞酒精溶液 1份 0.1%甲酚红酒精溶液	8.3	浅红—紫	8.2 淡紫；8.4—深紫
1份 0.1%酚酞酒精溶液 2份 0.1%甲基绿酒精溶液	8.9	绿—紫	8.8 浅蓝；9.0—紫色
1份 0.1%百里酚蓝的 50%酒精溶液 3份 0.1%酚酞的 50%酒精溶液	9.0	黄—紫	从黄到绿再到紫
1份 0.1%酚酞酒精溶液 1份 0.1%百里酚酞酒精溶液	9.9	无—紫	9.6—玫瑰色；10.0—紫色
1份 0.1%酚酞酒精溶液 2份 0.2%尼罗蓝酒精溶液	10.0	蓝—红	10—紫色

第三节　分析化学的基本操作

一、天平的使用

天平是化验室最主要最常用的仪器之一。化验工作经常要准确称量一些物质，称量的准确度直接影响测定的准确度和精密度，因此分析工作人员要熟悉和掌握天平的使用。

1. 对天平室和天平台的要求

天平室应避免阳光直射，以减小室内温差，故天平室最好选择朝北方向。天平的防振要求较高，振动能损坏天平的刀刃且使天平变动性增大。天平室最好选择周围无振动源的地方，最好设在楼房底层，不要靠近电梯、排风机等设备。天平室要清洁、无尘，最好是双层窗，要无气流扰动。天平室的温度应保持稳定，最好能在 20～24℃。室内相对湿度应保持在 65%～75%，湿度太大会使天平摆动迟钝，易腐蚀金属部件；过于干燥则会使称量物品易带静电，使称量出现异常。

天平台要求防振，最好从地下直接用砖砌台，台身不宜紧靠墙壁。天平台可用混凝土预制件，使其重量增大，不易振动。

2. 天平的分级

天平是一种根据杠杆原理制成的精确称量仪器。依照天平相对精度，我国现行国家标准（按天平名义分度值与最大载荷之比）把天平分为 10 级（见表 2-5）。

表 2-5　　　　　　　　　　　　　　　　　天　平　的　分　级

精度级别	1	2	3	4	5	6	7	8	9	10
名义分度值与最大称量值之比	1×10^{-7}	2×10^{-7}	5×10^{-7}	1×10^{-6}	2×10^{-6}	5×10^{-6}	1×10^{-5}	2×10^{-5}	5×10^{-5}	1×10^{-4}

例如：一台 TG328A 型全机械加码分析天平，最大称量 200g，名义分度值为 0.1mg；其相对精度：

$$相对精度=\frac{名义分度值}{最大称量值}=\frac{0.1}{200\times10^3}=5\times10^{-7}$$

查表不大于 3 级天平的规定，属 3 级天平。

3. 天平的使用规则

天平称量时应遵守下列规则：

（1）同一实验应使用同一台天平和砝码。

（2）称量前，使用人员必须面对天平正中端坐。

（3）称量前依次检查待称量物体的温度与天平箱温度是否相同，天平箱内是否清洁，天平位置是否水平及天平各部是否处于应有位置，如不符合要求，应及时采取措施。

（4）测定天平零点，零点应在标尺中央左右一小格范围内。

（5）称量的样品不得直接放在天平盘上称量，而应放在清洁干燥的容器中，最合适的容器是称量瓶。挥发性、腐蚀性物体必须放在密封加盖的容器中称量。

（6）砝码盒必须放在天平右边的平台上，必须用镊子按大小依次取换砝码。一切砝码及片码都不准反置、倒置或重叠。绝对不许用手直接拿砝码。砝码和片码在砝码盒中都有固定存放位置，使用时不能错放。

（7）被称物体和砝码应放在秤盘中央，开天平门和取放物体、砝码时必须休止天平，转动天平停动手钮要缓慢均匀。

（8）称量结果应立即记录在记录本上，不可记在其他地方。

（9）称量完毕应及时取出所称样品，把砝码放回原处，指数盘转到 0 位，关好天平门，拔下电源插头，罩上防尘罩。

（10）所称物品不得超过天平最大称量值。

（11）搬动或拆装天平后应对天平进行全面检定。

二、容量分析基础

能容纳物质，又符合计量要求，用作计量器具的容器称为量器。量器上所标示的容量值称为标称容量。对于有分度刻度的量器，其标称容量是指该量器分度线所示的最大容量数值。

玻璃量器按使用方法可分为量入式量器和量出式量器。量入式量器用于测量注入量器内的液体体积，即其液体体积等于量器上标示的容量值，如容量瓶、具塞量筒等。量出式量器用于测量从量器内部排出的液体体积，即排出的液体体积等于量器上标示的容量值，如滴定管、移液管、量杯等。

国际单位制中体积、容积的主单位是立方米，符号是 m^3。在小容量中经常用其分数单位立方分米（dm^3）、立方厘米（cm^3）和立方毫米（mm^3）。习惯上常用升（L）、毫升（ml）、微升（μl）作容积单位。

在容量分析中，要用到三类能准确测量溶液体积的量器，即滴定管、移液管和吸量管、容量瓶。这三种量器的正确使用是容量分析中最重要的基本操作。下面介绍这些量器的选用、使用规则和注意事项。

1. 滴定管

滴定管是准确测量放出液体体积的量器。按其容积不同分为常量、半微量、微量滴定管。按使用不同溶液的种类可分为碱式和酸式两种。滴定管的准确度等级分 A、B 两级。A 级滴定管的容量允许差仅为 B 级的 $\frac{1}{2}$。在滴定分析要求较高时应选用 A 级。同级滴定管规格越大，容量允许差也越大，因而选用适当规格的滴定管可减小量器的误差，提高量器的准确度。滴定时应根据溶液性质选用滴定管。酸式滴定管不适用于盛装碱性溶液，反之碱式滴定管也不能盛装酸性溶液。只有酸碱两用滴定管可以混用。滴定管应经检定合格，不合格的不准使用。

使用滴定管时应注意下列几条规则：

（1）滴定管使用前必须清洗干净，清洗方法可选择自来水冲洗，用滴定毛刷蘸洗涤剂洗或以铬酸洗液洗。洗后用水充分清洗至管内壁被水均匀润湿而无挂水珠现象。

（2）酸式滴定管与塞套应密合不漏水，为此应在活塞上均匀地涂一薄层凡士林（或真空油脂）。

（3）使用前应检查滴定管有无渗漏情况发生，防止因活塞油脂涂抹不当或玻璃珠不圆、橡皮管老化等原因造成滴定管漏水。

（4）加装标准溶液前，应先用蒸馏水冲洗 3 次，再用此标准溶液淋洗滴定管 2～3 次，每次用约 10ml，使整个内壁洗净，每次冲洗后都要放出管内残液。

（5）调零前应先将溶液充至零位标线以上几毫米处，再下降至零位。并须检查流液口有无气泡，并排放一些液体、赶出暗藏在活塞内和橡皮管中的气泡。

（6）滴定最好是在锥形瓶中进行。滴定操作是左手滴定，右手摇瓶。滴定时要求能做到逐滴放出，每次仅放一滴，使溶液成悬而未滴的状态，并掌握加半滴的技术。

（7）滴定时，应使滴定管尖嘴部分插入锥形瓶口下 1～2cm 处。滴定速度为 3～4 滴/s 为宜，切不可成液柱流下。

（8）滴定管用毕，倒去管内剩余溶液，用水洗净，装入蒸馏水至刻度以上，用大试管套住管口。

2. 移液管和吸量管

移液管是中间有一球部的玻璃管。球的上、下部均为较细窄的管颈，出口很小、管颈上部有一环形标线。移液管的环形标线表示其在一定温度下（20℃）移出的溶液的体积。吸量管是具有分刻度的玻璃管，两头直径很小，中间管身直径相同。吸量管可以用来转移不同体积的液体。

移液管和吸量管使用中应注意：

（1）移液管和吸量管均可用自来水洗涤、再用蒸馏水冲洗，较脏时，可用铬酸洗液洗涤。使用前应冲洗干净，并用吸水纸将管尖端内外的水除去，再用待吸溶液洗 3 次。

（2）吸液时，管尖应深入液面 10～20mm，并随液面下降而下降。零位在上的吸管，溶液吸到零位上面几毫米处，零位在下的吸管，吸至所需移取容积的分度线以上几毫米，然后再调整液面。

（3）放出溶液时，吸管应垂直，流液口与承接溶液的器皿内壁相接触，接溶液的器皿应倾斜 30°。

（4）残留在管末端的少量溶液，不可用外力强使其流出。但管口上刻有"吹"字的，末端的溶液也要吹出，使用时必须使管内的溶液全部流出，不允许保留。

（5）在精密分析中使用的移液管和吸量管都不允许在烘箱中烘干。

3. 单标线容量瓶

容量瓶是一种量入式量器，准确度高，常用于液体体积的精密计量，常与吸管配合使用以配制一定浓度的溶液。

容量瓶的使用规则如下：

（1）容量瓶多属于具有非互换性瓶口和瓶塞的量器，应将塞子用线系在瓶颈上避免换错。

（2）使用前，应先检查容量瓶瓶塞是否漏水。

（3）干燥容量瓶时通常用自然干燥法，不应放入烘箱烘烤。

（4）将固体物质配制一定体积的溶液，通常是将固体物质放在小烧杯中溶解后，再定量地转移到容量瓶中。转移时用一根玻璃棒插入容量瓶，玻璃棒下端要靠近瓶颈内壁，使溶液沿玻璃棒慢慢流入。

（5）溶液转入容量瓶后，加蒸馏水，稀释到约 3/4 体积时，将容量瓶平摇几次，作初步混匀。然后继续加蒸馏水，接近标线时应小心逐滴加入，直至溶液的弯月面与标线相切，将瓶塞塞紧。

（6）倒置容量瓶，摇动数次，正立后再倒过来摇动数次，如此反复多次，使瓶内溶液混匀。

（7）热溶液须放置冷却至室温后，才能稀释并调定液面。

（8）溶液不能长期存放在容量瓶中，应转移到磨口试剂瓶中保存。

（9）容量瓶用毕应清洗干净，长期不用时，须用纸片夹在瓶口和瓶塞之间，以免口、塞粘住。

三、容量仪器的校正

1. 一般方法

容量仪器的容积并不经常与标示值完全符合，对于准确度要求较高的分析工作，应对容量仪器加以校正。容量器皿的校正一般有两种方法，主要是衡量法，其次是容量比较法。

（1）衡量法。衡量法指称量一定容积的水，然后根据该温度时水的密度，将水的质量换算为容积的方法。这种方法是基于在不同温度下水的密度（每毫升水的质量）已准确测定。我们知道 3.98℃时，1ml 水在真空中质量为 1.000g。而我们在室温下空气中称量物品时，称量的结果要对以下三点进行校正。

1）水的密度随着温度的改变而改变的校正。

2）对于玻璃仪器的容积由于温度改变而改变的校正。

3）对于物体由于空气浮力而使称量结果改变的校正。

为了便于计算，将此三项校正值合并得到一总校正值，见表 2-6。表中数字表示充满 20℃时容积为 1L 的玻璃仪器的水，在空气中在不同温度下用黄铜砝码称量的质量。校正后的容积是指 20℃时该容器的真实容积。

表 2-6   1L 水在空气中的校正质量

℃	质量（g）	℃	质量（g）	℃	质量（g）
0	998.24	14	998.04	28	995.44
1	998.32	15	997.93	29	995.18
2	998.39	16	997.80	30	994.91
3	998.44	17	997.65	31	994.64
4	998.48	18	997.51	32	994.34
5	998.50	19	997.34	33	994.06
6	998.51	20	997.18	34	993.75
7	998.50	21	997.00	35	993.45
8	998.48	22	996.80	36	993.12
9	998.44	23	996.60	37	992.80
10	998.39	24	996.38	38	992.46
11	998.32	25	996.17	39	992.12
12	998.23	26	995.93	40	991.77
13	998.14	27	995.69		

（2）容量比较法。容量比较法（相对校正法）指采用标准量器通过介质（水）对被检量

器的容积直接比较测得其容积的方法。

2. 容量瓶的校准

绝对校正法：将洗净、干燥、带塞的容量瓶准确称重（空瓶质量）。注入蒸馏水至标线，记录水温，盖上瓶盖称量，两次称量之差即为水的质量，根据水温由表2-6，查出水的校正质量，即可算出该容量瓶20℃时的真实容积，求出校正值。

相对校正法：例如容量瓶与移液管配合使用时，做容量瓶和移液管的相对校正。可预先将容量瓶洗净空干，用洁净的移液管吸取蒸馏水注入该容量瓶中（如250ml的容量瓶，用25ml移液管吸10次），观察容量瓶中水的弯月面是否与标线相切，若不相切，再重复校正一次，在容量瓶颈上作一新标记，以后配合使用时用此新标记。

3. 滴定管的校正

滴定管的校正采用衡量法。其方法以50ml常量滴定管为例：将待校正的滴定管充分洗净，记录水的温度，用滴定速度放出10ml水，置于预先准确称量过的25ml具塞锥形瓶中称量，两次重量之差即为水质量。由滴定管中再放出10ml水于原锥形瓶中，用上述方法称量、读数并记录。同样，每次放出10ml水，即从20ml到30ml、30ml到40ml，直至50ml为止。查表2-6，得到水温下水的真实质量，计算得到滴定管各部分的（20℃时）真实容积。

容量仪器的允许误差见表2-7。

表2-7　　　　　　　　　　　　　　　容量仪器的允许误差

滴 定 管		移 液 管		容 量 瓶	
容积如（ml）	允许误差（ml）	容积（ml）	允许误差（ml）	容积（ml）	允许误差（ml）
5	±0.01	2	±0.010	50	±0.05
		5	±0.015	100	±0.10
10	±0.025	10	±0.02	250	±0.15
25	±0.04	25	±0.03	500	±0.25
		50	±0.05	1000	±0.40
50	±0.05	100	±0.08	2000	±0.60

第四节　化验室管理

化验工作是生产和科研工作的一个重要环节，为了保证工作顺利地进行，必须以科学的方法管理化验室。

一、化验室的要求

化验室房屋结构应能防震、防火、防尘，光线要充足。化验室房屋应划分为样品准备室、化学分析室、天平室、精密仪器室、药品贮藏室等几部分，或至少建成套间互相隔开。

化验室室内布置应有利于分析人员高效率地工作，有利于保护仪器及保障安全。化验室主要设施应有实验台、药品架、通风柜等。实验台的安放位置应使光线从侧面射入，并有日光灯照明，以便于夜间工作。实验台中间设试剂架。实验台面可采用木制，最好刷以生漆，增加其耐酸性。放置精密仪器的工作台须稳固防振。

在样品处理和分析工作中经常会产生各种有毒、有腐蚀性或易爆的气体，这些气体必须及时排出室外。实验室通风系统可以采用通风柜或排气罩，通过管道将有害气体排出室外。另外也可以安装排风扇或轴流风机，通过机械通风进行室内换气，或室内设通风竖井利用自然通风换气。进行六氟化硫气体分析化验的试验室应加装底部通风设施。

在化验室工作的分析工作者应该有严肃认真的工作态度，精密细致的工作作风和整齐、清洁的实验习惯。工作前后应打扫实验室卫生。应像医务工作者一样养成工作前和工作后洗手的习惯。工作应有计划、有准备，有条不紊地进行。实验仪器应放置整齐，实验台及地面保持清洁、干燥。废物不得随地扔弃。工作服应经常洗换，不得在非工作时穿用。实验记录应真实、及时、齐全、整洁、规格化。应该用钢笔或签字笔记录，错误之处应将原字划掉，在旁边重写清楚，不得涂改、补贴。

二、试验用水的要求

在化验工作中，水是必不可少的。但天然水存在很多杂质，对分析反应有不同程度的干扰，不适合化验工作的需要，因此要把水提纯。经过提纯的水，依提纯方法不同，有蒸馏水和离子交换水。将天然水用蒸馏器蒸馏就得到蒸馏水。由于绝大部分无机盐类不挥发，因此蒸馏水较纯净，适用于一般化验工作。用离子交换法制取的纯水也叫去离子水，离子交换法制取纯水具有出水纯度高，操作技术容易掌握，成本低等优点，适合于各种规模的化验室使用。

在25℃时纯水的理论电导率为5.5×10^{-8}S/cm，换算成电阻率是$18.2\times10^{6}\Omega\cdot$cm。一般化学分析用水，可以用铂电阻与电导仪检测其电导率。其电阻率一般在$0.5\times10^{6}\sim1\times10^{6}\Omega\cdot$cm即为合格。电阻大于0.5MΩ的水经检验，阴、阳离子均检不出来，所以用测定电阻率的方法来控制试验用纯水的质量较为方便。

三、精密仪器和化学药品的管理

精密仪器应有专人负责保管和维修，使其经常处于完好备用状态。精密仪器的购置、拆箱、验收、安装和调试都应有专人负责。较大的仪器应固定安装，不得任意搬动。应定期对精密仪器的性能进行检查，对各项技术指标加以检定。大型精密仪器应建立技术档案，工作时必须按说明书规定的操作规程使用仪器，建立严格的使用、保管、维修制度。

化验室用到的大部分化学药品都具有一定的毒性，有的是易燃、易爆危险品，因此必须了解一般化学药品的性质及保管方法。较大量的化学药品应存放在药品贮藏室，由专人保管。贮藏室应是朝北方向，避免阳光照射，以免室温过高和造成试剂见光变质。室内应干燥通风，严禁明火。门窗要牢固，门向外开。危险品的贮藏应分类隔离贮藏，量小的也应设立铁柜或水泥柜分隔贮藏。照明设备应采用隔离、封闭、防爆型。室内严禁烟火。要经常检查危险品贮藏情况，消除事故隐患。实验室及库房应准备好消防器材，工作人员应具有防火、灭火的常识。

四、高压气瓶的管理

气体经压缩后贮于耐压钢瓶内，因此具有危险性。钢瓶如果在太阳下曝晒或受热，瓶内压力会升高。当压力大于容器耐压限度时会引起爆炸。对高压气瓶要按要求进行管理，具体要求如下：

1. 按钢瓶内气体性质分类保管。如剧毒气体（如液氯）、易燃气体（如氢气）、助燃气体（如氧气）、不燃气体（氮、氩气等）。

2. 各类压缩气体的钢瓶应根据气体种类漆有不同的颜色标志。钢瓶应定期进行技术检验，并盖有检验钢印。

3. 钢瓶存放时应避免日晒，不准靠近热源，要直立放置，并用架子、套环加以固定。

4. 钢瓶搬运时应加装防振圈，搬动时不能摔倒和撞击，以防碰坏阀门引起爆炸。工作人员应戴好防护帽。

5. 使用时必须上好减压阀，拧紧丝扣，不得漏气。阀门和减压阀严禁粘附油脂。开启阀门要先检查减压阀。严禁敲打阀门。关气时要放尽减压阀中的残气。

6. 钢瓶气体不能完全用尽，要保留有几个压力的剩余气体，以免充气时发生危险。

五、化验室一般安全常识

在化验分析工作中，由于要接触各种有毒试剂、易爆和易燃气体等，化验人员应该具备一定的安全防护知识，尽量避免发生事故，并能及时采取措施减少损失。以下列出应注意的安全事项：

1. 化验室所有药品、溶液、标样都应有标签，绝对不要装入与标签不符的物品。

2. 稀释酸时，只能将酸慢慢地倒入水中，严禁将水倒入浓硫酸中。

3. 开启挥发性液体试剂时，应先用自来水冲洗冷却，然后在通风柜中开启，瓶口不要对人。

4. 装过强腐蚀剂、可燃性或有毒试剂的器皿应由操作人员及时洗净。

5. 取下沸腾的试剂时，应用瓶夹先轻轻摇动，以免沸腾液溅出烫伤。

6. 使用高压气瓶时要按有关规定操作，开启时要小心，瓶口不要对着人。

7. 使用有毒和腐蚀性气体的操作应在通风柜中进行。

8. 化验分析中产生的废气、废液、废渣，大多数是有毒物质，不可直接排放而污染环境，必须经过必要的处理。一般酸性气体可用碱液吸收。

9. 化验室应备有急救药品、消防器材和劳保用品。

10. 建立化验室安全制度和安全登记。健全岗位责任制。下班前要检查化验室的水、电、煤气、门窗等，确保安全。

第三章

六氟化硫气体实验室检测技术

本章分别叙述六氟化硫新气密度，六氟化硫气体中酸度、可水解氟化物、矿物油、空气、四氟化碳的测定，湿度的重量法测定及六氟化硫气体毒性生物试验，着重阐述分析检测方法的基本原理、试验条件的选择、分析结果的处理及分析中有关问题的探讨。

第一节　六氟化硫气体密度测定

密度测定法（称重法）是一种鉴别六氟化硫气体的主要方法。与其他方法（如红外吸收光谱法、热导率测定法、气相色谱法）相比，具有简便、可靠的优点。

一、测定方法

1. 原理

精确称量一定体积六氟化硫气体的质量，计算其密度。即在一定的温度、压力条件下，利用恒量质量的容气瓶、灌装已知体积的六氟化硫气体，在高精度天平上迅速称量质量，并将其质量核算到20℃，101 325Pa时的质量，根据已知体积求出密度，在20℃，101 325Pa情况下，六氟化硫气体的密度为6.16kg/m³。这种方法是基于经典的重量法原理。

2. 仪器与设备

球形玻璃容气瓶：具有相对的两只严密真空活塞，容积约100ml；

天平：感量0.0001g；

湿式气体流量计：0.5m³/h，精度±1%；

空盒气压计；

真空泵；

U型水银压差计或真空表；

秒表。

3. 操作步骤

（1）将容气瓶洗净、烘干，真空活塞涂上真空脂。

（2）将容气瓶与真空泵，U型水银压差计相连接，抽真空，待压差计示值稳定后关闭真空活塞，停掉真空泵，观察压差计示值，半小时之内应稳定不变，否则应当重涂真空脂。

（3）测定容气瓶容积（V_0）。

称量容气瓶质量（m_1），准确至±0.1g。

将称过质量的容气瓶充满水，擦净外部多余的水，称其质量（m_2），准确至±0.1g。记录水的温度（t）。

查出温度 t 时水的密度（ρ_w）。

按下式求出容气瓶容积（V_0）：

$$V_0 = \frac{m_2 - m_1}{\rho_w} \times 10^{-3}$$

式中　V_0——容气瓶容积，m^3；

　　　m_1——空容气瓶质量，g；

　　　m_2——充满水后容气瓶质量，g；

　　　ρ_w——t℃下水的密度，kg/m^3。

（4）按图 3-1 连接好抽真空系统。

（5）关闭真空活塞 A，开启真空活塞 B。

启动真空泵，至 U 形水银压差计示值稳定后，缓缓开启真空活塞 A，少顷，关闭 A。如此重复操作三次，即反复用空气将容气瓶冲洗三次。

（6）继续抽真空至 U 形压差计示值稳定后，持续抽真空 2min。

（7）关闭真空活塞 B，关停真空泵，拆下球形玻璃容气瓶。

（8）称量球形玻璃容气瓶质量（m_3）准确至±0.2mg。

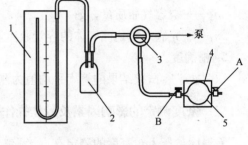

图 3-1　抽真空系统装置

1—U 形水银压差计；2—缓冲瓶；3—三通活塞；
4—防护罩；5—球形玻璃气瓶

（9）将六氟化硫气瓶倒置，按图 3-2 连接六氟化硫充气装置，开启减压阀，调节其流速为 1L/min。将球形玻璃容气瓶的真空活塞 A 与六氟化硫气瓶的减压阀出口相连，真空活塞 B 与湿式气体流量计相连。

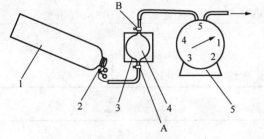

图 3-2　六氟化硫充气连接装置

1—六氟化硫气瓶；2—压力表；3—防护罩；
4—球形玻璃容气瓶；5—湿式气体流量计

（10）依次开启真空活塞 A 和 B 同时用秒表计时。

（11）通气 0.5min，依次关闭真空活塞 B、A 和气瓶减压阀。

（12）迅速取下球形玻璃容气瓶，使活塞 B 开口向上并迅速打开一次，使瓶内外压力平衡，然后立即关闭。

（13）称量球形玻璃容气瓶的质量（m_4），准确至±0.2mg。

（14）记录大气压力（p）及室温（t）。

（15）重复上述操作，进行平行试验。

4. 结果计算

（1）六氟化硫气体体积的校正

按下式将充入容气瓶内的六氟化硫气体体积（V_0）校正为标准状况（20℃，101 325Pa）

下的体积：

$$V = V_0 \times \frac{293 \times p}{101\,325 \times (273 + t)}$$

式中　V——六氟化硫校正体积，m^3；

　　　V_0——充入之六氟化硫体积，m^3；

　　　p——大气压力，Pa；

　　　t——室温，℃。

（2）按下式计算六氟化硫气体密度

$$\rho = \frac{m_4 - m_3}{V} \times 10^{-3}$$

式中　ρ——六氟化硫气体密度，kg/m^3；

　　　V——六氟化硫气体体积（20℃，101 325 Pa），m^3；

　　　m_3——空容气瓶质量，g；

　　　m_4——充满六氟化硫气体的容气瓶质量，g。

5. 精确度

取两次平行试验结果的算术平均值为测定值。重复性：相对误差小于 0.5%。

二、密度测定的影响因素及最佳操作条件

除温度，压力对密度的测定有直接影响外，灌充六氟化硫气体的速度、时间，容气瓶的准确体积、真空度以及容气瓶真空活塞口的位置也都会对测定结果有一定影响，为了弄清其影响程度并选择最佳试验条件，我们采用正交试验的办法对上述因素进行了考查，试验安排见表 3-1，试验结果见表 3-2，图 3-3。

由表 3-2、图 3-3 可见，这些因素中影响最大的是六氟化硫的流速，其次是灌充时间，而容气瓶的真空度及位置影响较小。

表 3-1　　　　　　　　　　　试　验　安　排

水　平	A 流速（L/min）	B 时间（min）	C 真空度（Pa）	D 位置
1	5.0	1.5	133.322	垂直
2	2.5	1.0	266.644	斜
3	1.0	0.5	不抽真空	水平

表 3-2　　　　　　　　　　　试　验　结　果

因素 水平 试验号	A 流速（L/min）	B 时间（min）	C 真空度（Pa）	D 位置	密度 ρ（kg/m）
1	1（5.0）	1（1.5）	1（133.322）	1（直）	6.1817
2	1（5.0）	2（1.0）	2（266.644）	2（斜）	6.1193
3	1（5.0）	3（0.5）	3（不抽真空）	3（平）	6.1375
4	2（2.5）	1（1.5）	2（266.644）	3（平）	6.1089
5	2（2.5）	2（1.0）	3（不抽真空）	1（直）	6.1034
6	2（2.5）	3（0.5）	1（133.322）	2（斜）	6.1163

试验号	A 流速 (L/min)	B 时间 (min)	C 真空度 (Pa)	D 位置	密度 ρ (kg/m)
7	3 (1.0)	1 (1.5)	3 (不抽真空)	2 (斜)	6.1291
8	3 (1.0)	2 (1.0)	1 (133.322)	3 (平)	6.0781
9	3 (1.0)	3 (0.5)	2 (266.644)	1 (直)	6.0945
I	6.1462	6.1399	6.1254	6.1265	
II	6.1095	6.1003	6.1076	6.1216	
III	6.1006	6.1161	6.1233	6.1082	
R	0.0456	0.0396	0.0178	0.0183	

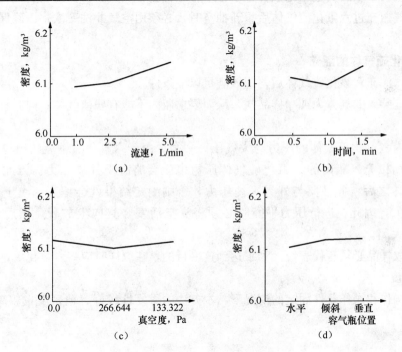

图 3-3 各因素对密度测定结果的影响

(a) 流速对密度的影响；(b) 充气时间对密度的影响；

(c) 容气瓶真空度的影响；(d) 容气瓶取样位置的影响

同时可以看出，最佳条件操作应是：

六氟化硫流速：5L/min；充气时间：1.5min；

瓶子真空度：影响较小；

瓶子活塞位置：影响较小。

但为了既能达到试验目的，满足试验要求，又能节省气体，我们选定的操作条件是：

六氟化硫流速：1L/min；充气时间：0.5min；

瓶子真空度：随真空泵能力决定；

瓶子位置：活塞垂直放置，六氟化硫气体由下而上流入。

三、密度测定中的几个问题

1. 容气瓶体积的测量

能否准确测量容气瓶体积，是能否准确测定密度的关键。装水称量是测量容器容积的常用方法。采用这种方法，必须既要保证容器内完全充满水，又要防止容器外部沾有多余的水。为达此目的，我们采用先将容气瓶抽空，然后由一端使水通入的办法，实践证明，这种做法是比较理想的。

2. 容气瓶的抽空

容气瓶的抽空程度，是影响测定结果准确度的一个重要因素。抽空过程应该注意三点：

（1）容气瓶应先洗净、烘干；

（2）抽空前必须用真空脂涂敷真空活塞，并经检查证实其密封性能确实良好；

（3）容气瓶充过六氟化硫气体后重新抽空时，必须用空气冲洗三次，以确保瓶内不残留六氟化硫气体。

3. 六氟化硫气体的灌充

容气瓶内灌充六氟化硫气体后，应该满足以下条件：

（1）保证装入的气体为纯净样品气，从而要求瓶内不能有残留气体，同时管道系统不能漏气。

（2）瓶内六氟化硫气体的压力与大气压力平衡。由于六氟化硫钢瓶的出口压力高于一个大气压，所以充入瓶内的六氟化硫气体压力也就会略高于外界压力。因此，每次充完六氟化硫气体之后，务必要与外界平衡压力，否则测定结果就会偏高。由于六氟化硫的密度比空气大，因此在进行压力平衡时必须将真空活塞竖直向上放置，然后将活塞开启少顷即迅速关闭。

（3）所取样品必须有代表性。为了达到这一目的，在取样时应将六氟化硫钢瓶倒置。

4. 精密度

在严格操作和操作条件固定的情况下，本方法的重复性较好、精密度也较高。（测试结果见表3-3）。

表3-3   测 试 结 果

项目		密度测定值（kg/m³）						
		样品1	样品2	样品3	样品4	样品5	样品6	样品7
序号	1	6.136	6.138	6.123	6.135	6.124	6.125	6.123
	2	6.136	6.135	6.123	6.135	6.121	6.125	6.123
	3	6.135	6.137	6.123	6.134	6.120	6.126	6.125
均值		6.136	6.137	6.123	6.135	6.122	6.125	6.124
总均值		6.129						
标准差		0.007						
变异系数		0.1%						

影响重复性的主要因素是：容气瓶的气密性、充气后的平衡情况以及称量操作的熟练程度。

（1）关于容气瓶的气密性问题，除上述认真涂敷真空脂外，还应注意在试验过程中旋转真空活塞时始终保持向一个方向旋转，这样可以保持有较长时间的良好气密性，从而减少涂敷次数。此外，尚须随时注意试验情况，一旦发现误差较大或称量结果不稳定时，应及时检查容气瓶的气密性，并重新涂敷真空脂。

（2）充满六氟化硫气体后，使瓶内压力与大气压力平衡的操作，也是影响重复性的重要因素。如果瓶内压力高于外界压力，则结果偏高；如果每次平衡程度不同，则会造成较大误差。

（3）称量时必须快速准确。操作者必须戴洁净的细纱手套。为加快称量速度，最好使用电子自动天平。

5. 安全

由于使用的容气瓶为玻璃材质，并且又是在真空下操作的，因此必须特别注意安全。容气瓶在使用前必须进行耐压试验。试验时，在抽真空和充六氟化硫气体的过程中，瓶子外面应加防护罩。

6. 与国内外同类标准的比较

采用称重法进行六氟化硫气体密度的测定是国际通用的方法。即根据准确称得的一定体积的六氟化硫气体的质量来计算其密度。

本节所述方法亦是同一原理，但除准确测量容器的体积外，灌充六氟化硫时瓶子的残压、充气速度及瓶子的放置位置都将会对气体填充的情况有影响，从而也就会影响测定结果的准确性。为了选择最佳操作条件，本方法采用了正交试验方法对各因素的影响进行了考察，并确定了适当的流速、真空度和充气瓶的放置位置。

本法与国外方法比较，有以下特点：

（1）为提高容气瓶的耐压性能，容气瓶改为球形。

（2）充气时间由 1min 改为 0.5min。

（3）六氟化硫流速由 5L/min 改为 1L/min。

从而缩短了测定时间，节省了六氟化硫气体的耗费量。

目前，国内尚无其他标准方法，一般多采用 IEC376 出版物推荐的方法。

第二节　六氟化硫气体中酸度的测定

一、六氟化硫气体中的酸度

六氟化硫气体中的酸度是指六氟化硫气体中的酸（如 HF）和酸性物质（如 SO_2）的存在程度，为方便起见，一般以氢氟酸的质量分数来表示。

六氟化硫气体中酸和酸性物质的存在对电气设备的金属部件和绝缘材料造成腐蚀，从而直接影响电气设备的机械、导电、绝缘性能。特别是酸性组分和水分同时存在时，有可能发生凝聚，将会严重危及电气设备的安全运行。同时酸度的大小在一定程度上代表或象征着六氟化硫气体的毒性大小。因此，对六氟化硫气体中的酸度应给予严格限制，以保证人身和电气设备的安全。

六氟化硫气体中酸度的检测，必须有严格的采样方式和分析方法，以便使检测能够满足低含量、高精度、准确可靠的要求。

二、测定方法

1. 方法原理

将一定体积的六氟化硫气体以一定的流速通过盛有氢氧化钠溶液的吸收装置，使气体中的酸和酸性物质被过量的氢氧化钠溶液吸收，然后用经校正的微量滴定管，以硫酸标准溶液滴定吸收液中剩余的氢氧化钠溶液，采用弱酸性指示剂指示滴定终点，根据消耗硫酸标准溶液的体积、浓度和一定吸收体积（换算为20℃，101 325Pa时的体积）的六氟化硫气体计算酸度，以氢氟酸（HF）的质量分数表示。

由于整个吸收、滴定过程中受环境的干扰较大，因此要求操作严谨、快速、准确。

2. 仪器和试剂

（1）仪器。

三角洗气瓶：250ml。包括砂芯式和直管式，见图3-4。

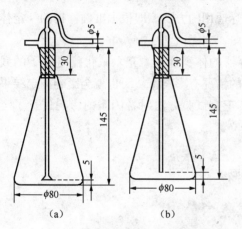

图3-4 三角洗气瓶

(a) 砂芯式吸收瓶（1号孔径）；

(b) 直管式吸收瓶

不锈钢管或聚四氟乙烯管：ϕ3。

氧气减压表。

微量滴定管：2ml，分度0.01ml。

微量移液管：2ml。

三角烧瓶：1000ml。

微量气体流量计：100～1000 ml/min。

湿式气体流量计：0.5m³/h，精度±1%。

空盒气压表，平原地区用。

（2）试剂。

硫酸，优级纯。

氢氧化钠，优级纯。

乙醇95%，分析纯。

甲基红。

溴甲酚绿。

（3）0.01mol/L的硫酸标准溶液的配制（以$\frac{1}{2}H_2SO_4$为基本单元）。

1）配制：量取0.3ml优级纯浓硫酸（密度1.84g/ml），缓慢注入1000ml去离子水中，冷却、摇匀。

2）标定：准确称取0.02g经270～300℃灼烧至恒量质量的基准无水碳酸钠，溶于50ml水中，加两滴甲基红—亚甲基蓝指示剂，用待标定的0.01mol/L硫酸标准溶液滴定至溶液由绿色变为紫色（pH为5左右），煮沸2～3min，冷却后继续滴定至紫色，同时应作空白试验。

3）计算：硫酸标准溶液的浓度按下式计算：

$$c = \frac{m}{(V_1 - V_2) \times 52.99} \times 10^3 \qquad (3-1)$$

式中　c——硫酸标准溶液的浓度，mol/L；

　　　m——无水碳酸钠的质量，g；

　　　V_1——滴定碳酸钠消耗硫酸溶液的体积，ml；

V_2——空白试验消耗硫酸溶液的体积，ml；

52.99——无水碳酸钠的摩尔质量，g/mol（$\frac{1}{2}$Na$_2$CO$_3$ 计）。

（4）0.01mol/L 氢氧化钠溶液的配制。

1）配制：量取 0.5ml 氢氧化钠饱和溶液，注入 1000ml 不含二氧化碳的去离子水中，摇匀。此溶液应密封保存，保存期不宜太长。

2）标定：量取 20.00ml 的 0.01mol/L 硫酸标准溶液，加 60ml 不含二氧化碳的去离子水，加两滴 1%酚酞指示剂，用待标定的 0.01mol/L 氢氧化钠标准溶液滴定。近终点时加热至 80℃继续滴定至溶液呈粉红色。

3）计算：氢氧化钠标准溶液的物质的量浓度按下式计算：

$$c' = \frac{cV_1}{V} \tag{3-2}$$

式中　c'——氢氧化钠标准液浓度，mol/L；

　　　c——硫酸标准液浓度，mol/L；

　　　V_1——硫酸标准溶液的体积，ml；

　　　V——滴定硫酸标准液耗氢氧化钠溶液的体积，ml。

4）注意：标准碱液每周标定一次。如发现已吸入二氧化碳时，需重新配制。二氧化碳吸收管中的苏打石灰应及时更换。

（5）配制混合指示剂。

取 3 份 0.1%溴甲酚绿乙醇溶液与 1 份 0.2%甲基红乙醇溶液混匀即可。此指示剂可在室温条件下保存一个月。

（6）试验用水的制备。

将 600ml 去离子水注入 1000ml 三角烧瓶中，加热煮沸 5min，然后加盖并迅速冷却至室温。加入 3 滴混合指示剂，用硫酸标准溶液调至呈微红色，置于塑料瓶中密封待用。该试验用水应现用现配。

3. 采样

（1）钢瓶的放置。为采集到具有代表性的液相六氟化硫样品，需将六氟化硫钢瓶倾斜倒置，使钢瓶出口处于最低点。

（2）采样设备的连接。如图 3-5 所示，将减压阀直接与六氟化硫气体钢瓶连接，再将不锈钢（或聚四氟乙烯）取样管的一端通过接头与氧气减压表接通，另一端接在微量气体流量计的进口上；微量气体流量计出口处串接一真空三通，与各级吸收瓶入口连接。需注意各接口的气密性。最后将湿式气体流量计与各级吸收瓶的出口相接，并将湿式气体流量计出口管接至室外通风处。

（3）采样操作：

1）在吸收瓶 6、7、8 内各加入 150ml 试验用水，再用微量移液管分别加入 2.0ml 的 0.01mol/L 氢氧化钠标准溶液，摇匀，并尽快按图 3-5 连接好。

2）记录湿式气体流量计的数值 V_1，大气压力 p_1 及室温 t_1。

3）打开六氟化硫气体钢瓶的阀门及减压阀，将真空三通旋至旁通，调节微量气体流量计示值为 0.5L/min（SF$_6$），冲洗取样管 3min，迅速将真空三通切换至与吸收系统相通。以此通气速度通气约 20min 后，关闭六氟化硫气体钢瓶的阀门，至湿式气体流量计读数不变时，依次迅速关闭减压阀，并将真空三通切换至不通位置。

4）记录湿式气体流量计的数值 V_2，大气压力 p_2 和室温 t_2。

5）拆下各级吸收瓶 6、7、8，待滴定分析。

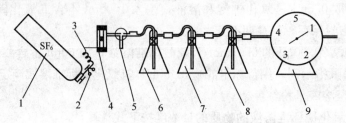

图 3-5　采样系统

1—六氟化硫气体钢瓶；2—减压阀；3—取样管；4—微量气体流量计；5—真空三通；
6—砂芯式吸收瓶；7、8—直管式吸收瓶；9—湿式气体流量计

4. 样品分析步骤

1）向吸收瓶 6、7、8 中分别加入 8 滴混合指示剂，依次置于磁力搅拌器上，边搅拌边用 0.01mol/L 的硫酸标准液通过微量滴定管滴定至终点（酒红色），滴定管顶端应加二氧化碳吸收管。

2）分别记录各吸收瓶 6、7、8 中吸收液所消耗的 0.01mol/L 硫酸标准溶液体积 X、Y、B，若第二级吸收瓶的耗酸量大于第一级吸收瓶的耗酸量的 10%，则认为吸收不完全，需重新吸收。

5. 结果计算

（1）六氟化硫气体体积的校正，按下式计算：

$$V_C = \frac{(V_2 - V_1) \times \frac{1}{2}(p_1 + p_2) \times 293}{101\,325 \times \left[273 + \frac{1}{2}(t_1 + t_2)\right]} \qquad (3-3)$$

式中　V_C——20℃，101 325Pa 时六氟化硫的校正体积，L；

　　p_1、p_2——试验起、止时的大气压力，Pa；

　　t_1、t_2——试验起、止时的室温，℃；

　　V_1、V_2——试验起、止时湿式气体流量计读数，L。

（2）酸度计算，以氢氟酸质量分数（10^{-6}）表示，按下式计算：

$$w_{HF} = \frac{20c[(V_8 - V_6) + (V_8 - V_7)] \times 10^3}{6.16 V_C} \qquad (3-4)$$

式中　c——硫酸标准溶液的浓度，mol/L（以 1/2 H_2SO_4 计）；

　　V_6——吸收瓶 6 中吸收液耗硫酸标准溶液体积，ml；

　　V_7——吸收瓶 7 中吸收液耗硫酸标准溶液体积，ml；

　　V_8——吸收瓶 8 中吸收液耗硫酸标准溶液体积，ml；

　　6.16——六氟化硫气体的密度，g/L。

6. 注意事项

（1）各接口的气密性要好。

（2）尾气排放前需经碱洗处理。

（3）连接管路的乳胶管要尽量短。

（4）连接钢瓶的采样阀门系统必须能耐压 4MPa。

（5）取样完毕首先将钢瓶阀门关闭，待减压阀表压降为零后，关闭减压阀门，以免损坏减压阀。

三、试验条件的选择

六氟化硫气体中酸度的测定，目前国内外一般均采用过量的碱液吸收样品中的酸和酸性物质，用酸反滴过量碱的酸碱中和滴定法，但吸收方式、操作条件都不尽相同。六氟化硫气体中酸度允许值极小，分析检测过程中干扰因素多。通常认为影响酸度测定结果的因素主要有：吸收方式、吸收瓶类型、数量、吸收温度、六氟化硫气体流速与流量、水以及指示剂等。

1. 不同因素影响的考察——正交试验法

（1）正交试验安排。正交试验法用于对各因素的影响进行考察。正交试验选用 L_{18}（2×3^7）正交表安排（见表 3-4、表 3-5），考察指标为酸度，含量以氢氟酸质量分数（10^{-6}）计。

表 3-4　　　　　　　　　　　正 交 试 验 因 素

列　号	1	2	3	4	5	6	7	8
因　素	A	B	C	D	E	F	G	H
水　平	吸收方式	吸收瓶类型	吸收瓶数量	指示剂	流速（L/min）	流量（L）	温度（℃）	水
1	筛板＋直管	三角瓶	2	溴甲酚紫	0.3	10	15	去离子水除 CO_2
2	筛板＋筛板	吸收管	3	酚酞	0.5	5	20	去离子水
3		洗气瓶	4	混合	0.7	20	30	去离子水除 CO_2 后中和

表 3-5　　　　　　　　　　　　正 交 试 验 表

因素 试验号	A	B	C	D	E	F	G	H
1	1	1	1	1	1	1	1	1
2	1	1	2	2	2	2	2	2
3	1	1	3	3	3	3	3	3
4	1	2	1	1	2	2	3	3
5	1	2	2	2	3	3	1	1
6	1	2	3	3	1	1	2	2
7	1	3	1	2	1	3	2	3
8	1	3	2	3	2	1	3	1
9	1	3	3	1	3	2	1	2
10	2	1	1	3	3	2	2	1
11	2	1	2	1	1	3	3	2
12	2	1	3	2	2	1	1	3
13	2	2	1	2	3	1	3	2
14	2	2	2	3	1	2	1	3
15	2	2	3	1	2	3	2	1
16	2	3	1	3	2	3	1	2
17	2	3	2	1	3	1	2	3
18	2	3	3	2	1	2	3	1

（2）试验仪器。

微量滴定管，2ml、分度0.01ml；

微量移液管，2ml；

三角烧瓶，1000ml；

三角洗气瓶（包括直管型、弯管型、砂芯型），250ml；

洗气瓶（包括直管型和砂芯型），30ml；

撞击式吸收瓶（包括直管型和砂芯型），30ml；

微量气体流量计，100～1000ml/min；

湿式气体流量计，0.5m³/h，精度±1%；

电磁搅拌器；

空盒气压表（平原用）。

（3）试剂。

氢氧化钠标准溶液，0.0100mol/L；

硫酸标准溶液，0.0100mol/L（以1/2 H_2SO_4 计）；

溴甲酚紫指示剂，1%乙醇溶液；

酚酞指示剂，0.5%乙醇溶液；

溴甲酚绿—甲基红混合指示剂，3份0.1%溴甲酚绿乙醇溶液加1份0.2%甲基红乙醇溶液。

（4）试验用水的制备。

1）去离子水。

2）去除CO_2的水：将600ml去离子水置于1L三角瓶中煮沸5min，迅速冷却至室温。

3）去除CO_2的中性水：将去除CO_2的去离子水分别用不同指示剂加酸或碱调至中性。

（5）吸收装置。

1）以三角瓶做吸收瓶的吸收系统，连接方式见图3-6（a）。

分别向所需三角瓶中加入2.00ml碱标准溶液及150ml试验用水。其中一只不连入系统，留作空白试验。

2）以洗气瓶做吸收瓶的吸收系统，连接方式见图3-6（b）。

分别向试验所需的几只洗气瓶中加入2.00ml碱标准溶液及150ml试验用水。其中一只留作空白试验用，不连入系统中。

3）以撞击式吸收管做吸收瓶的吸收系统，其连接方式见图3-6（c）。

分别向试验所需的几只吸收管中加入2.00ml碱标准溶液及10ml试验用水。其中一只吸收管不连入系统，留作空白试验用。

（6）操作。打开六氟化硫气体钢瓶阀并调节减压表输出压力，用六氟化硫气体冲洗吸收管路3min，关闭微量气体流量计上的针形阀，记下湿式气体流量计读数（V_1）和大气压（p_1），温度（t_1）；连接各吸收系统，开启针形阀，并调节六氟化硫气体流速以规定流速通过吸收系统，直到试验规定之通气量，关闭针形阀及减压表，记录湿式气体流量计读数（V_2）、大气压（p_2）和温度（t_2）。拆下各吸收瓶（若为洗气瓶和吸收管需先转移溶液于三角瓶中），并依次置于磁力搅拌器上，加入试验规定指示剂，边搅拌边用硫酸标准溶液进行滴定。记录各吸收瓶消耗硫酸标准溶液的体积。

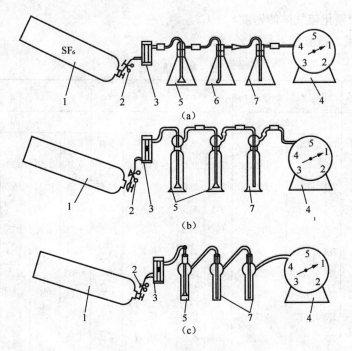

图 3-6　吸收系统连接方式

(a) 以三角瓶做吸收瓶的吸收系统；(b) 以洗气瓶做吸收瓶的吸收系统；

(c) 以撞击式吸收管做吸收瓶的吸收系统

1—六氟化硫气体钢瓶；2—减压表；3—微量气体流量计；4—湿式气体流量计；

5—砂芯型玻璃筛板吸收瓶；6—弯管型玻璃吸收瓶；7—直管型玻璃吸收瓶

（7）结果计算。

$$V_C = \frac{(V_2 - V_1) \times \frac{1}{2}(p_1 + p_2) \times 293}{101\,325 \times \left[273 + \frac{1}{2}(t_1 + t_2)\right]}$$

式中　V_C——20℃，101\,325Pa 时六氟化硫气体的校正体积，L；

p_1、p_2——试验起始和终结时的大气压，Pa；

t_1、t_2——试验起始和终结时的室温，℃；

V_1、V_2——试验起始和终结时湿式气体流量计读数，L。

$$w_{HF} = \frac{20 \times c \times \left[(V_0 - V_I) + (V_0 - V_{II}) + (V_0 - V_{III}) + (V_0 - V_{IV})\right] \times 10^3}{6.16 V_C}$$

式中　w_{HF}——以氟氢酸质量分数（10^{-6}）表示的六氟化硫气体的酸度；

c——硫酸标准溶液浓度，mol/L（以 1/2 H_2SO_4 为基本单元）；

20——氢氟酸（HF）的摩尔质量；

V_0——滴定空白溶液所消耗的硫酸标准溶液的体积，ml；

V_I——滴定第一只吸收瓶溶液消耗的硫酸标准溶液的体积，ml；

V_{II}——滴定第二只吸收瓶溶液消耗的硫酸标准溶液的体积，ml；

V_{III}——滴定第三只吸收瓶溶液消耗的硫酸标准溶液的体积，ml；

V_{IV}——滴定第四只吸收瓶溶液消耗的硫酸标准溶液的体积，ml；

V_C——20℃，101\,325Pa 时六氟化硫气体的校正体积，L；

6.16——六氟化硫气体的密度，g/L。

（8）试验结果。试验结果见表3-6。

表3-6 试 验 结 果

试验号	V_1	V_2	V_2-V_1	p_1	p_2	$\frac{1}{2}(p_1+p_2)$	t_1	t_2	$\frac{1}{2}(t_1+t_2)$	V_C	V_I	V_{II}	V_{III}	V_{IV}	V_o	w_{HF}
	L			×133.3Pa			℃			L	ml					×10⁻⁶
1	732.0	742.0	10.0	734.5	735.1	734.8	15.5	16.0	15.8	9.81	1.34	1.35			1.360	0.099
2	701.0	706.2	5.2	723.0	723.0	723.0	20.0	21.0	20.5	4.94	0.91	0.925	0.93		0.930	0.164
3	817.0	838.4	21.4	722.7	723.0	722.9	29.5	30.5	30.0	19.67	1.53	1.542	1.550	1.550	1.550	0.071
4	918.0	923.4	5.4	723.0	723.0	723.0	30.0	30.0	30.0	4.97	1.54	1.550			1.580	0.425
5	761.0	781.0	20.0	730.1	732.0	731.0	15.0	16.0	15.5	19.51	1.24	1.26	1.25		1.260	0.500
6	746.0	756.0	10.0	728.6	728.6	728.6	19.5	20.0	19.8	9.59	1.58	1.62	1.63	1.635	1.630	0.203
7	935.0	955.0	20.6	728.6	728.6	728.6	20.0	20.0	20.0	19.75	1.035	1.035			1.030	0.148
8	893.0	903.65	10.65	726.0	726.0	726.0	20.0	29.8	29.4	9.86	1.54	1.56	1.575		1.505	0.362
9	888.0	893.05	5.05	733.0	733.0	733.0	15.5	15.5	15.5	4.95	1.29	1.30	1.30	1.32	1.320	0.459
10	756.0	761.2	5.2	725.5	725.7	725.6	21.0	21.0	21.0	4.95	1.55	1.53			1.575	0.164
11	711.0	732.2	21.2	723.6	723.4	723.5	28.5	29.0	28.8	19.58	1.33	1.36	1.36		1.360	0.050
12	925.0	935.05	10.05	733.0	733.0	733.0	15.0	15.0	15.0	9.86	0.995	0.965	1.01	1.01	1.010	0.198
13	801.0	811.45	10.45	723.5	723.7	723.6	29.0	29.2	29.1	9.65	1.235	1.25			1.250	0.050
14	812.0	817.1	5.1	730.0	730.1	730.1	16.5	16.0	16.3	4.96	1.56	1.58	1.58		1.590	0.327
15	781.0	801.65	20.65	726.0	725.0	725.5	21.0	21.0	21.0	19.63	1.53	1.535	1.54	1.56	1.550	0.099
16	843.0	868.2	20.2	730.1	730.1	730.1	14.7	14.7	14.7	9.76	1.50	1.65			1.650	0.2
17	908.0	943.3	10.3	728.5	728.7	728.6	20.5	20.5	20.5	9.89	1.47	1.43	1.435		1.455	0.295
18	903.0	908.4	5.4	723.5	723.4	723.5	29.5	29.5	29.5	4.98	0.96	0.935	0.935	0.980	0.970	0.521

2. 试验结果分析及最佳试验条件的选定

（1）对指标（酸度）的极差分析。以氢氟酸表示的酸度是六氟化硫酸度的反应。根据正交试验结果，对指标进行极差（R）分析，见表3-7。

表3-7 极 差 分 析

因 素	A（吸收方式）	B（吸收瓶类型）	C（吸收瓶数量）	D（指示剂种类）	E（气体流速）	F（气体流量）	G（吸收温度）	H（试验水种类）	指标
列号 试验号	1	2	3	4	5	6	7	8	w_{HF}（×10⁻⁶）
1	1	1	1	1	1	1	1	1	0.099
2	1	1	2	2	2	2	2	2	0.146
3	1	1	3	3	3	3	3	3	0.071
4	1	2	1	1	2	2	3	3	0.425
5	1	2	2	2	3	3	1	1	0.050
6	1	2	3	3	1	1	2	2	0.203

因素	A (吸收方式)	B (吸收瓶类型)	C (吸收瓶数量)	D (指示剂种类)	E (气体流速)	F (气体流量)	G (吸收温度)	H (试验水种类)	指标
列号 试验号	1	2	3	4	5	6	7	8	w_{HF} (×10⁻⁶)
7	1	3	1	2	1	3	2	3	0.148
8	1	3	2	3	2	1	3	1	0.352
9	1	3	3	1	3	2	1	2	0.459
10	2	1	1	3	3	2	2	1	0.164
11	2	1	2	1	1	3	1	2	0.050
12	2	1	3	2	2	1	3	3	0.198
13	2	2	1	1	2	3	1	2	0.050
14	2	2	2	3	3	1	2	3	0.327
15	2	2	3	1	1	2	3	1	0.099
16	2	3	1	3	2	3	1	2	0.246
17	2	3	2	1	1	2	2	3	0.295
18	2	3	3	2	1	2	3	1	0.521
K_1	1.981	0.746	1.132	1.427	1.348	1.207	1.379	1.295	
K_2	1.950	1.154	1.248	1.131	1.494	2.060	1.073	1.172	
K_3		2.031	1.551	1.373	1.089	0.664	1.479	1.464	$T=3.931$
R_1	0.220	0.124	0.187	0.238	0.225	0.201	0.230	0.216	
R_2	0.217	0.192	0.208	0.188	0.249	0.343	0.179	0.195	
R_3		0.338	0.258	0.229	0.182	0.111	0.246	0.244	
R	0.003	0.214	0.071	0.050	0.067	0.232	0.067	0.049	

由表 3-7 可见，由于受各种因素的影响，酸度测定结果差别很大，高者可至 0.521（10⁻⁶），低者仅为 0.050（10⁻⁶）

（2）因素对指标（酸度）的影响。由表 3-7 得出影响指标（酸度）的显著性因素顺序由大到小为 F、B、C、E、G、D、H、A。这表明气体流量、吸收瓶类型、吸收瓶数量、指示剂类型等对酸度测定结果影响较大，而吸收方式对酸度测定结果影响最小。

依据各因素对指标（酸度）影响的显著性，绘制出因素与指标（酸度）的关系图，见图 3-7。据此关系可选定酸度测定的最佳条件。

图 3-7（a）反映出吸收方式对酸度的影响很小。由图可见，一级筛板吸收与二级筛板吸收方式测定结果几乎一致，而一级筛板吸收方式既可满足测定要求，又可节省仪器费用，故以一级筛板吸收方式为佳。

图 3-7（b）显示出吸收瓶类型对酸度的影响极大。极差 R 为 0.214，图中显示出以三角瓶作吸收瓶测定结果较为满意，而且吸收液不需转移，可直接加指示剂进行滴定，为此误差也可减小，故选用三角瓶为吸收瓶。

图 3-7（c）表明吸收瓶数量对酸度测定的影响无足轻重，用 2 只吸收瓶即可达到理想吸收效果，3 只与 4 只的结果相差无几，而 2 只和 3 只的结果几乎一致，故可采用 3 只吸收瓶。

图 3-7（d）反映出指示剂与酸度测定的关系：混合指示剂变色敏锐，可准确显示终点，测定结果可信性大；而用溴甲酚紫和酚酞为指示剂，终点不易观察判定。

图 3-7（e）表明流速为 0.7L/min 时的测定值略低于 0.3L/min 和 0.5L/min 的测定值，考虑到流速过快，使得吸收不能完全；而 0.3L/min 的流速与 0.5L/min 的流速测定结果相差很小，为缩短分析测定时间，拟采用 0.5L/min 流速。

从图 3-7（f）看出：随着气体流量的增大，测定结果愈来愈低，以 5L 流量的结果为最高，而 10L 和 20L 的测定结果可满足要求。为节约六氟化硫气体用量，采用流量为 10L。

图 3-7（g）反映出在 15℃～30℃ 之间进行酸度分析测定时，温度对测定结果影响不大，故一般室温即可进行分析测定。

图 3-7（h）显示出水对酸度测定结果的影响较小。这是由于空白溶液和吸收液均用同一种水，其测定误差可相互抵消之故。但最好将去离子水经煮沸 5min 左右，迅速冷却以除去 CO_2 的干扰，并经中和后再使用。

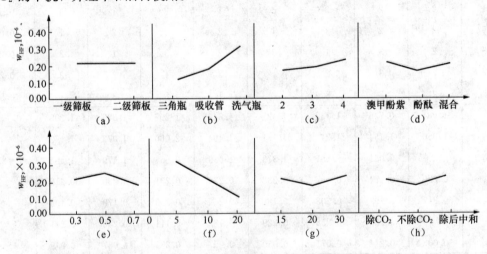

图 3-7　各因素和指标的关系

（a）吸收方式；（b）吸收瓶类型；（c）吸收瓶数量；（d）指示剂种类；（e）气体流速（L/min）；

（f）气体流量（L）；（g）吸收温度（℃）；（h）试验水种类

（3）空白溶液的选择。为进一步证实第三级吸收比较完全，吸收液可做空白溶液使用，又在上述选定的试验条件下，进行了五级串联吸收试验，并与未联入吸收系统的空白溶液进行了对比试验，结果见表 3-8，其中"0"为不连入系统的空白溶液，第一级吸收液由于操作不慎造成溶液外溅，使消耗硫酸标准溶液体积较小。

表 3-8　　　　　　　　　对　比　试　验　结　果

耗酸体积(ml) 吸收管个数 次 数	0	1	2	3	4	5
1	1.96	1.84	1.94	1.96	1.96	1.97
2	1.89	1.86	1.87	1.88	1.88	1.88

由表 3-8 看出，三级吸收瓶以后的各级吸收液所耗硫酸标准溶液体积（ml）基本相同。这说明至三级吸收已臻完全。不连入系统中的空白溶液与第三级吸收溶液所耗硫酸标准溶液

体积（ml）几乎等同，故将第三级吸收溶液作为空白溶液使用。

（4）指示剂放置时间对酸度的影响。所选混合指示剂放置时间对酸度测定结果的影响见表 3-9。

表 3-9　　　　　　　混合指示剂放置时间对酸度测定结果的影响

放置时间	一周内	两周	一个月
酸度	0.066×10^{-6}	0.067×10^{-6}	0.065×10^{-6}
放置时间	三个月	半年	一年以上
酸度	0.071×10^{-6}	0.099×10^{-6}	0.281×10^{-6}

由表 3-9 看出，指示剂放置时间对测定结果的影响随时间的延长而增大，一般在一个月内不需重新配制。

四、酸度分析方法的精度

1. 确定分析方法的精确度

为了确定本方法的精度，在上述选定试验条件下，对同一样品，进行了多次分析测定，表 3-10 列出了一组分析结果，据此结果而计算出标准差 σ 值为 ± 0.005，其变异系数为 $\pm 7.25\%$。

表 3-10　　　　　　　　　测定次数与分析结果

测定次数	1	2	3	4	5
测定结果（10^{-6}）	0.073	0.060	0.074	0.065	0.074
相对误差（%）	5.8	13.3	7.2	5.8	7.2
测定次数	6	7	8	9	9次平均值
测定结果（10^{-6}）	0.066	0.074	0.066	0.066	0.069
相对误差（%）	4.5	7.2	4.5	4.5	6.6

同时又计算了表 3-10 所列结果的相对误差（%），并和痕量分析的允许误差作了比较。表 3-11 列出痕量分析的允许误差范围。

表 3-11　　　　　　　　痕量分析的允许误差范围　　　　　　　（%）

含　量	允许相对误差		
	第一类	第二类	第三类
0.005	25	30	40
0.005~0.01	20	25	35
0.01~0.1	15	20	25
0.1~0.5	10	15	20

表 3-10 结果计算出的相对误差在 4.5%～13.3% 之间，远远小于表 3-11 所列含量为 0.005% 时的允许相对误差 25%，30%，40%。而六氟化硫气体中酸度的含量低于 0.0001%，因此所测结果的误差是很小的，能够满足酸度分析的要求。据此结果确定六氟化硫气体中酸度分析方法的精确度为：取两次测定结果的算术平均值测定值；两次测定结果的相对误差小于 13%。

2. 酸度测定条件选择结果

吸收方式选用一级玻璃砂芯筛板吸收。

选用三角吸收瓶。

吸收瓶级数，选用三级串联，第三级做空白溶液。

滴定用指示剂，采用溴甲酚绿—甲基红混合指示剂。

吸收气体流速为 0.5L/min；气体流量为 10L。

试验水最好采用去离子水并经煮沸去除 CO_2 及中和后使用。

在 15～30℃之间都可进行酸度测定。

3. 与国外同类标准水平的比较

与 IEC 和 ASTM 推荐方法原理相同。

用 250ml 三角瓶做吸收瓶，比国外采用煤气洗涤瓶操作简单。

用第三级吸收溶液作为空白溶液，避免了国外静置空白无法除去吸收过程中其他物质的干扰以及易受环境变化的影响。

提出以溴甲酚绿——甲基红混合指示剂指示滴定终点，与 IEC 推荐的溴甲酚紫指示剂、ASTM 规定的酚酞指示剂比较，具有变色敏锐易于观察的优点。

第三节　六氟化硫气体中可水解氟化物含量的测定

一、六氟化硫气体中的可水解氟化物

六氟化硫气体中的可水解氟化物，是六氟化硫气体中能够水解和碱解的含硫、氧低氟化物的总称，通常以氢氟酸的质量分数（10^{-6}）来表示。

六氟化硫气体中的含硫、氧低氟化物其多数可与水或碱发生化学反应，如 SF_2、S_2F_2、SF_4、SOF_2、SOF_4 等，有的可部分碱解，如 SO_2F_2。

二、测定方法

1. 原理

六氟化硫气体中可水解氟化物的测定方法是利用稀碱与六氟化硫气体在密封的定容玻璃吸收瓶中振荡进行水解（或碱解）反应，所产生的氟离子用茜素—镧络合显色分光光度比色法或氟离子选择电极法测定。

2. 化学试剂的配制

（1）茜素—镧络合试剂的配制。方法如下：

1）在 50ml 烧杯中称量 0.048g（精确到±0.001g）茜素氟蓝并加入 0.1ml 氢氧化铵溶液、1ml 醋酸铵溶液（质量对容量百分浓度 20%）及 10ml 去离子水，使其溶解。

2）在 250ml 容量瓶中加入 8.2g 无水醋酸钠和冰醋酸溶液（6.0ml 冰醋酸加 25ml 去离子水）使其溶解。然后将上述茜素氟蓝溶液定量地移入容量瓶中，并且边摇荡边缓慢地加入 100ml 丙酮。

注意：如果茜素氟蓝溶液中有沉淀物，需要用滤纸将它过滤到 250ml 容量瓶中，再用少量去离子水冲洗滤纸，随后将冲洗液和滤液一并加到容量瓶中（冲洗烧杯及滤纸的水量都应尽量少，否则最后溶液体积会超过 250ml）；加丙酮摇匀的过程中有气体产生，因此要防止溶液逸出，最后要把容量瓶塞子打开一下，以防崩开。

3）在 50ml 烧杯中称 0.041g（精确到±0.001g）氧化镧并加入 2.5ml 的 2mol/L 盐酸，温和地加热，以助溶解。再将该溶液定量地移入上述容量瓶中，将溶液充分混合均匀、静置，待气泡完全消失后，用去离子水稀释至刻度。

该试剂在 15～20℃下可保存一周，在冰箱冷藏室中可保存一个月。

（2）氟化钠储备液（1mg/ml）的配制。称 2.210g（精确到±0.001g）干燥氟化钠溶于 50ml 去离子水及 1ml 的 0.1mol/L 氢氧化钠溶液中，然后再定量地移至 1000ml 的容量瓶中，最后用去离子水稀释至刻度。此溶液储存于聚乙烯瓶中。

（3）氟化钠工作液 A（1μg/ml）。当天需要时，取氟化钠储备液按体积稀释 1000 倍。

（4）氟化钠工作液 B（10^{-1}mol/L）的配制。称 4.198g（精确到±0.001g）干燥的氟化钠，溶于 50ml 去离子水及 1ml 的 0.1mol/L 氢氧化钠溶液中，然后再定量地转移到 1000ml 容量瓶中，用去离子水稀释至刻度。

（5）总离子调节液（缓冲溶液）的配制。将 57ml 冰醋酸溶于 500ml 去离子水中，然后加入 58g 氯化钠和 0.3g 柠檬酸三钠（含两个结晶水），用 5mol/L 氢氧化钠溶液将其 pH 值调至 5.0～5.5，然后转移到 1000ml 容量瓶中并用去离子水稀释至刻度。

3. 吸收方法

1）用手将球胆中的空气挤压干净，充满六氟化硫气体，再用手将六氟化硫气体挤压干净，然后再充满六氟化硫气体。如此重复操作三次，使球胆内空气完全被赶干净。全部充满六氟化硫气体，如图 3-8 所示。旋紧螺旋夹。

2）将预先准确测量过体积的玻璃吸收瓶及充满六氟化硫气体的球胆，按图 3-8 所示接好取样系统。将真空三通活塞 2 和 3 分别旋到 a 和 d 的位置。开始抽真空。当 U 形水银压差计液面稳定后（真空度达 133.322Pa 时）再继续抽 2min，然后将真空三通活塞 2 旋到 b 的位置，将吸收瓶 1 与真空系统连接处断开，停止抽真空。

3）缓慢旋松螺旋夹，球胆中的六氟化硫气体就会缓慢地充满玻璃吸收瓶。将活塞 2 旋至 c 瞬间后再迅速旋至 b 的位置。使吸收瓶中的压力与大气压平衡。

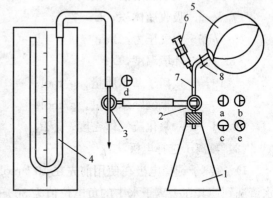

图 3-8　振荡吸收法取样系统
1—玻璃吸收瓶；2 和 3—真空三通活塞；
4—U 形水银压差计；5—球胆；6—皮下注射器；
7—上支管；8—螺旋夹

4）用皮下注射器将 10ml 的 0.1mol/L 氢氧化钠溶液从胶管处缓慢地注入到玻璃吸收瓶中（此时要用手轻轻挤压充有六氟化硫气体的球胆，以使碱液全部注入）。随后将真空三通活塞 2 旋到 e 的位置，旋紧螺旋夹，取下球胆，紧握玻璃吸收瓶，在 1h 内每隔 5min 用力摇荡 1min（要用力摇荡，使六氟化硫气体尽量与稀碱充分接触）。

5）取下玻璃吸收瓶上的塞子，将瓶中的吸收液及冲洗液一起并入一个 100ml 烧杯中，在酸度计上用 0.1mol/L 盐酸溶液和 0.1mol/L 氢氧化钠溶液调节 pH 值为 5.0～5.5，然后定量地转入 100ml 容量瓶中待用。

4. 氟离子测定方法

（1）比色法：

1）在上述装有处理好吸收液的 100ml 容量瓶中加入 10ml 茜素—镧络合剂，用去离子水稀释至刻度，混匀后避光静置 30min。

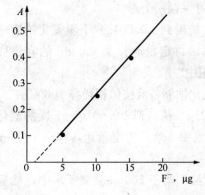

图 3-9 比色法工作曲线图例

2）用 2cm 或 4cm 的比色皿，在波长 600nm 处，以加入了所有试剂的"空白"试样为参比测量其吸光度，从工作曲线上读取氟含量。

3）绘制工作曲线。向五个 100ml 的容量瓶中分别加入 0、5.0、10.0、15.0、20.0ml 的氟化钠工作液 A 及少量去离子水。混匀后与样品同时加入 10.0ml 茜素—镧络合试剂。以下操作同 4（1）1）2）。用所测得的吸光度绘制氟离子含量（μg）—吸光度（A）的工作曲线（见图 3-9）；值得注意的是，每天都需重新绘制工作曲线。

4）结果计算。可水解氟化物含量以氢氟酸（HF）质量分数（10^{-6}）表示的计算公式为：

$$w_{HF} = \frac{20m}{19 \times 6.16V\dfrac{p}{101\,325} \times \dfrac{293}{273+t}}$$

式中　w_{HF}——氢氟酸质量分数，10^{-6}；

　　　m——吸收瓶溶液中氟离子含量，μg；

　　　V——吸收瓶体积，L；

　　　p——大气压力，Pa；

　　　t——环境温度，℃；

　　　19——氟离子摩尔质量，g/mol；

　　　20——氢氟酸摩尔质量，g/mol；

　　6.16——六氟化硫气体密度，g/L。

（2）氟离子选择电极法：

1）氟离子选择电极在使用前先在 10^{-3}mol/L 的氟化钠溶液中浸泡 1～2h，再用去离子水清洗到使其在去离子水中的负电位值为 300～400mV。

2）将氟离子选择电极，甘汞电极与酸度计或高阻抗的电位计连接好，并用标准氟化钠溶液校验氟电极的响应是否符合能斯特公式（参考制造厂家说明书），若不符合则应查明原因。

3）在上述装有处理好吸收液的 100ml 容量瓶中加入 20ml 总离子调节液，用去离子水稀释至刻度。

4）把溶液转移到 100ml 烧杯中。将甘汞电极及事先活化好的氟离子选择电极浸到烧杯的溶液中。打开离子计，开动搅拌，待数值稳定后读取电位值，从工作曲线上读出样品溶液中的氟离子浓度。

5）绘制工作曲线。用移液管分别向两个 100ml 的容量瓶中加入 10ml 氟化钠工作液 B。在其中一个容量瓶加入 20ml 总离子调节液，然后用去离子水稀释到刻度，该溶液中氟离

子浓度为 10^{-2} mol/L，而在另一个容量瓶中则直接用去离子水稀释到刻度，该溶液中氟离子浓度为 10^{-2} mol/L。

再用移液管分别向两个 100ml 的容量瓶中加入 10ml 未加总离子调节液的 10^{-2} mol/L 的氟化钠标准液，在其中一个容量瓶中加入 20ml 总离子调节液，然后用去离子水稀释到刻度，该溶液中氟离子浓度为 10^{-3} mol/L，而在另一个容量瓶中则直接用去离子水稀释到刻度，该溶液中氟离子浓度亦为 10^{-3} mol/L。以相同方法依次配制加有总离子调节液的 10^{-4}、10^{-5}、10^{-6}、$10^{-6.5}$ mol/L 的氟化钠标准溶液。以下操作同 4），用所测得的负电位值绘制相对氟离子浓度负对数（log [F$^-$]）的工作曲线（图 3-10）（每次都需重新绘制工作曲线）。

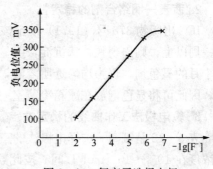

图 3-10　氟离子选择电极
法工作曲线图例

6）结果计算。可水解氟化物的含量以氢氟酸（HF）质量分数（10^{-6}）表示的计算公式为：

$$w_{HF} = \frac{20 \times 10^6 c V_a}{6.16 V \dfrac{p}{101325} \times \dfrac{293}{273 + t}}$$

式中　c——吸收液中的氟离子浓度，mol/L；

$\quad\quad V_a$——吸收液体积，L；

$\quad\quad p$——大气压力，Pa；

$\quad\quad V$——吸收瓶体积，L；

$\quad\quad t$——环境温度，℃；

$\quad\quad 20$——氢氟酸摩尔质量，g/mol；

6.16——六氟化硫气体密度，g/L。

5. 精确度

两次平行试验结果的相对偏差不能大于 40%。

取两次平行试验结果的算术平均值为测定值。

三、试验条件的选择

1. 绘制工作曲线的方法

由于是采用 10ml 的 0.1mol/L 氢氧化钠溶液为吸收液，而测定其氟离子含量时溶液的 pH 值是控制在 5.0～5.5，因此还需用盐酸调整。那么，绘制工作曲线时，是否也需要经过这一 pH 值调整的操作呢？为此进行了对比试验，其结果如表 3-12 所示。

表 3-12　　　　　　　　　　两种绘制工作曲线方法的测定结果

标准液种类	w_{HF}（$\times 10^{-6}$）				平均值（$\times 10^{-6}$）
标液甲	0.11	0.09	0.07	0.07	0.09
标液乙	0.08	0.07	0.09	0.08	0.07

注　标液甲—配制系列浓度的标准溶液时未经过 pH 调整操作。

　　标液乙—配制系列浓度的标准溶液时经过 pH 调整操作。

由表 3-12 可见，采用两种绘制工作曲线方法，所得的结果在误差允许范围之内，因而在配制工作曲线的标准系列溶液时，可以不经过 pH 调整操作。

2. 茜素—镧络合剂的稳定性

IEC 出版物 376 号（1971）规定该络合剂稳定期为一周，对比试验结果证明在室温下放置一周以上，则出现颗粒状沉淀，明显影响显色，不能继续使用；而在冰箱中低温冷藏保存一个月的显色剂，仍为均匀透明溶液，用它与新配的显色剂同时测定样品，测定结果完全相同，因此可将显色剂放在冰箱冷藏室中保存，稳定期为一个月。

3. 氟电极法工作曲线的稳定性

表 3-13 是氟离子选择电极法的三条工作曲线数据，图 3-11 是其曲线图。表中标准溶液浓度在 $10^{-2}\sim10^{-7}$mol/L 间。按此数据计算，相关系数为 0.992。而一般测定六氟化硫新气的可水解氟化物浓度均在 $10^{-6}\sim10^{-6.5}$mol/L 的范围内，因此该方法是可以适用于测定六氟化硫气体中可水解氟化物含量的。

表 3-13 氟离子选择电极法的三条工作曲线数据

测定结果 标准溶液浓度 （mol/L） 工作曲线 编号	负电位（mV）						
	10^{-7}	$10^{-6.5}$	10^{-6}	10^{-5}	10^{-4}	10^{-3}	10^{-2}
a	322	321	317	279	220	161	103
b	346	343	326	281	220	161	103
c	353	329	324	282	221	161	103

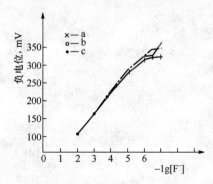

图 3-11 氟电极法工作
曲线稳定性图

另外，从图 3-11 中的三条工作曲线可以看出，当标准溶液浓度在 $10^{-2}\sim10^{-5}$mol/L 范围时，对应的负电位值几乎不变，所以不需要在每次测定样品时都重新绘制工作曲线。但当标准溶液浓度在 $10^{-5}\sim10^{-7}$mol/L 范围时，对应的负电位值变化比较大，这对于工作曲线的回归方程的计算结果影响较大，因此，每次测定样品时都需要重新绘制工作曲线。

4. pH 值对测定结果的影响

同一样品，当其溶液的 pH 值不同时，达到平衡时的负电位值如表 3-14 所示。由表可见，当溶液 pH 不同时，测得样品的负电位值不同，而且达到平衡（1min 内负电位值之差不大于 1）所需的时间不同。当 pH 值为 5.0～5.5 时，起始与终了的负电位值之差最小，而且达到平衡所需的时间最短；当 pH 值小于 5 大于 6 时达到平衡所需时间较长，起始与终了的负电位值之差大，使测定结果误差加大，因此本方法将氟电极法的 pH 值定为 5.0～5.5。

以上试验结果表明：

茜素—镧络合剂在室温下只能保存一周，在冰箱冷藏室中可保存一个月。

配制工作曲线的标准系列溶液时，可以不经过 pH 调整操作，可大大缩短分析时间，并节省了化学试剂。

用氟（离子）电极法测定氟离子含量时，溶液的 pH 值必须严格控制在 5.0～5.5。

表 3-14　　　　　　　　　　pH 值对测定结果的影响

测定结果 平衡时间 (min) pH 值	负电位（mV）										
	0	1	2	3	4	5	6	7	8	9	10	11
<4	401	392	382	382	374	370	367	364	361	359	357	356
5.0	309	312	314	315	316	316	317	317	318	318		
5.5	305	307	308	309	310	310	311	311				
6.0	295	299	301	302	303	304	305	305	306	306		
7.0	280	269	273	276	278	279	280	281	282	283	284	285
8.0	280	269	276	278	279	280	281	282	283	284	285	285

第四节　六氟化硫气体中矿物油含量的测定

一、测定方法

1. 原理

将定量的六氟化硫气体按一定流速通过两个装有一定体积四氯化碳的封固式洗气管，从而使分散在六氟化硫气体中的矿物油被完全吸收，然后测定该吸收液 2930cm^{-1} 吸收峰的吸光度（相当于链烷烃亚甲基非对称伸缩振动），再从工作曲线上查出吸收液中矿物油浓度，计算其含量。

2. 准备工作

调整好红外分光光度计。

液体吸收池的选择：在两只液体吸收池中都装入新蒸馏的四氯化碳，使它们分别放在仪器的样品及参比池架上，记录 3250～2750cm^{-1} 范围的光谱图。如果在 2930cm^{-1} 出现反方向吸收峰，则把两只吸收池在池架上的位置对调一下，做好样品及参比池的标记，计算出 2930cm^{-1} 吸收峰的吸光度，在以后的计算标准溶液及样品溶液的吸光度时应减去该数值。

3. 工作曲线的绘制

（1）矿物油工作液（0.2mg/ml）的配制。在 100ml 烧杯中，称直链饱和烃矿物油 100mg（精确到±0.0002g），用四氯化碳将油定量地转移到 500ml 容量瓶中并稀释至要求浓度。

（2）矿物油标准液的配制。用移液管向七个 100ml 容量瓶中分别加入 0.5（5.0），1.0（10.0），2.0（20.0），3.0（30.0），4.0（40.0），5.0（50.0），6.0（60.0）ml 矿物油工作液并用四氯化碳稀释至刻度，其溶液浓度分别为 1.0（10.0），2.0（20.0），4.0（40.0），6.0（60.0），8.0（80.0），10.0（100.0），12.0（120.0）mg/L。注意：①根据需要，可按括号内的取液量，配制大浓度标准液。②如果由于环境温度变化，使已经稀释至刻度的标准液液面升高或降低，不得再用四氯化碳调整液面。

（3）吸光度 A 的测定及工作曲线的绘制。将矿物油标准液与空白四氯化碳分别移入样

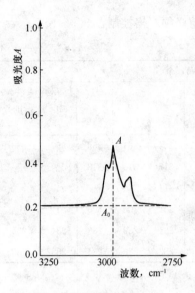

图 3-12 基线法求 2930cm⁻¹
吸收峰的吸光度图例

品池及参比池，放在仪器的样品池架及参比池架处，记录 $3250\sim2750cm^{-1}$ 的光谱图，以过 $3250cm^{-1}$ 处平行于横坐标的切线为基线，计算 $2930cm^{-1}$ 吸收峰的吸光度（图3-12），然后用溶液浓度相对于吸光度绘图，即得工作曲线（图3-13）。

4. 矿物油含量的测定

（1）六氟化硫气体中所含矿物油的吸收。分别于两只洁净干燥的洗气瓶中加入 35ml 四氯化碳，将洗气瓶置于 $0^{\circ}\mathrm{C}$ 冰水浴中并按图3-14组装好，记录在气体流量计处的起始温度、大气压力和体积读数（读准至 0.025L）。在针形阀关闭的条件下，打开钢瓶总阀，然后小心地打开并调节针形阀（或浮子流量计），使气体以最大不超过 10L/h 的流速稳定地流过洗气瓶。当总流量大约为 29L 时，关闭钢瓶总阀，让余气继续鼓泡，直到气体流完为止。关闭针形阀，同时记录气体流量计处的终结温度、大气压力和体积读数（读准至 0.025L）。依次从洗气瓶的进气端往出气端拆除硅胶管节（千万要防止四氯化碳吸收液的倒吸）。撤掉冷浴，将洗气瓶外壁的水擦干，用少量空白四氯化碳将洗气瓶的硅胶管节联结处的外壁冲洗干净，然后把两只洗气瓶中的吸收液定量地转移到同一个 100ml 容量瓶中，用空白四氯化碳稀释至刻度。

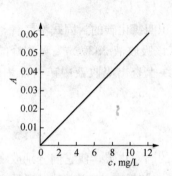

图 3-13 测定矿物油含量的
工作曲线图例

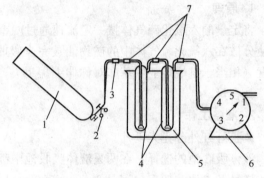

图 3-14 吸收系统
1—六氟化硫气体钢瓶；2—减压表；3—针形阀；
4—封固式玻璃洗气瓶；5—冰水浴；
6—气体流量计；7—硅或氟橡胶管节

注意：①只能用烧杯或注射针筒而绝不能用硅（乳）胶管作导管往洗气瓶中加四氯化碳。②如果由于倒吸，吸收液流经了连接的硅胶管节，那么此次试验作废。

（2）吸光度 A 及矿物油浓度的测定。按本节"3（3）"操作，测定吸收液 $2930cm^{-1}$ 吸收峰的吸光度，再从 c-A 工作曲线上查出吸收液中矿物油浓度。

5. 结果计算

（1）按下式计算在 $20^{\circ}\mathrm{C}$ 和 101 325Pa 时的校正体积 V_C（L）：

$$V_C = \frac{\frac{1}{2}(p_1+p_2)\times 293}{101325\times\left[273+\frac{1}{2}(t_1+t_2)\right]}(V_2-V_1)$$

式中 p_1 和 p_2——起始和终结时的大气压力，Pa；

　　　t_1 和 t_2——起始和终结时的环境温度，℃；

　　　V_1 和 V_2——气体流量计上起始和终结时的体积读数，L。

（2）按下式计算矿物油总量在六氟化硫气体试样中所占的质量分数（10^{-6}）：

$$w = \frac{100a}{6.16V_C}$$

式中　w——六氟化硫气体中矿物油的质量分数，10^{-6}；

　　　a——吸收液中矿物油的浓度，mg/L；

　　　6.16——六氟化硫气体密度，g/L；

　　　100——容量瓶的容积，ml。

6. 精确度

两次平行试验结果的差值，不应超过表3-15所列容量瓶中不同含油量时的精确度值。

取两次平行试验结果的算术平均值为测定值。

表3-15　矿物油含量测定精确度

含油量（mg）	精确度（%）
0.1	±25
0.5	±15
1.0	±10

二、试验条件的选择

1. 空白吸收液纯度对测定结果的影响

虽然都是分析纯的四氯化碳试剂，但各瓶四氯化碳 A_{2930cm}^{-1} 有的相近，而有的相差很多，如表3-16及图3-15所示。另外，同一瓶四氯化碳经过蒸馏后的 A_{2930cm}^{-1} 大大低于蒸馏前的 A_{2930cm}^{-1}（表3-17、图3-16），因此判定矿物油含量时，仍需减去空白。

表3-16　　不同瓶中的四氯化碳的 A_{2930cm}^{-1}

瓶号	A_{2930cm}^{-1}
1	0.053
2	0.045
3	0.043
4	0.049
5	0.036
6	0.030

表3-17　　蒸馏前后的四氯化碳 A_{2930cm}^{-1}

样品编号	1	2	3
蒸馏前	0.095	0.318	0.036
蒸馏后	0.012	0.021	0.005
降低率（%）	87.4	93.4	86.1

由此可见，不同瓶中的蒸馏与未蒸馏的四氯化碳，其 A_{2930cm}^{-1} 是不完全相等的，而采用 A_{2930cm}^{-1} 不同的四氯化碳为空白吸收液测定同一瓶六氟化硫气体中矿物油含量，其结果如表3-18所示。从表3-18可以归纳出一条规律：基本上可以说用 A_{2930cm}^{-1} 大的空白吸收液，测定结果就大，否则就小。为了说明这一点，用新蒸馏的四氯化碳配制含油量为2，10，20，40mg/L的标准溶液为空白吸收液，测定结果如表3-19所示。结果表明，上述试验规律是正确的。正因如此，为使测定结果准确可靠，必须采用蒸馏过的四氯化碳为空白吸收液。

表3-18　采用 A_{2930cm}^{-1} 不同的空白吸收液测定同一瓶六氟化硫气体中矿物油质量分数

瓶号	空白吸收液 A_{2930cm}^{-1}	w（$\times10^{-6}$）	瓶号	空白吸收液 A_{2930cm}^{-1}	w（$\times10^{-6}$）
1	0.314	2.24	3	0.184	1.93
2	0.273	2.18	4	0.189	1.96

瓶号	空白吸收液 $A_{2930cm^{-1}}$	w（$\times 10^{-6}$）	瓶号	空白吸收液 $A_{2930cm^{-1}}$	w（$\times 10^{-6}$）
5	0.192	1.83	8	0.073	0.39
6	0.134	1.29	9	0.045	0.17
7	0.109	1.29	10	0.041	0.17

表 3-19　　　　　　　　用标准溶液为空白吸收液的测定结果

标准溶液浓度（mg/L）	$A_{标液2930cm^{-1}}$	c（$\times 10^{-6}$）	标准溶液浓度（mg/L）	$A_{标液2930cm^{-1}}$	c（$\times 10^{-6}$）
2	0.032	0.17	20	0.124	0.60
10	0.071	0.49	40	0.224	1.24

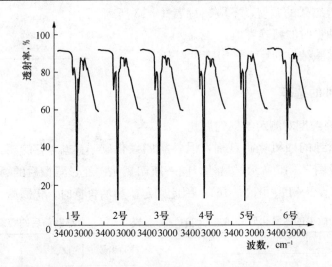

图 3-15　不同瓶中的四氯化碳红外谱图

2. 基线取法对测定结果的影响

以空气为参比时，基线取法可有两种（图 3-17），一是从 3250cm^{-1} 处作平行于横坐标的切线（简称基线 A），二是作 3000 及 2880cm^{-1} 处的切线（简称基线 B）。对于基线 B，3000 及 2880cm^{-1} 处的吸光度不仅随样品中矿物油浓度的增加而增大，同时 2930cm^{-1} 处的吸收峰形也随四氯化碳的纯度不同（不同瓶）而不同（图 3-17），而且吸光度的计算也较麻烦。根据资料介绍，如果分析峰受到近旁峰的干扰，则可作单点水平切线为基线，因此本方法采用基线 A。

3. 硅（乳）胶管对测定结果的影响

取新的 6×9×387（mm）硅胶管、乳胶管各一段，分别将 10ml 四氯化碳从管中流过，流出后接到小烧杯中并混匀，测定 $A_{2930cm^{-1}}$，然后再用该四氯化碳重复上述操作三次，试验结果如表 3-20 所示。

结果表明，两种胶管在四氯化碳中浸泡时间无论长短，即使只从中流过一下，都会使四氯化碳的 $A_{2930cm^{-1}}$ 增大很多，其中乳胶管尤为突出。因此胶管只用于两管间短胶管连接，而且最好不用乳胶管。

表 3 - 20

表 3 - 20　　　　　　硅（乳）胶管对四氯化碳 $A_{2930cm^{-1}}$ 的影响

重复操作次数	$A_{2930cm^{-1}}$		重复操作次数	$A_{2930cm^{-1}}$	
	硅胶管	乳胶管		硅胶管	乳胶管
1	0.430	0.741	3	0.338	0.542
2	0.362	0.598	4	0.362	0.628

注　$A_{空白2930cm^{-1}} = 0.182$。

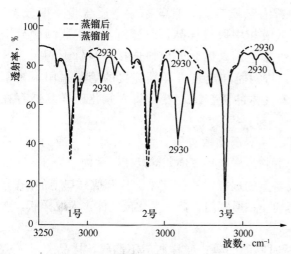

图 3 - 16　蒸馏前后四氯化碳红外谱图

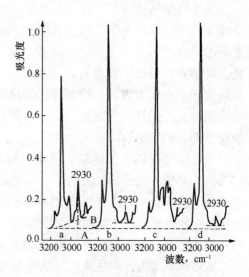

图 3 - 17　不同纯度四氯化碳基线图

综上试验结果可以看出：

（1）在试验操作过程中要特别注意以下几点：向封固式洗气瓶中注入四氯化碳时，绝对不能用硅（乳）胶管作导管，否则结果肯定偏高；封固式洗气瓶之间的联结管最好用尽量短的硅胶管，而且玻璃管口要对接；当吸收结束，将四氯化碳向容量瓶中转移时，取下硅胶管后，先用空白四氯化碳把联结处的玻璃管外壁冲洗干净，再进行转移。

（2）基线的取法应采用过 $3250cm^{-1}$ 处作平行于横坐标的切线。

（3）采样时：空白四氯化碳必须经过重新蒸馏；通六氟化硫气体的速度不能太快，吸收必须在冰水浴中进行，尽量避免带走四氯化碳；作为吸收液的四氯化碳与空白用的四氯化碳必须是同一瓶中的。

第五节　六氟化硫气体中空气、四氟化碳等含量的测定

六氟化硫气体中常含有空气（O_2、N_2）、四氟化碳（CF_4）和二氧化碳（CO_2）等杂质气体。它们是在六氟化硫气体合成制备过程中残存的或者是在六氟化硫气体加压充装运输过程中混入的。当六氟化硫气体应用于电气设备中时，由于受到大电流、高电压、高温等外界因素的影响，在氧气和水分作用下将产生含氧、含硫低氟化物和 HF。这些杂质气体，有的是有毒或剧毒物质，对人体危害极大；有的腐蚀设备材质，影响电气设备的安全运行，因此必须对六氟化硫气体中的 O_2、N_2、CF_4 等杂质气体含量进行严格的控制和监测。

常用的分析六氟化硫气体中空气（O_2、N_2）、CF_4等杂质气体的方法为气相色谱法。

一、六氟化硫气体中空气（O_2、N_2）、四氟化碳气相色谱分析

1. 取样

取样的目的是为了得到具有代表性的样品，因而对直接从钢瓶中取样和从设备中取样作了不同的规定。

采集钢瓶充装的SF_6样品。通常六氟化硫钢瓶中的SF_6气体是液体，在液面上有小部分六氟化硫气体，在气、液的六氟化硫中都有杂质存在，且气态中杂质含量一般较多。充装时以液态为主，为了有代表性，必须从液相中取出样品。取样时，把钢瓶倾倒或倒置，使钢瓶出口处于最低点，液相样品可直接流出。钢瓶的出口连接一只针形阀，一只稳流阀和一块压力表，以控制稳定的流速。与钢瓶和定量进样阀连接的管路采用不锈钢管或聚四氟乙烯管，并用被分析的六氟化硫气体冲洗管道，然后将六氟化硫样品储存在定量进样阀的定量管中。

采集电气设备中的样品。采集时需用一只不锈钢取样瓶，取样瓶容积一般为500～1000ml，并带有三通接头的阀门。取样前，先将取样瓶抽真空，然后用一根内径为3～6mm干燥的不锈钢管把取样瓶和被取样的电气设备上的取样口连接起来。打开取样口上的阀门，用设备中的六氟化硫气体冲洗取样管后，再切换三通阀门，让六氟化硫气体进入取样瓶，然后同前述要求与定量进样阀连接待分析。

取样注意事项：应尽量缩短取样和分析时间的间隔；取样瓶应不漏气，样品要避光避热，在暗处保存；整个取样系统（如流量计和取样瓶等）都必须进行检漏、校准；现场采集样品有条件时应用样品气冲洗取样瓶，再抽真空后采集分析用样品。

2. 分析对象

从六氟化硫钢瓶中取的气样和通过取样瓶从电气设备上取的气样均用气相色谱仪进行组分和含量的分析。分析对象为：空气（O_2，N_2），CF_4和CO_2、SF_6等。

测定六氟化硫气体中的含氧量是很有必要的。因氧气的存在对SO_2F_2的形成影响较大，而对于SOF_4的形成将起主导作用，特别是氧气和水分同时存在时，将加速分解产物的继续反应，产生一系列含硫低氟化物和HF。

3. 对气相色谱仪的要求

气相色谱仪应满足下列要求：

色谱柱对检测组分的分离度和热导池检测器的灵敏度应满足定量分析要求；

仪器基线稳定，并有足够的灵敏度。

4. 气相色谱仪流程

（1）单柱流程。柱长2m，内径3mm的不锈钢柱，内填60～80目的GDX-104担体或60～80目的Porapak-Q，此柱能使空气、CF_4，CO_2和六氟化硫完全分离，见流程图3-18。

（2）双柱串联流程。分别采用柱长2m，内径3mm的13X分子筛柱和Po-

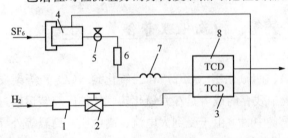

图3-18 单柱流程图

1—干燥管；2—稳压阀；3—热导池参考臂；4—六通定量阀；
5—进样器；6—流量计；7—色谱柱；8—热导池测量臂

rapak-Q 柱。经 Porapak-Q 柱分离出空气，CF_4、CO_2 和 SF_6。经 13X 分子筛柱分离出 O_2，N_2，见流程图 3-19。

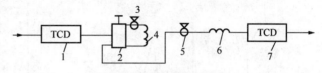

图 3-19　双柱串联流程图

1—热导池参考臂；2—六通阀；3—进样器；4—13X 分子筛柱；

5—进样器；6—色谱柱；7—热导池测量臂

此法能测定六氟化硫气体中的氧气含量。缺点是两根柱串联柱长增加一倍，柱前压增高，分析时间增长，同时用注射器进样，准确性差，而六通阀又起不到定量进样的作用。

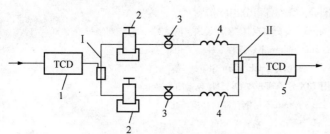

图 3-20　双柱并联流程图

1—热导池参考臂；2—六通阀；3—进样器；4—色谱柱；

5—热导池测量臂；Ⅰ、Ⅱ—三通

（3）双柱并联流程。载气由热导池参考臂流出三通Ⅰ（图 3-20）分流，各路分别经六通阀定量管进入长 2m 内径 3mm 的色谱柱（其中一根装 13X 分子筛，一根装 Porapak-Q），再由三通Ⅱ汇合进入热导池测量臂 5 放空。此流程能使六氟化硫中的 O_2、N_2、CF_4、CO_2 和六氟化硫完全分离，且用六通阀定量管进样，准确性高，但流程较复杂。

二、测定操作

1. 操作条件的选择

13X 分子筛：30～60 目，使用前应将其在马弗炉中 500℃下灼烧 3～4h，用于分离空气中的氧、氮。

Porapak-Q 或 GDX-104 担体：60～80 目，使用前在 100℃下通氮气（流量 40ml/min 或 50ml/min）活化 6～8h。该柱对空气、CF_4、CO_2 和六氟化硫有较好的分离效果。

色谱柱：用不锈钢柱，长 2m，内径 3mm，内装固定相，并通载气活化 8h，活化柱温为 90～100℃。

载气和柱温：采用氢气做载气，也可用氦气。柱温为 40℃。

流速：一般选用 35～40ml/min。

热导池桥电流：190～200mA。

记录仪（或微处理机）：量程 0～1mV，响应时间 1s，纸速 20mm/min。

2. 操作步骤

开机：根据色谱仪使用说明书进行操作，先通载气，并将流量调到 35ml/min，合上电源开关，调节柱恒温室温度为 40℃，桥电流为 200mA，待仪器稳定后就可开始进样。

进样：用 0.5ml 定量管进样。

各组分出峰谱图和保留时间：现以并联流程为例，各组分的出峰谱图如图 3-21 所示，各组分的保留时间如表 3-21。

记录各种不同成分的峰面积（A_x）。

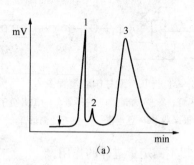
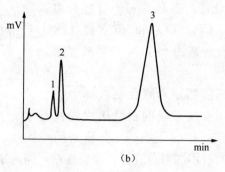

图 3-21　各组分出峰谱图

(a) 用 Porapak-Q 分离空气、CF_4、SF_6 色谱图

色谱柱：$2m \times \phi3mm$ 不锈钢柱　柱温：40℃

1—空气；2—CF_4；3—SF_6

(b) 用 13X 分子筛分离 O_2、N_2 色谱图

色谱柱：$2m \times \phi3mm$ 不锈钢管柱　柱温：40℃

1—O_2；2—N_2；3—SF_6

表 3-21　　　　　　　　各组分的保留时间　　　　　　　　（s）

色谱柱 ＼ 组分	O_2	N_2	空气	CF_4	CO_2	SF_6
13X 分子筛柱	40	50	—	126	—	1096
Porapak-Q柱	—	—	43	58	92	139

三、定量与计算

1. 定量方法

采用归一化定量法，该法与进样量无关，受操作条件的影响小，故分析结果较准确。但因同一浓度的不同物质在同一种检测器上的响应信号值不相同，为了使检测器产生的响应信号能真实地反映出物质的含量，就要对响应值进行校正。故采用此法时，必须测定校正因子。在实际定量分析中，采用相对校正因子，即某物质与一标准物质绝对校正因子之比。可以采用六氟化硫作为标准物质。具体测定方法如下：

（1）配制已知百分浓度的 O_2、N_2、CF_4、CO_2 和 SF_6 气体的标准混合气。

（2）将标准混合气在相同分析条件下注入色谱仪，记录各组分的保留时间和峰面积。

（3）根据下式分别计算各组分对六氟化硫的相对质量校正因子：

$$f_x = \frac{A_{SF_6}}{A_x} \cdot \frac{M_x}{146}$$

式中　A_{SF_6}——六氟化硫峰面积，$\mu V \cdot s$；

　　　A_x——组分 x 的峰面积，$\mu V \cdot s$；

　　　M_x——组分 x 的摩尔质量；

　　　146——六氟化硫的摩尔质量；

　　　f_x——组分 x 的相对质量校正因子。

以六氟化硫气体的校正因子为 1，某试验室测定的几种组分的相对质量校正因子为：空气：0.32；CF_4：0.72；CO_2：0.51；O_2：0.39；N_2：0.34。国际电工委员会给出的空气的相对质量校正因子为 0.40，CF_4 的相对质量校正因子为 0.70。

2. 结果计算

根据实验求出的各组分的峰面积和测定好的相对质量校正因子，即可采用归一化法计算各组分的质量百分浓度，计算公式如下：

$$w_i = \frac{A_i f_i}{\sum_{i=1}^{n} A_i f_i} \times 100\%$$

式中　w_i——组分 i 的质量百分浓度；

　　　　A_i——组分 i 的峰面积；

　　　　f_i——组分 i 的相对质量校正因子；

$\sum_{i=1}^{n} A_i f_i$——各组分的峰面积与相对质量校正因子乘积之和。

四、六氟化硫气体纯度计算

由于六氟化硫新气中所能够检测的其他杂质组分含量数量级都在 10^{-6}，只有空气、四氟化碳组分的允许含量在 10^{-4}，一般以常用的差减法计算，即以六氟化硫为 100% 计，减去测出的空气、四氟化碳组分含量，结果为六氟化硫气体的纯度。

第六节　六氟化硫气体湿度的重量法测定

通常无论是六氟化硫新气或是运行气体，都具有一定的湿度，湿度的大小直接影响六氟化硫气体的使用性能。因此，测量六氟化硫气体的湿度，对于质量控制有重要意义。测定六氟化硫气体湿度的方法大致有两类，一类是用仪器测量，另一类是用经典的重量法测量。

使用仪器进行含水量测定既简便、快速又准确度较高，而且基本不受外界条件的影响，因此一般实验室和现场采用此法。按照所用仪器原理的不同，可分为露点法、电解法和阻容法等。而经典的重量法，对环境条件要求高（实验室需恒温、恒湿等），测量时间长、耗气多，所以一般实验室不作为常规方法采用，而只作为标准方法或作仲裁方法用。本节将介绍重量法，其他方法在本书第四章作详细介绍。

重量法简言之就是用恒量质量的无水高氯酸镁吸收一定体积六氟化硫气体中的水分，并测定其增加的质量，由此计算六氟化硫气体的湿度，以质量分数（10^{-6}）表示。

一、试验方法

1. 装置

主要由干燥系统和吸收系统组成，如图 3-22 所示。

干燥系统由装有无水氯化钙和硅胶的干燥塔组成。氮气通过它后，可获得湿度很低的干气。吸收系统由有机玻璃操作箱内的四支具塞具支硬质玻璃 U 型管组成。U 型管内装 40 目粒状无水高氯酸镁（或五氧化二磷）和洗净烘干的聚四氟乙烯小碎块［按 2∶1（体积比）］

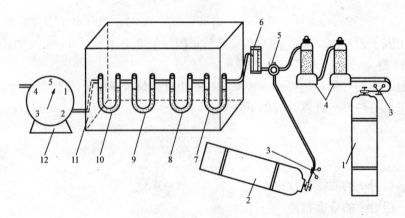

图 3-22 水分测定装置示意图

1—氮气瓶；2—六氟化硫气瓶；3—减压阀；4—干燥塔；5—四通阀；
6—流量计；7~10—吸收管；11—干燥箱；12—湿式气体流量计

混合的干燥剂。第一支为主吸收管，第二、三支为辅助吸收管，第四支为保护管，用以防止外界环境中水蒸气对吸收系统的干扰。所有管路采用不锈钢管。U 型管之间用硅橡胶管对接，也可用子母磨砂接口连接。

2. 测试步骤

（1）湿式气体流量计的校正。气体流量计的准确度，将直接影响测定结果。该试验要求气体流量计的准确度为±2%，用皂膜流量计进行校验，测定结果见表 3-22。

表 3-22   **气体流量计校验数据表**

湿式气体流量计流量 (ml/min)	皂膜流量计流量 (ml/min)				误差 (%)
	第一次	第二次	第三次	平均值	
100	98.4	100.8	99.6	99.6	0.4
250	252.0	250.8	249.6	250.8	0.3
350	349.5	351.0	350.4	350.3	0.1

表中数据表明试验用的湿式气体流量计是合格的。

（2）填装吸收管。在有机玻璃操作箱内，将混合好的干燥剂迅速装入吸收管内，管上端留 2~3cm 空间用玻璃纤维填充压平，管口用松香—石蜡黏结剂密封。

（3）吸收管恒质量。将系统按图 3-22 连接，先用干燥氮气（以 500ml/min 流速）吹扫取样管半小时。用硅橡胶管将吸收管和保护管紧密对接起来。整个系统应严密不漏气。记下湿式气体流量计的读数，开氮气瓶并调节流速为 250ml/min。通入 5L 氮气后，拆下吸收管（7、8、9）并用塑料帽盖住两端。戴上手套用干净绸布将吸收管擦净，放入天平盘中，20min 称重，精确至 0.1mg。重复上述操作，直至每一支吸收管连续两次称量之差小于 0.2 mg 为止。记录吸收管的恒质量（m_a、m_b、m_c）。

（4）测量。用四通阀切换气源，通入六氟化硫气体冲洗取样管。关闭六氟化硫气源阀门，按图连接好装置。记录湿式气体流量计读数 V_1、试验室温度 t_1 和大气压力 p_1。打开六氟化硫气源阀门，并调节流速为 250ml/min。通入 10L 后，关闭钢瓶阀门，记下流量计读数

V_2、试验室温度 t_2 和大气压力 p_2。将气源切换成干燥氮气，并以同样流速通入吸收管，通 2L 后结束。

关闭氮气钢瓶阀门，取下吸收管盖上塑料帽，戴上手套用绸布擦净吸收管，放入天平盘中，20min 称重，并记录吸收管的质量（m_x、m_y、m_z）。m_c 在此等于 m_z。

3. 试验中的注意事项

若吸收管（8）的增加质量大于 1mg，或者达到了吸收管（7）增加质量的 10%，则此两管必须重新装填干燥剂。若吸收管（9）的质量有增加，吸收管（7、8）也应重新装填干燥剂。

试验室、天平室要求恒温、恒湿，相对湿度不超过 60%。天平载荷为 100g 或 200g，感量为万分之一。天平底座应当有防震设施。

整个测试工作要熟练、细心地进行。同时要严格保持清洁，在整个操作过程中，都不能用手接触 U 型管。

所有连接管路最好用内抛光的不锈钢管。

二、测试结果

1. 测试结果的计算

（1）将通入的六氟化硫体积校正为标准状况下（20℃、101.325kPa）的体积：

$$V_C = \frac{\frac{1}{2}(p_1 + p_2) \times 293}{101.325 \times [273 + \frac{1}{2}(t_1 + t_2)]}(V_2 - V_1)$$

式中　V_C——通入的六氟化硫气体在标准状况下的体积，L；

　　　p_1——通六氟化硫气体前的大气压力，kPa；

　　　p_2——通六氟化硫气体结束时的大气压力，kPa；

　　　t_1——通六氟化硫气体前的环境温度，℃；

　　　t_2——通六氟化硫气体结束时的环境温度，℃；

　　　V_1——通六氟化硫气体前流量计的读数，L；

　　　V_2——通六氟化硫气体结束时流量计的读数，L。

（2）计算六氟化硫气体的水分含量：

$$w_w = \frac{(m_x - m_a) + (m_y - m_b)}{6.16 V_C} \times 1000$$

式中　w_w——六氟化硫气体所含水分的质量分数，10^{-6}；

　　　m_a——恒重后吸收管（7）的质量，mg；

　　　m_b——恒重后吸收管（8）的质量，mg；

　　　m_x——通入六氟化硫气体后吸收管（7）的质量，mg；

　　　m_y——通入六氟化硫气体后吸收管（8）的质量，mg；

　　　6.16——六氟化硫气体的密度，g/L。

2. 精确度

两次测量结果的差值应在 5×10^{-6} 以内。取平行测量结果的算术平均值为测量结果。

第七节　六氟化硫气体毒性生物试验

六氟化硫系化学上稳定的非金属氟化物，它无色、无味、无毒、无臭、不燃烧，在常温常压下呈气态。纯净的六氟化硫气体对生物的危害同氮气一样，不同的仅在于它的窒息作用。但由于六氟化硫气体在制造和使用过程中，可能会混入或产生有毒害的含硫、氧低氟化物及酸性产物，例如 SF_2、S_2F_2、S_2F_{10}、SF_4、SOF_4、SO_2F_2、SOF_2 和 HF、SO_2 等，为了保护运行、监督以及分析检测人员的人身安全，必须对六氟化硫新气和运行气的毒性进行监测。因毒性杂质在空气中的允许浓度极小，不能很快地用化学分析方法测出来，故常采用生物学方法来检测六氟化硫气体的毒性。

目前使用的六氟化硫毒性生物试验，是等效采用国际电工委员会 IEC 出版物 376 规定的方法。该方法是模拟大气中氧气和氮气的含量，以六氟化硫气体代替空气中的氮气，即以79％体积的六氟化硫气体和21％体积的氧气混合，让小白鼠在此环境下连续染毒 24h，然后将已染毒的小白鼠在大气中再观察 72h，视小白鼠有无异常，以此判断六氟化硫气体样品是否有毒。

一、试验方法

1. 试验仪器和材料

染毒缸（可用真空干燥器代替），4L；

气体混合器，3～5L；

氧气钢瓶；

浮子流量计（两支）；

健康的雌性小白鼠，体重约 20g，5 只；

鼠食，约 250g；

计时器；

皂膜流量计。

2. 试验步骤

（1）试验前的准备工作：

1）染毒缸容积的测定：用排水取气法测定染毒缸容积。

2）流量计算：根据 IEC 出版物规定，通入染毒缸的混合气体，每分钟流量不得少于染毒缸总容积的 1/8。混合气配比为 79％体积的六氟化硫气和 21％体积的氧气，混合气的总流量及分流量（ml/min）的计算为：

$$Q_{总} = V_{染} \div 8$$

$$Q_{SF_6} = Q_{总} \times 79\%$$

$$Q_{O_2} = Q_{总} \times 21\%$$

例如，染毒缸容积为 4000ml，则 Q 总＝4000÷8＝500ml/min

$$Q_{SF_6} = 500 \times 79\% = 395ml/min$$

$$Q_{O_2} = 500 \times 21\% = 105\text{ml/min}$$

3）流量计校准：用皂膜流量计分别对六氟化硫气体和氧气流量计进行校准，打上标记。

4）选购 5 只至 10 只体重在 20g 左右的雌性健康小白鼠，预先饲养在透气良好的容器里，生物试验前观察五天，以确认它们是健康的。

（2）试验步骤：

1）如图 3－23 连接好整个试验装置，检查气路系统的气密性。

2）按照 2、（1）、2）计算好的流量通入混合气体。

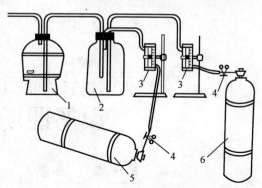

3）待气流稳定后，将 5 只已编号的试验小白鼠放入染毒缸中，同时放入充足的鼠食和水。

4）每隔半小时观察并记录一次小白鼠的活动情况。

5）24h 后染毒试验结束。把小白鼠放回原来的容器中，继续观察 72h。

图 3－23　六氟化硫气体毒性实验装置示意图
1—染毒缸；2—气体混合器；3—流量计；4—压力表；
5—六氟化硫气瓶；6—氧气瓶

二、试验结果和判断

1. 试验结果和判断

如小白鼠在 24h 试验和 72h 观察中，都活动正常，则说明该样品气无毒。

如果偶尔有一只或几只小白鼠出现异常现象，或者死亡，则可能是毒性造成，应重新用十只小白鼠进行重复试验，以判定前次试验结果的正确性。

在有条件的地方，应对任何一只在试验中死亡或者有明显中毒症状的小白鼠进行解剖，以查明死亡或中毒原因；有条件时可对试验用气体进行有毒成分含量测试。

2. 注意事项

试验中应控制好气体的比例，否则不能真实反映试验结果。

试验室温度不宜波动太大，以 25℃ 左右为宜。

试验残气经净化处理后排至室外。

第四章

六氟化硫气体绝缘电气设备现场检测技术

第一节　六氟化硫气体绝缘高压电器

由于六氟化硫气体具有优良的绝缘和灭弧性能，近年来，六氟化硫气体在高压电气设备中的应用取得了惊人的发展。六氟化硫气体绝缘设备已成为高压电气设备发展的方向。目前，在我国 63～500kV、750kV、±800kV 和 1000kV 电力系统中，六氟化硫气体绝缘断路器和六氟化硫气体绝缘变电站（GIS）的应用已相当广泛。

一、六氟化硫气体绝缘断路器

1. 六氟化硫气体绝缘断路器的主要特点

六氟化硫气体绝缘断路器与其他类型的断路器相比较，具有许多独特的优点。

（1）开断和绝缘性能优良。超高压断路器一般要求断口电压高、开断容量大、操作过电压低、结构简单、维修方便。六氟化硫断路器的断口电压可以做得较高，在电压等级相同，开断电流相当和其他性能接近的情况下，六氟化硫断路器的串联断口数较少。

由于近区开断时，恢复电压上升速率很高，超高压大容量断路器开断近区故障相当困难。一般的空气和少油断路器，介质强度恢复速度比六氟化硫断路器要低。六氟化硫断路器不但有很高的介质强度恢复速度，而且对恢复电压不敏感，所以具有很好的开断近区故障的能力，可以开断比空气断路器大许多倍的电流，而无需附加并联电阻，因而六氟化硫断路器的串联断口数可以比较少。

在开断小电流时，空气和少油断路器容易引起高的操作过电压。而六氟化硫断路器在开断小电流时无重燃，在开断小电感电流时，无截流现象发生，因而开断小电流时过电压低。

六氟化硫断路器在这方面显示的优点，使得六氟化硫断路器更有利于向超高压断路器的方向发展。

（2）结构简单紧凑，维修方便。六氟化硫断路器，由于断口电压较高，所以断口数较少，特别是单压式灭弧室结构的采用，使得六氟化硫断路器的结构比空气和少油断路器都要简单得多。

在六氟化硫断路器中，即使开断大电流时，电弧电压也不高，约为空气断路器电弧电压的 1/10 左右，所以电弧功率小。同时六氟化硫气体的散热能力比空气大得多，特别是温度在

2000K 左右时，导热系数最大。能将电弧能量大量导散，因而对触头烧毁轻微，大大延长了触头的寿命。由于六氟化硫断路器的触头寿命长，在六氟化硫气体中的金属和绝缘件很少发生劣化现象，所以六氟化硫气体绝缘断路器检修周期长，一般情况下，三年以内不必检修。

2. 六氟化硫断路器的总体结构

按照断路器总体布置的不同，超高压断路器可分为瓷瓶支柱式和落地箱式两种。

（1）瓷瓶支柱式。瓷瓶支柱式六氟化硫断路器（图 4-1）又称为敞开式六氟化硫断路器。断路器的外形同压缩空气断路器或少油断路器极为相似。带电部分与接地部分的绝缘由支持瓷套承担。灭弧室安装在支持瓷套的上部，安装在瓷套内。一般每个瓷套安装一个断口。随着额定电压的提高，支持瓷套的高度以及串联灭弧室的个数也增加。支持瓷套的下端与操动机构相连，通过支持瓷套内的绝缘拉杆带动触头完成断路器的分合闸操作。

这种灭弧装置置于支柱瓷套顶部带高电位的储气罐内，由绝缘杆进行操作，是目前广泛采用的一种型式。其优点是系列性好，选用不同标准的灭弧单元与支柱瓷套，即可组装成不同电压等级的产品。这种结构，六氟化硫气体用量较少，绝缘问题容易解决。均压电容器也可采用普通油纸电容器，便于配套。但操作杆较长，需要较大功率的操作机构，且电流互感器未装成套，组合性差。

（2）落地箱式。落地箱式六氟化硫气体断路器又称为罐式六氟化硫气体断路器（图 4-2）。沿用了箱式多油断路器的总体结构。灭弧室和触点均安放在金属箱体内，箱体是接地的。带电部分与箱体之间的绝缘由六氟化硫气体承担。随着断路器的额定电压提高，灭弧室的断口也随之增多。为了均压，每个灭弧室并接了均压电容器。电流经套管引入，每个箱体上装设了两个引线套管，一般都装设了套管式电流互感器，引线套管内腔亦充六氟化硫气体。这种结构的六氟化硫断路器便于互感器配套，组合性好，且结构稳定，机械稳定性较高，抗震能力强。但六氟化硫气体用量较多，系列性较差。

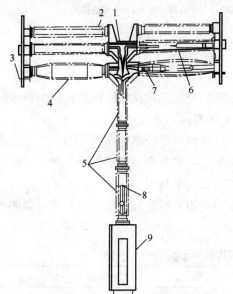

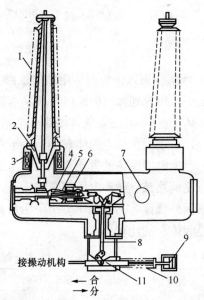

图 4-1 瓷瓶支柱式六氟化硫气体断路器

1—上部箱体；2—并联电容；3—端子；4—灭弧室瓷套；5—支持瓷套；6—合闸电阻；7—灭弧室；8—绝缘拉杆；9—操作机构箱

图 4-2 落地箱式六氟化硫气体断路器

1—套管；2—支持绝缘子；3—电流互感器；4—静触头；5—动触头；6—喷口工作缸；7—检修窗；8—绝缘操作杆；9—油缓冲器；10—合闸弹簧；11—操作杆

二、六氟化硫气体绝缘变电站

1. 六氟化硫气体绝缘变电站的组成

六氟化硫气体绝缘变电站又称六氟化硫全封闭组合电器，是一种将发、变电站用的各种电气元件组合在一起，封闭在接地金属壳内，以六氟化硫气体为绝缘介质的电器。它的组成元件一般包括断路器、隔离开关、接地开关、电流互感器、母线、避雷器、电缆终端（或引线套管）等。各元件间按电站主接线的要求连接并组装成一个整体。六氟化硫气体压力一般为 0.3~0.4MPa。图 4-3 为一台 110kV 单母线六氟化硫全封闭组合电器的示意图。

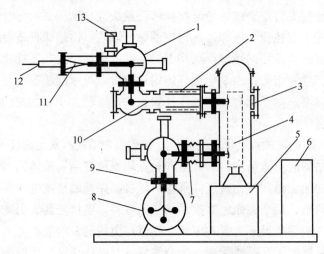

图 4-3　单母线六氟化硫全封闭组合电器

1—隔离开关；2—电流互感器；3—吸附剂；4—断路器灭弧室；5—操动机构；
6—控制柜；7—伸缩节；8—三相母线筒；9—绝缘子；10—导电杆；
11—电缆头；12—电缆；13—接地开关

2. 六氟化硫气体绝缘变电站的优点

由于城市规划部门的配电系统要求提供比常规的空气绝缘设备面积和容积小得多的紧凑设备，从 1965 年开始，气体绝缘变电站得到了迅速发展，其优点如下：

（1）占用面积与空间体积小。由于六氟化硫气体有很好的绝缘性能，因此绝缘距离大为缩小。通常电器设备的占地面积大约与绝缘距离缩小的倍数成平方倍数地缩减。空间体积则成立方比例缩减。随着电压等级的提高，缩小的倍数越来越大。

据国外统计，不同电压等级采用六氟化硫全封闭组合电器与常规的敞开式电器的占地面积与空间体积的比较见表 4-1。

表 4-1　　　　　　　　　　　　占地面积与空间体积的比较

电压（kV）	占地面积（m³）			空间体积（m³）		
	六氟化硫组合电器 A	常规敞开电器 B	缩小率（A/B）	六氟化硫组合电器 C	常规敞开电器 D	缩小率（C/D）
66	21	123	17×10^{-2}	136	1360	10×10^{-2}
154	37	435	7.7×10^{-2}	331	8075	4.1×10^{-2}

电压（kV）	占地面积（m²）			空间体积（m³）		
	六氟化硫组合电器 A	常规敞开电器 B	缩小率（A/B）	六氟化硫组合电器 C	常规敞开电器 D	缩小率（C/D）
275	66	1200	3.8×10^{-2}	414	28800	1.4×10^{-2}
500	90	3706	2.4×10^{-2}	900	147696	0.6×10^{-2}

体积的缩小为大城市、稠密地区的变电所建设以及城市电网的改造提供了有利条件，也为建设地下变电站创造了条件。

（2）安装方便、运行可靠、便于维修。由于六氟化硫全封闭组合电器的全部电器设备封闭于接地外壳内，组装成为一个整体，减少了自然环境对设备的影响，因而还适宜用在严重污染地区、盐雾地区、高海拔地区以及水电站。其安装一般是以整体形式或者把它分成若干部分运往现场，因此可大大缩减现场安装的工作量，缩短工程建设周期。由于其外壳是接地的，可以将其直接安装在地面上，节省了钢材和水泥等建筑材料。

六氟化硫气体绝缘性能稳定、又无氧化问题，加上六氟化硫断路器的开断性能好、触头烧伤轻微，因此六氟化硫气体绝缘变电站运行安全可靠、维修方便，检修周期也大为延长。其检修周期一般可达 5～8 年，长者可达 20 年，如法国 MG 公司生产的六氟化硫断路器允许累计开断电流达 2000kA。日本富士公司的 HF60 系列六氟化硫断路器额定开断电流为50kA，可以经受 70 次开断的考验，累计开断电流为 3500kA。西安高压开关厂生产的110kV 六氟化硫断路器，型式试验中累计开断电流值达到 1700kV，相当于在额定开断电流31.5kA 下开断 50 次。

三、其他六氟化硫气体绝缘设备

1. 六氟化硫气体绝缘变压器

随着电力传输线路长度的增长，传输容量增大，输电电压等级不断提高，电力变换容量也不断增加，对电力变压器的要求愈来愈高，传统的油浸变压器已不能满足需要。近年来，国内外在六氟化硫气体绝缘变压器的研制上取得了很大进展，美国和日本已有实用化的产品，在我国，六氟化硫气体绝缘变压器也已研制成功并投入生产。

与常规的油浸变压器相比，采用压缩六氟化硫气体和聚酯薄膜作为绝缘介质的六氟化硫气体变压器在安全运行的可靠性、防火、防爆、噪声控制、节能、缩小占地面积、减轻重量、防止油污染等方面显示出它的优良性能。

在六氟化硫气体变压器中，六氟化硫气体的压力一般为 0.2MPa。如果使用的六氟化硫气体压力提高，变压器壳体的强度就要增加，导致壳体重量和成本的增加。另外由于六氟化硫气体在导热性能方面不如变压器油好，大容量的变压器中需加氟碳化合物作冷却剂，形成单独的冷却系统。

2. 六氟化硫气体绝缘电力电缆

将单相导体或三相导体封装在充有六氟化硫气体的金属圆筒中，带电部分与接地的金属圆筒间的绝缘由六氟化硫气体来承担。这就是六氟化硫气体绝缘电缆。普通的电力电缆是采用油纸绝缘的，由于绝缘油和纸的介电常数大，充电电流较大，且随线路长度的增长成正比例地上升，较长距离的电缆必须加并联电抗器补偿。六氟化硫气体绝缘电缆在输送容量和输送距离方面均比传统电缆要高。与油纸电力电缆相比，六氟化硫气体绝缘电力电缆具有多方面的优点。

六氟化硫气体的介电系数 ε 为 1，而油纸绝缘电缆的 ε 为 3.6，六氟化硫气体绝缘的电容值大致为油纸电缆的 53%，电容电流小。六氟化硫气体绝缘电缆的介质损耗可忽略不计。考虑六氟化硫气体的对流散热效果后，其散热性能也比油纸绝缘电缆好，因此六氟化硫气体绝缘电缆的额定电流可提高，具有更大的传输容量，适宜于远距离输送。

六氟化硫气体绝缘电缆的波阻抗约为 60Ω，大于油纸绝缘电缆的波阻抗，因此与架空线连接时对行波的反射大为减少。加之允许工作温度高、无着火的危险，安装时不受落差的限制，使六氟化硫气体绝缘电缆特别适宜用于超高压大容量的传输，适宜用于六氟化硫全封闭组合电器与架空线的连接，用于大城市中大容量的供电。

第二节　电气设备用六氟化硫气体取样

随着对运行气体的质量监督工作不断深入开展，对设备中六氟化硫气体采集样品进行分析的需求也不断扩大。2004 年修订的 IEC 60480 标准在附录 B 的 B.1 中对六氟化硫气体的采集作了具体的描述。主要提出以下建议：

1. 采集的气体必须具有代表性

采集样品可包括从六氟化硫钢瓶中采集新气或从六氟化硫电气设备中采集运行气体。在采集钢瓶中的气体时，应注意从气体的液相部分采集气体，如果钢瓶中残存的气体没有液相部分，在从气相部分采集气体时，应注意采集的气体应具有代表性。

2. 采气操作应包括抽真空处理工艺

因为我们采集样品气的目的是为了分析样品气中的杂质组分，按标准要求我们要分析样气中空气的含量，所以无论是从六氟化硫钢瓶中采集新气或从六氟化硫电气设备中采集运行气体，在采集过程中都要排除空气的干扰。对采气用的容器（采样瓶）、采气过程中所有的连接部分都应当抽真空处理。一般，真空度应达到 133Pa，以确保采集到的六氟化硫样品气的代表性。

3. 对采气所用的容器及连接管路的要求

连接的管路直径可以在 $3\sim6mm$，长度可控制在 2m 左右，管路末端应有自封连接接头或阀门，以防不使用时空气进入管道。

采样瓶的体积可采用 $150\sim500ml$（视分析样品组分所需样品量决定）。

所用的采样瓶和采集用的阀门及连接管路的材质应采用不锈钢或聚四氟乙烯。

所用的容器和连接件应能承受 5MPa 的高压。

4. 可采用灰尘过滤器

在采集样品气的过程中，样品不能通过装有分子筛或氧化铝吸附剂的过滤器，以防改变样品气的成分。可以使用灰尘过滤器，以滤除灰尘等细小的固体颗粒。

5. 采气瓶重复使用应作净化处理

采气瓶如重复使用应作净化处理，IEC 提出的净化工艺包括：

（1）加热容器到 100℃。

（2）对容器抽真空。

（3）使用干燥的高纯氮气置换容器中的杂质。

（4）反复操作，对采气容器作净化处理。

电气设备中六氟化硫气体取样方法具体可以参照我国行业标准 DL/T 1032—2006《电气设备用六氟化硫气体取样方法》来执行。

第三节　气体湿度测量的基础和常用检测方法

一、湿度的表示方法

湿度是指气体中的水汽含量，而固体或液体中的含水称为水分。湿度的表示方法繁多，其定义都是基于混合气体的概念引出的。

表示气体中水汽含量的基本量可以是水蒸气压力，它表示湿气（体积为 V，温度为 T）中的水蒸气于相同 V、T 条件下单独存在时的压力，亦称水蒸气分压力。

饱和水蒸气压的概念也是湿度测量中一个极为重要的概念。众所周知，水从液体转化成蒸汽的过程称为汽化。汽化的某种方式可以是蒸发，以液体的自由表面作为气—液的分界面的汽化过程称为蒸发。以容器中水的蒸发为例，显然蒸发过程与水的温度和液面上的压力有关。温度升高，水分子的平均动能增大，逸出液面的分子数相应增加。随着空间水分子数目增加，碰撞的机会就增加，折回水面的分子数也增加。当蒸发速度等于凝结速度时，体系达到动态平衡，这种状态称为饱和，此空间中的水蒸气称为饱和水蒸气，其压力称为饱和水蒸气压。饱和水蒸气压与温度之间存在一定的函数关系，它是指气相中仅存在纯水汽时，与水或冰组成的体系的平衡水汽压，它们是温度的单值函数。

由于饱和水蒸气压是温度的单值函数，温度越高，饱和水蒸气压数值越大，因此对于一个在测试温度条件下，其水蒸气分压没有达到饱和的气体，随着人为地降低体系温度，其水蒸气分压就可以在低温状态下达到饱和。此时如果温度继续下降，气体中的水分就会以露的形式析出来。水蒸气压力达到饱和时的相应温度称为露点温度。露点温度也是湿度的一种表示方法。

图 4-4 是饱和水蒸气压—温度曲线。B 点状态的气体，随温度下降到 A 点状态，其水蒸气分压即为此时的饱和水蒸气压，A 点相应的温度 T_d 称为露点温度。在这个温度下气体的水蒸气含量恰等于该气体达到饱和时的水蒸气含量。因此露点和饱和水蒸气压一样可以用来表示气体的湿度。

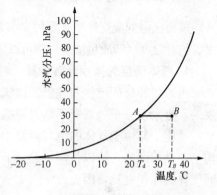

重量法是湿度测量中一种绝对的测量方法。在当今所有湿度测量方法中它的准确度最高。人们普遍以这种方法作为湿度计量的基准。其量值是以混合比来表示的。湿气中的混合比是湿气中所含水汽质量与和它共存的干气质量的比值。因此，可以认为，混合比是湿度的最基本表示方法。

4-4　饱和水蒸气压与温度的关系

基于混合比定义概念的还有几种常见的湿度表示方法。其中质量分数（$\times 10^{-6}$）是以"百万分之一"为单位表示的水汽与其共存的干气的质量之比值。体积分数（$\times 10^{-6}$）是以"百万分之一"的单位表示的水汽与其共存的干气的体积之比值。绝对湿度亦称为水汽浓度和水汽密度，定义是湿气中的水汽质量与湿气总体积之比。相对湿度也是常用的湿度表示方法。压力为 p、温度为 T 的湿气的相对湿度，是指给定的湿气中，水汽的摩尔分数与同一温度 T 和压力 p 下纯水表面的饱和水汽的摩尔分数之比。

综上所述，露点温度、饱和水蒸气压、水蒸气分压力、混合比、质量分数、体积分数、绝对湿度、相对湿度都可用以表示气体湿度。根据它们的物理意义，相互之间可以互相转换。

二、常用湿度计量的名词术语

按中华人民共和国国家计量技术规范对"常用湿度计量名称术语"定义如下：

水分——液体或固体中水的含量。

湿度——气体中水蒸气的含量。

干气——不含水蒸气的气体。

湿气——干气和水蒸气组成的混合物。

水蒸气——亦称水汽。水的气态，由水汽化或冰升华而成。

水蒸气压力——湿气（体积为 V、温度为 T）中的水蒸气于相同 V、T 条件下单独存在时的压力，亦称水蒸气分压力。水蒸气压力用 e 表示。

饱和水蒸气压——水蒸气与水（或冰）面共处于相平衡时的水蒸气压。饱和水蒸气压用 e_s 表示。

露点温度——压力为 p、温度为 T、混合比为 γ 的湿气，其热力学露点温度 T_d 是指在此给定压力下，该湿气为水面所饱和时的温度。

质量混合比——湿气中水蒸气的质量与干气的质量之比，亦称混合比。

质量分数——质量混合比乘以 10^6。

体积分数——湿气中水蒸气的分体积与干气的分体积之比值的 10^6 倍。

绝对湿度——单位体积湿气中水蒸气的质量。

相对湿度——湿气中水蒸气的摩尔分数与相同温度和压力条件下饱和水蒸气的摩尔分数之百分比。

三、湿度计量单位换算

前面已讲到湿度计量有多种表示方法，饱和蒸气压、露点、质量分数、体积分数、相对湿度、绝对湿度（即质量浓度）都可以用来表示气体中水汽的含量。下面介绍这几种量的计算。

1. 气体湿度的体积分数计算

由道尔顿分压定律和理想气体状态方程，可知气体的压力是由大量分子的平均热运动形成的，是大量分子对器壁不断碰撞的结果，所以它的量值决定于单位体积的分子数和分子的平均动能。又由于气体的绝对温度是分子平均动能的量度，在相同的温度下，气体的分子平均动能是相同的，所以在同一温度下，不同气体的分压力之比就是分子数目之比，也就是不同气体的体积之比，因此：

气体湿度的体积分数为：

$$\varphi_W = \frac{V_W}{V_T} \times 10^6 = \frac{p_W}{p_T} \times 10^6$$

式中 φ_W——测试气体湿度的体积分数，10^{-6}；

     V_W——水汽的分体积，L；

     V_T——测试气体的体积，L；

p_W——气体中水汽的分压，Pa；

p_T——测试系统的压力，Pa。

2. 气体湿度的质量分数计算

由质量分数浓度定义知道，质量分数表示湿气中水蒸气的质量与干气质量之比的百万分之一（干气质量可用测试湿气质量近似代替），也就是：

$$w_W = \frac{m_W}{m_T} \times 10^6$$

式中　w_W——气体湿度的质量分数$\times 10^{-6}$；

$\quad\quad m_W$——水蒸气的质量，g；

$\quad\quad m_T$——测试湿气的质量，g。

由于理想气体状态方程有下式：

$$p_T V_T = \frac{m_T}{M_T} RT$$

式中　p_T——气体压力，Pa；

$\quad\quad V_T$——气体体积，L；

$\quad\quad m_T$——气体质量，g；

$\quad\quad T$——温度，K；

$\quad\quad M_T$——气体的摩尔质量，g/mol；

$\quad\quad R$——摩尔气体常数。

将理想气体状态方程代入上式，经整理可得到：

$$w_W = \frac{p_W \cdot M_W}{p_T \cdot M_T} \times 10^6 = \varphi_W \frac{M_W}{M_T}$$

式中　M_W——湿气中水的摩尔质量，g/mol；

$\quad\quad M_T$——测试气体的摩尔质量，g/mol。

3. 气体含水量的相对值计算

根据相对湿度的定义，气体湿度的相对值 RH 表示水蒸气在测试露点下的分压与系统温度下的饱和水蒸气压之比，以百分数表示。

$$RH = \frac{p_W}{p_S} \times 100\%$$

式中　p_W——测试露点下水蒸气的分压力，Pa；

$\quad\quad p_S$——测试系统温度下的饱和水蒸气压力，Pa。

4. 气体含水量的绝对值计算

根据绝对湿度的定义，气体湿度的绝对值 AH 表示的是单位体积湿气中水蒸气的质量。也就是水蒸气的密度，它可以由理想气体状态方程推出：

由于

$$pV = \frac{m}{M} RT$$

$$水蒸气密度 = \frac{m}{V} = \frac{pM}{RT} \quad\quad (g/L)$$

即

$$AH = \frac{p_W M_W}{RT_K}$$

式中　M_W——表示水的摩尔质量（18.01g/mol）；

R——摩尔气体常数，$R=0.0082$，$MPa \cdot L/(K \cdot mol)$；

p_w——水蒸气的分压力，Pa；

T_K——系统温度，K。

将常数代入整理后得到：

$$AH=2.195\frac{p_w}{T_K} \qquad (g/m^3)$$

5. 非大气压力下测量时露点的计算

IEC 480《电气设备中六氟化硫气体检验导则》给出非大气压力下露点的计算，指出非大气压力下测量的水蒸气分压与大气压力下测量的水蒸气分压与其测试压力成正比，即有下式：

$$p_{wo}=p_{wa}\frac{p_o}{p_a}$$

式中　p_{wo}——非大气压力下测量露点相应的饱和水蒸气压，Pa；

p_{wa}——大气压力下测量露点相应的饱和水蒸气压，Pa；

p_o——非大气压力（绝对压力），Pa；

p_a——大气压力，Pa。

综上所述，气体湿度测量主要使用的计算公式包括：

体积分数：　　　　$\varphi_w=\dfrac{p_w}{p_T}\times 10^6 \qquad (\times 10^{-6})$

质量分数：　　　　$\omega_w=\dfrac{\varphi_w \cdot M_w}{M_T} \qquad (\times 10^{-6})$

相对湿度：　　　　$RH=\dfrac{p_w}{p_S}\times 100\% \qquad (\%)$

绝对湿度：　　　　$AH=2.195\times \dfrac{p_w}{T_K} \qquad (g/m^3)$

非大气压力下气体水蒸气分压：　$p_{wo}=\dfrac{p_{wa} \cdot p_o}{p_a}$

式中　p_w——气体中的水蒸气分压（测试露点下饱和水蒸气压），Pa；

p_T——测试系统的压力，Pa；

M_w——水的摩尔质量，g/mol；

M_T——被测气体的摩尔质量，g/mol；

T_K——被测气体的温度，K；

p_S——测试系统温度下的饱和水蒸气压，Pa；

p_{wa}——大气压力下气体水蒸气分压，Pa；

p_{wo}——非大气压力下气体水蒸气分压，Pa；

p_o——非大气压力，Pa；

p_a——大气压力，Pa。

四、气体湿度的常用检测方法

在湿度测量中有多种方法可以应用，目前电力系统常用的六氟化硫气体湿度检测方法主要有电解法、阻容法、露点法。

1. 电解法

电解法是目前广泛应用的微量水分测量方法之一。人们对此法之所以感兴趣，其原因在于这种方法不仅能达到很低的量限，更重要的是因为它是一种绝对测量方法。

(1) 测量原理。电解法湿度计的敏感元件是电解池，它的测量原理是基于法拉第电解定律。众所周知，法拉第定律由下面两个定律组成：

①在电流作用下，被分解物质的量与通过电解质溶液的电量成正比；

②由相同电量析出的不同物质的量与其化学当量成正比。

根据法拉第第二定律，析出任何一摩尔物质所需的电量为 96 485C。所以可以由消耗的电量来计算电解的物质量。在六氟化硫气体湿度测量中，被电解的物质是水。测量特点是当被测气体连续通过电解池时，其中的水汽被涂敷在电解池上的五氧化二磷膜层全部吸收并电解。在一定的水分浓度和流速范围内，可以认为水分吸收的速度和电解的速度是相同的。也就是说，水分被连续地吸收同时连续地被电解。瞬时的电解电流可以看成是气体含水量瞬时值的尺度。这种湿度测量方法要求通过电解池的气体的水分必须全部被吸收。测量值是与气体流速有关的。因此测量时应有额定的流速并保持流速恒定。由测量气体的流速和电解电流便可测知气体湿度。

(2) 定量基准。由于法拉第电解定律指出电解一摩尔物质所消耗的电量是一个常数，依据法拉第定律和气体方程可求出电解电流与气体含水量之间的关系式：

$$I = \frac{\varphi p T_0 F q}{3 p_0 T V_0} \times 10^4$$

式中 F——法拉第常数（96 485C/mol）；

q——气体流速，ml/min；

φ——气体含水量的体积分数，$\times 10^{-6}$；

I——电解电流，μA；

p_0——标准状况下的气体压力（101 325Pa）；

T_0——标准状况下的气体温度（273.15K）；

V_0——标准状况下的气体体积（22.4L/mol）；

p——被测气体压力，Pa；

T——被测气体温度，K。

上式即为电解式水分仪依据的公式。从式中可以看出，在温度、压力、流量不变的前提下，电解电流的大小正比于气体含水量。当被测气体压力 $p = 101\ 325$Pa，温度 $t = 293$K，$q = 100$ml/min时，气体含水量 $\varphi = 1 \times 10^{-6}$（体积分数），电解电流 $I = 13.2\mu$A。根据电解电流的大小，仪器可直接显示气体含水量。

2. 阻容法

阻容法水分仪属于一种电湿度计。它是利用吸湿物质的电学参数随湿度变化的原理借以进行湿度测量的仪器。属于这一类的湿度计主要有氧化铝湿度计、碳和陶瓷湿度传感器，以及利用高聚物膜和各种无机化合物晶体等制作的电阻式湿度传感器等。我们主要应用的是氧化铝湿度计。

(1) 测量原理。氧化铝湿度计的测量元件是氧化铝探头，它是通过电化学方法在金属铝基体表面形成一层氧化铝膜，进而在膜上淀积一薄层金属膜，这样便构成了一个电容器。氧化铝吸附水汽后引起电抗的改变，湿度计的原理就是建立在这一电特性基础之上的。

（2）传感器结构。氧化铝传感器的核心部分是吸水的氧化铝膜层，它的结构模型如图4-5（a）。

氧化铝膜层布满了相互平行的且垂直于其平面的管状微孔，并从表面一直深入到氧化层的内部，多孔的氧化铝膜具有很大的比表面，对水汽有很强的吸附能力。

传感器的等效工作电路如图4-5（b）所示，在湿度变化时，R_1和C_2的变化是明显的，是具有决定性影响的两个参量。

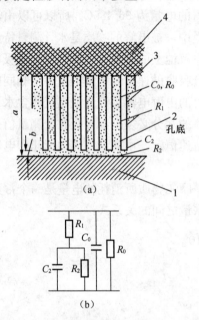

图4-5　氧化铝传感器的结构模型和等效电路

（a）结构模型；（b）等效电路

1—金属铝基体；2—管状微孔；3—氧化铝膜；4—淀积金属膜；C_0—厚度为d的氧化铝膜隔开的两电极之间的电容；R_0—氧化铝膜的漏电电阻；R_1—微孔内表面的电阻；C_2、R_2—微孔底与铝基体之间的电容和漏电电阻

3. 露点法

露点法是一个古老的测量方法。露点仪建立在可靠的理论基础之上，具有准确度高、测量范围宽的特点，在现代湿度测量技术中占有相当重要的位置。

（1）测量原理。露点仪的测量系统是将气体以一定的流速通过一个金属镜面，此金属镜面用人工的方法使之冷却，当气体中的水汽随镜面的冷却达到饱和时，将有露在镜面上形成，镜面上附着的水膜和气体中的水分处于动态平衡。此时镜面温度称为露点温度。由此可以测定气体湿度。也就是说，当一定体积的湿气在恒定的总压力下被均匀降温时，在冷却的过程中，气体和水汽两者的分压力保持不变，直到气体中的水汽达到饱和状态，该状态称为露点，由测定露点温度可以测知气体湿度。

（2）露点仪结构。由露点法的测试原理可知，一般的露点仪的测试系统主要分为金属镜面、制冷系统、测温系统、光电系统几部分。

1）制冷技术。手动露点仪通常采用干冰（液态CO_2）、液氮制冷。这种仪器一般用于实验室。它的最大特点是可以进行低霜点测量。使用干冰时常常用乙醇作为冷介质传递冷量。干冰可以达到-78℃，液氮可以达到-100℃。这种制冷方法的缺点是降温速度不易控制。

自动热电制冷也就是半导体制冷，其原理是利用帕尔粘效应，也就是电偶对的温差现象。目前广泛应用的电偶对是由铋碲合金与铋硒合金组成的N型元件，以及由铋碲合金组成的P型元件。冷堆由适当数目的制冷元件（N—P电偶对）按串、并的方式连接，利用多级叠加可以获得不同程度的低温。如二级叠加可以达到$-40\sim-45$℃，三级叠加可以达到$-70\sim-80$℃，一般不宜超过三级叠加。

2）露点镜温度的测量。现代的露点仪镜面温度的测量一般都采用热电偶、热敏电阻、铂电阻。测量露点温度有两个最基本的要求，一是露点温度测量与结露时间的一致性，测量值与真实露点温度的偏差要小；二是测温元件安放点的温度应与镜面温度一致，两处的温度梯度要小。

3）简单的凝露状态监控。在简单的露点仪中通过手动调节制冷量来控制镜面降温速度，用目测法确定露点的生成。这种露点仪在很大程度上依靠经验来进行测量。

4）光电的凝露状态监控。自动的现代露点仪大部分采用光电系统来确定露点的生成。

光电检测系统主要包括一个稳定的光源和反射光的接收系统（包括光敏元件和电桥）。来自光源的平行光照到镜面上被镜面反射，反射光可以用光电管式光敏元件接收。在镜面结露之前，只要光源足够稳定，入射光和反射光的光通量基本是稳定的。当镜面上出现露点时，入射光就发生散射，光接收系统接受的光量就减小，光的散射量大致和露层的厚度成正比。利用光敏元件作为惠斯顿电桥的一臂，可以检出光的变化。也就是说，利用电桥状态的变化来判断露点。

在露点出现前，电桥处于不平衡状态，电桥信号输出控制半导体制冷器的制冷电流。当露点出现时，电桥达到平衡，半导体制冷器停止制冷或反向加热，使镜面温度自动保持在露点附近，即自动跟踪露点。

图 4-6 是一台简单的手动制冷的露点仪的结构图。冷却剂干冰由冷却槽 2 放入，镜面温度由热敏探头 5 测量，被测气体通过测量室 1，在露点镜 3 上结露，操作人员在位置9 处，通过观测镜 4 来观测镜面露的形成。

图 4-7 是自动露点仪的测量方框图。镜面由半导体元件 7 制冷，光源 1 照在镜面 2 上，镜面状态由光电管 4 监测，信号反馈给半导体制冷控制元件，镜面温度由测温元件3（PT-100）通过温度放大器，到数字显示仪表。

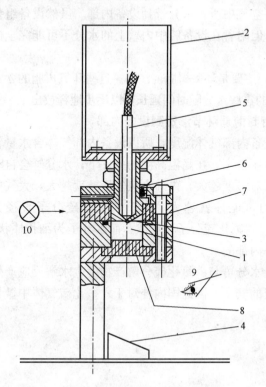

图 4-6　手动制冷露点仪结构图

1—测量室；2—冷却槽；3—露点镜；4—观测镜；
5—热敏探头；6—冷传导体；7—光通路；
8—玻璃；9—观察者；10—光源

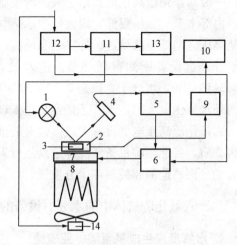

图 4-7　自动露点仪测量方框图

1—灯；2—镜；3—PT-100；4—光电管；5—制冷控制；6—输出；7—帕尔粘制冷；8—冷却器；9—温度放大器；10—数字显示；11—灯稳定器；12—电源提供转换器；13—±15V DC 稳定器；14—风扇

第四节 六氟化硫气体湿度现场检测

在本章第一节我们介绍了六氟化硫气体绝缘高压电器。其中六氟化硫气体绝缘断路器和六氟化硫气体绝缘变电站（GIS）在电网的应用已经很普遍。六氟化硫气体湿度现场检测主要是六氟化硫断路器和 GIS 的气体湿度检测和六氟化硫气体泄漏检测。本节主要介绍电气设备中六氟化硫气体湿度的现场检测。

一、高压电气设备中气体水分的主要来源

1. 六氟化硫新气中含有的水分

无论是六氟化硫新气或六氟化硫电气设备中的运行气体都会不可避免地含有微量的水分。六氟化硫新气中的水分主要是生产过程中混入的。由于六氟化硫在合成后，要经过热解、水洗、碱洗、干燥吸附等工艺，生产的环节多，难免遗留有少量水分。在向高压电器设备充气或补气时，这些水分会直接进入设备内部。另外六氟化硫气瓶在存放过程中，如果存放时间过长，气瓶密封不严，大气中水分会向瓶内渗透，使六氟化硫气体含水量升高。因此按规定要求，在充入六氟化硫新气时，对存放半年以上的气瓶，应复测其中的气体湿度。

2. 六氟化硫高压电器设备生产装配中混入的水分

高压电器设备在生产装配过程中，可能将空气中所含水分带到设备内部。虽然设备组装完毕后要进行充高纯氮气、抽真空干燥处理，但附着在设备腔中内壁上的水分不可能完全排除干净。

另外六氟化硫电气设备中的固体绝缘材料，主要是环氧树脂浇注品。这些环氧树脂的含水量一般在 0.1%～0.5% 之间。固体绝缘材料中的这些水分随时间延长可以逐步地释放出来。

3. 大气中的水汽通过六氟化硫电气设备密封薄弱环节渗透到设备内部

一般六氟化硫高压电器由于人为的控制设备内部气体湿度，所以设备内部气体含水量较低。内部水蒸气分压很低，而大气中水蒸气分压很高。在高温高湿的条件下，水分子会自动地从高压区向低压区渗透。外界气温越高、相对湿度越大，内外水蒸气压差就越大，大气中的水分透过设备密封薄弱环节，进入设备的可能性就越大。由于六氟化硫分子直径为 4.56×10^{-10} m，水分子直径是 3.20×10^{-10} m，六氟化硫分子是球状，而水分子为细长棒状，在内外水分压差大时，水分子是容易进入设备内部的。

六氟化硫高压电器设备中气体含有的微量水分可与六氟化硫分解产物发生水解反应产生有害物质，可能影响设备性能并危及运行人员的安全，因此国内外对于六氟化硫气体中微量水分的分析、监测和控制都十分重视。

二、六氟化硫气体中的水分对设备的危害

1. 水解反应生成氢氟酸、亚硫酸

六氟化硫气体是非常稳定的，当温度低于 500℃时一般不会自行分解，但当水分含量较高时，温度高于 200℃时就可能产生水解反应，生成 SO_2 和 HF。SO_2 可进一步与 H_2O 反应生成亚硫酸。

氢氟酸和亚硫酸都具有腐蚀性，可严重腐蚀电气设备。

2. 加剧低氟化物水解

六氟化硫气体中的水分，会加剧低氟化物的水解。六氟化硫在电弧作用下可分解。电弧高温可达 5000～10000℃以上，在这样的高温下，六氟化硫可分解成原子态 S 和 F。电弧熄灭后，S、F 原子重新又结合成六氟化硫，但其中仍有一部分结合不完全而生成低氟化物。由于水分的存在，低氟化物可进一步水解生成氟化亚硫酰，其反应式如下：

$$SF_6 \longrightarrow S + 6F \longrightarrow SF_4 + F_2$$

$$SF_4 + H_2O \longrightarrow SOF_2 + 2HF$$

六氟化硫气体中水分含量增加，会加速上述反应。

3. 使金属氟化物水解

在六氟化硫被电弧分解成原子态 S、F 的同时，触头蒸发出大量的金属铜和钨蒸汽，该蒸汽与六氟化硫在高温下会发生反应，生成金属氟化物和低氟化物。

$$4SF_6 + W + Cu \longrightarrow 4SF_4 + WF_6 + CuF_2$$

$$2SF_6 + W + Cu \longrightarrow 2SF_2 + WF_6 + CuF_2$$

$$4SF_6 + 3W + Cu \longrightarrow 2S_2F_2 + 3WF_6 + CuF_2$$

气态的 WF_6 与 H_2O 会继续反应：

$$WF_6 + 3H_2O \longrightarrow WO_3 + 6HF$$

生成的 WO_3 和 CuF_2 呈粉末状况沉积在灭弧室内。SF_2 与 S_2F_2 在电弧作用下还会再次反应成为 SF_2，SF_4 会进一步水解成氟化亚硫酰。

$$2SF_2 \longrightarrow SF_4 + S$$

$$2S_2F_2 \longrightarrow SF_4 + 3S$$

氟化亚硫酰是剧毒的，对人体有很大的危害。HF 也是毒性气体，它不仅具有腐蚀性而且可严重烧伤肌体。HF 还可以与含 SiO_2 的零件、瓷件、充石英粉的环氧树脂浇铸件反应，这不仅腐蚀了固体零件的表面，且生成了水分。

$$4HF + SiO_2 \longrightarrow SiF_4 + 2H_2O$$

$$SiF_4 + 2HF \longrightarrow H_2SiF_6$$

4. 在设备内部结露

由于气体中的水分以水蒸气的形式存在，在温度降低时，可能在设备内部结露，附着在零件表面，如电极、绝缘子表面等，容易产生沿面放电（闪络）而引起事故。

三、六氟化硫电气设备气体湿度现场检测方法

六氟化硫高压电器设备气体湿度现场检测的关键问题是解决设备本体与检测仪器的连接问题。检测时，设备本体中的气体必须经气路引出，以一定流速通过检测仪器的检测器（如电解式水分仪的电解池、阻容式水分仪的探头等）。由于六氟化硫气体中水分含量是微量的，气体湿度的测量又是一项严密的工作，因此对气路连接的要求就比较严格。

1. 设备本体与检测仪器之间的连接要求

以六氟化硫高压断路器为例，断路器的一般气路系统包括压力表、密度继电器、阀门、充放气口（或气体检查口）等，如图 4-8。

设备中六氟化硫气体的压力是用压力表和气体密度继电器来监视的，在气体密度降低时，六氟化硫气体密度监测器自动报警或发出闭锁信号。截止阀 2 在设备运行中是处于常开

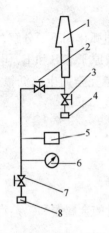

图4-8 六氟化硫断路
器的气路系统

1—断路器本体；2—截止阀（常开）；
3—截止阀（常闭）；4—六氟化硫
充放气口；5—六氟化硫密度继
电器；6—六氟化硫压力表；
7—截止阀（常开）；
8—气体检查口

状态，截止阀（3）、（7）在运行中是处于常闭状态。六氟化硫充、放气口4在设备安装、补气时给设备作充气或放气用。气体检查口可用于日常监督中对设备中气体进行检测。

六氟化硫气体湿度检测一般是从气体检查口取气。将检测用仪器由气体检查口经专用接头连接到设备本体上。连接之前，先将截止阀（7）关闭，打开气体检查口处的密封盖口，用专用接头将测试仪器经管路连入，再打开截止阀（7），调节适宜的气体流量，而后即可开始进行气体湿度测量。

六氟化硫断路器气体湿度检测使用的专用接口，根据不同的断路器型号采用不同的形式，一般可以根据气体检查口的密封方式来加工专用接口。目前这类接口大致可分为三种形式：

（1）平板结构的专用接口（见附录四图c、d）。主要用于日本日立公司、日本三菱公司生产的瓷瓶支柱式或落地箱式六氟化硫断路器。此型断路器检查口的密封采用平板（加密封垫）的形式，接口可仿制平板结构，在平板中部加工直径3mm的圆孔，经管路将设备本体与仪器连接起来。

（2）螺母式结构的专用接口（见附录四图a、b、e）。主要用于北京开关厂、上海华通开关厂等厂家生产的六氟化硫断路器或GIS中。断路器检查口的密封采用螺母式堵头，中间加密封垫，接口可采用同制式的螺纹和断路器检查口连接，设备本体中气体经堵头的φ3中心孔和连接管路通至检测仪器。

（3）配合逆止阀结构使用的专用接口。常用于平顶山开关厂、ASEA生产的六氟化硫断路器。这类型断路器检查口的密封方式比较特殊。一般情况下气路比较简单，没有压力表，以气体密度继电器作为气体检查口的密封，取消截止阀（7）。检测时取下密度继电器，逆止阀自动封闭气路，把检测用专用接口接上，要求专用接口可以顶开逆止阀的弹簧将气路连通，设备中气体经管路通至检测仪器。检测完毕，把专用接口卸下，逆止阀再次自动封闭气路。将密度继电器重新装上，逆止阀自动连通气路，设备恢复正常。一般情况下，六氟化硫气体湿度检测可以在设备带电情况下进行，但考虑到带逆止阀结构的断路器取消了截止阀（7），为保证安全供电，此类型六氟化硫断路器不宜在带电情况下进行气体湿度检测。

采用专用接口连接气路的目的就在于保证气路系统的密封性，以防止外界环境水分干扰测试结果，因此测试的气路系统一定要尽量短，接口和管路的材质也应选用憎水性强的物质。从材质上看，不锈钢材料优于厚壁聚四氟乙烯管，聚四氟乙烯管优于铜管，铜管优于聚乙烯管；推荐使用不锈钢管和厚壁聚四氟乙烯管，不能使用乳胶管和橡胶管作取样管。

附录五所示是几种常用的断路器取样接口。

2. 检测仪器的操作要求

本章第三节简要介绍了气体湿度测量的电解法、阻容法、露点法。在六氟化硫电气设备现场湿度测量中使用的仪器，主要也是应用这三种测量原理。本节简介这三种类型仪器在测试中的操作要求。

（1）电解式水分仪。根据电解式水分仪的测量原理及定量基准，电解式水分仪的定量和气体流速有关，因此要求测试气体应有额定的流速并在测试过程中保持流速恒定。在测量时，流量准确与否，将直接影响测量结果。电解式水分仪在测试前要求对流量计进行校准。在检测对象是六氟化硫气体时，可用皂膜流量计准确标定六氟化硫气体的流量，绘制流量计浮子高度与气体流量的关系曲线，供测试时调节六氟化硫气体流速用。

电解式水分仪的定量校准一般在标准状态下进行，被测气体压力为 0.1MPa，环境温度为 293K。

考虑到仪器在使用环境温度和压力偏离仪器设计温度和标准大气压时（如高海拔地区使用），会引入测量误差，可以用调节气体流量的方法来补偿环境温度和大气压力偏离设计值带来的测量误差。具体方法可以采用下面两公式进行流量修正。

A 公式：

$$q_V = \frac{p_0 T_a}{p_a T_0} \cdot q'_V$$

式中　q_V——校正后气体的流量，ml/min；

　　　p_0——标准状态压力，0.1MPa；

　　　T_0——标准状态温度，273.15K；

　　　p_a——环境压力，Pa；

　　　T_a——环境温度，K；

　　　q'_V——流量计测量的流量。

B 公式：

$$\tau = 0.03288 V \sqrt{\frac{p_a}{T_a}}$$

式中　p_a——环境压力，Pa；

　　　T_a——环境温度，K；

　　　V——选定的皂膜流量计的容量管体积，ml；

　　　τ——皂膜推移体积 V 所需的时间，s。

电解式水分仪在测量前，如果电解池非常潮湿，就不能进行测量，必须对电解池进行干燥处理。可以用较小的流量，如 20ml/min，通干燥的高纯氮气干燥电解池。要求达到仪器表头指示在 5×10^{-6}（体积分数）以下，方可进行测量。由于电解式水分仪不可避免地存在本底值，测试前还要测量仪器的本底。方法是：控制阀仍处于"干燥"档，将气源置换为六氟化硫气体，继续干燥电解池到表头显示稳定在 5×10^{-6}（体积分数），此时将"测试"流量调到仪器要求的值（如 100ml/min），有旁通气路的话，旁通流量调到 1L/min 左右，测量稳定值作为仪器本底值。

电解池干燥后且仪器本底值（电流）测试完毕，即可开始测量。将控制阀由"干燥"切换至"测量"，准确调节"测试"流量和"旁通"流量至仪器要求值，读取仪器稳定值作为测量结果。

图 4-9 是 USI—IA 型电解式水分仪的气路系统图。测试时干燥气体由进气口导入，当控制阀门处于"干燥"时，气体通过干燥器进入电解池，使电解池逐渐被吹洗干燥。此时由进气口将被测气体导入，继续干燥电解池，并测得电解池的本底电流。将控制阀门置于"测量"时，被测气体脱离干燥器经连通管直接进入电解池，根据电解电流的大小，仪器显示被测气体的含水量。旁通气路的采用，是为了加速取样管道的冲洗和缩短测量的时间，同时通过增大取样总量达到降低取样污染的比例，使测定尽可能迅速准确。测量结束，控制阀处于"关闭"，电解池、干燥器、取样管路被封闭。

（2）露点式水分仪。在露点式水分仪测量中，当固体颗粒、污着物、油污进入仪器时，

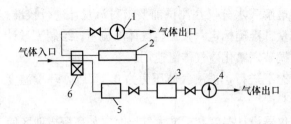

图 4-9 USI—IA 型微量水分测量仪气路系统
1—旁路流量计；2—连通管；3—电解池；
4—测量流量计；5—干燥器；6—控制阀

镜面会受到污染，在低露点测量时，会引起测量的露点偏离。若仪器没有镜面污染误差补偿功能，或没有自动污染误差消除程序，或镜面污染严重时，均需采用适当的溶剂对镜面作人工清洗，可以用涤绸沾无水乙醇轻擦镜面。

测量时，样品气流量要适当。流量太小，响应时间长；流量太大，则易引起制冷元件功率不足而使冷镜面温度发生振荡，又易在测量管线上产生压力损失，使测量压力发生变化。对于冷凝式露点仪，取样管线和测量室的温度至少应高于待测气体的露点温度 2℃，最好高 5~10℃。

露点式水分仪一般可以在常压下测量，也可以在高于常压的情况下测量（这点不同于电解式水分仪。电解式水分仪只能在常压下测量）。在高于常压的情况下进行测量时，为了不影响对检测结果的换算，应当使检测室的压力达到预期的压力。以瑞士生产的 DP—19 露点仪为例，这点可以通过精确地调节仪器相应的阀门来达到。如图 4-10，若阀门（3）全部打开，用阀门（2）来调节适宜的测试流量，检测室出口直通大气，检测室是处于常压下测量。反之，若将阀门（2）全部打开，用阀门（3）来调节流量计处于适宜的测试流量，此时，检测室与被测设备直通，检测室的压力等同于高压电气设备内气体压力，检测是在高于常压下进行测量。

在简单的露点仪中，用目测法来确定露的生成。这种仪器在测量中应注意控制降温速率，采用制冷剂时，制冷的速率应相对稳定，以免产生过冷现象。尤其在接近测试露点时，冷却速度应尽量放慢。一般冷却的间隔速度每次不得超过 2℃，接近终点露点 5℃时，应以 5℃/min 降温速度冷却。直至看到镜面有雾状沉积物为

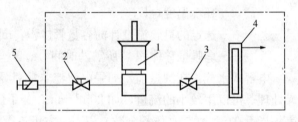

图 4-10 DP—19 露点仪气路系统图
1—露点镜；2，3—阀门；4—流量计；5—气体入口连接件

止，此时不再加入冷却剂。记下看到白色沉积物时的温度 t_1；记下温度继续下降达到的最低温度 t_2，它应低于 t_1 约 0.5~1℃；在温度回升时记下白色沉积物完全消失时的温度 t_3，它应高于最低温度 t_2 约 6~8℃。测量露点应是达到的最低温度 t_2 和沉积物完全消失时的温度 t_3 的平均值。测量时应作三次平行测试，直到连续三次测试的露点差不大于 ±1.5℃ 为止。

（3）阻容式露点仪。以氧化铝敏感元件为例，这类仪器具有操作简单、使用方便、抗干扰、响应快、测量范围宽等优点。可检测气体中 -110℃~+60℃（露点）的含水量。但是由于传感器本身的自行衰变，以及在使用过程中，由于矿物油的污染、氟化物及硫化物的腐蚀，传感器的工作性能会逐渐发生变化，仪器一般半年到一年要校正一次。

湿敏元件表面污损和变形，会使水分仪的性能降低，因此不能触摸此元件，不能让灰尘和液滴等落在元件上。可拆卸的传感器，在不用时应带着保护罩放在装有干燥剂（分子筛）的密封干燥筒中保存。拆卸保护罩时，应绝对避免直接用手指或其他东西触摸。此外使用传感器时应避免剧烈振动和冲击。

任何一种对铝或铝的氧化物有腐蚀作用的气体都会侵蚀元件，应避免使用。在检测六氟化硫气体湿度时，检测完毕，应通高纯氮气清洁传感器。不要在相对湿度接近 $100\%RH$ 的气体中长时间使用这类仪器。

3. 测试结果的计算

本章第三节中已讲到湿度计量中各量值之间的计算。实际测量中，各种仪器测量的结果可用不同的量值来表示，如电解式水分仪测量结果以体积分数表示，阻容式和露点式水分仪测量结果直接以露点表示。我国国家标准规定六氟化硫高压断路器气体湿度以体积分数表示，所以实际工作中测量结果的换算是不可避免的。下面举例说明测试结果的计算。

例： 某六氟化硫高压电气设备，六氟化硫气体充装压力为 0.43MPa（表压），在环境温度 20℃时，用露点仪测得六氟化硫气体露点为 −36℃，测试系统压力 0.1Mpa（绝对压力），计算六氟化硫气体含水量。

解： 由测得露点 −36℃，查相应露点下的饱和水蒸气压（本书附录三），$p_w = 20.0494\text{Pa}$，已知 $p_T = 0.1\text{MPa}$，水的摩尔质量 $M_w = 18$，六氟化硫的摩尔质量 $M_{SF_6} = 146$

体积分数浓度：$\varphi_w = \dfrac{p_w}{p_T} \times 10^6 = \dfrac{20.0494 \times 10^{-6}}{0.1} \times 10^6 = 200.49$ （$\times 10^{-6}$）

质量分数浓度：$\omega_w = \varphi_w \cdot \dfrac{M_w}{M_{SF_6}} = \dfrac{200.49 \times 18}{146} = 24.72$ （$\times 10^{-6}$）

绝对湿度：$AH = 2.195 \dfrac{p_w}{T_K} = \dfrac{2.195 \times 20.0494}{273 + 20} = 0.15$ （g/m³）

例： 上例中某电器设备，若假设测试时测量压力等同于设备压力，试推算测得露点应当是多少？六氟化硫高压电气设备内部水分的饱和蒸汽压是多少？计算六氟化硫气体含水量的体积分数浓度〔设备内六氟化硫气体绝对压力为（0.43+0.1）MPa〕。

解： 由公式 $p_{wo} = p_{wa} \dfrac{p_o}{p_a}$，计算：

$$p_{wo} = 20.0494 \times \dfrac{(0.43 + 0.1)}{0.1} = 0.106\text{kPa}$$

查露点与饱和水蒸气压表（附录三）得到相应露点为 −19.7℃，体积分数浓度：

$$\varphi_w = \dfrac{p_w}{p_T} \times 10^6 = \dfrac{0.106 \times 10^3}{0.53 \times 10^6} \times 10^6 = 200.49 \text{（} \times 10^{-6}\text{）}$$

可以看出，此例中六氟化硫电气设备在常压下测量时露点为 −36℃，在设备压力下测量时露点为 −19.7℃，设备内部六氟化硫气体中水分的饱和蒸气压为 0.106kPa，六氟化硫气体含水量的体积分数浓度是 200.94（$\times 10^{-6}$）。说明设备内部六氟化硫气体中水分的饱和蒸气压（设备压力下）与将气体释压引出设备时气体中水分的饱和蒸气压（常压下）是不同的，它们与压力成正比。因此在常压下测量和在设备压力下测量得到的气体露点值是不同的。而无论在何种情况下测量，气体含水量的体积分数浓度是不变的。由于体积分数浓度的概念是相对的概念，这种测量与计算结果是合理的。

例： 在环境温度为 20℃时，若使用露点仪测得环境大气的露点为 7℃，计算环境相对湿度是多少？

解： 20℃时，查表 $\qquad p_s = 2.3385\text{kPa}$

7℃时，查表 $\qquad p_w = 1.0019\text{kPa}$

$$RH=\frac{p_w}{p_s}\times100\%=1.0019/2.3385\times100\%=42.8\%$$

大气环境的相对湿度为 42.8%。

4. 六氟化硫电气设备气体湿度测量问题讨论

气体绝缘设备中的水分不仅存在于六氟化硫气体中，绝缘件及导体表面也吸附部分水分。

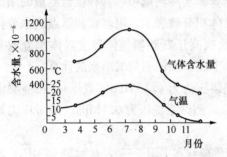

气体绝缘设备中的水分在二者间的分配取决于温度的变化。据挪威工业技术大学瑞恩的研究表明，一年之中设备中气体水分含量随气温升高而升高。图 4-11 是一个 GIS 气室中六氟化硫气体含水量与季节变化的关系。表 4-2 是石景山发电厂安装的沈阳开关厂和日本日立公司生产的罐式六氟化硫断路器气体湿度的检测结果。从表中数据可以看出，环境温度是造成六氟化硫断路器气体水分测试结果有较大分散性的一个原因。

图 4-11 一个 GIS 气室中六氟化硫气体含水量与季节变化的关系

表 4-2　　　　　　　　　　　　　六氟化硫断路器气体湿度检测结果

开关号 项目			2203	2215	2214	2245	2202	2213	2212	2200	2211	2201
测试时间 一九九一年八月十七日	环境温度（℃）		25.5	27.5	27.5	25.5	25.5	25.5	29.5	29.5	29.5	29.5
	环境湿度（%）		91	91	91	91	91	91	91	91	91	91
	测试含水量（×10^{-6}）	A相	131.4	131.4	109.6	142.2	75.6	117.3	114.7	114.7	112.1	114.7
		B相	162.6	131.4	142.2	127.0	101.1	124.2	112.1	117.3	117.3	127.0
		C相	112.1	145.4	108.3	108.3	93.2	107.1	143.8	110.8	117.3	105.9
测试时间 一九九三年八月二日	环境温度（℃）		30	32	32	28.8	28.8	31	31	32	32	28
	环境湿度（%）		75	75	75	75	75	75	75	75	75	75
	测试含水量（×10^{-6}）	A相	91.1	92.2	110.8	81.1	58.9	86.0	102.2	82.0	77.4	81.1
		B相	148.7	122.8	110.8	81.1	52.8	88.0	90.0	64.0	77.4	88.0
		C相	114.7	103.4	99.9	69.6	55.4	89.0	108.3	72.1	69.6	72.1
测试时间 一九九五年八月三日	环境温度（℃）		8	10	11	17	19	19	13	17.5	17.5	17.5
	环境湿度（%）		47	47	47	47	47	47	47	47	47	47
	测试含水量（×10^{-6}）	A相	18.9	37.4	25.4	12.5	16.6	17.0	8.7	14.0	14.7	14.7
		B相	37.0	48.5	34.8	19.1	15.5	12.4	17.7	16.6	14.0
		C相	33.9	41.9	28.1	19.1	15.3	13.8	14.3	13.4	16.6	13.6

温度对六氟化硫气体含水量测量产生影响的原因，可归纳以下几条：

（1）断路器材料的影响。六氟化硫断路器内部固体绝缘材料及外壳，在温度高的时候，释放渗透在材料内部的水分，使气体中的水分随温度升高而增大。在温度降低时，气体中的水分又较多地凝聚在外壳及绝缘材料表面，而使气体中的水分含量减少。

一般认为六氟化硫电气设备中含有一定数量的水汽分子，在外界环境温度降低时，水汽分子的平均动能减弱，器壁效应增强，这时会有相当数量的水汽分子被瓷套内壁或绝缘件表面所吸附，使六氟化硫气体中的水汽分子数减小，故此时测得的气体含水量相应减小。而当温度升高时，水汽分子平均动能增大，使原先附着在器壁和绝缘件表面的水汽分子重新释放，回到六氟化硫气体中，使六氟化硫气体中的水汽分子数目增加，故此时测得的气体含水量相应增大。

（2）六氟化硫断路器中的吸附剂的影响。如果六氟化硫断路器密封良好，可以认为断路器气室中气体水分含量是不变的。在环境温度升高时，气室内相对湿度会减小，而当温度降低时，气室内相对湿度相应增大。

六氟化硫断路器气室中的水汽分子大部分是被吸附剂吸附的，六氟化硫气体中残余的水汽分子是处于吸附与释放的平衡状态，这种平衡状态与温度有关。当温度升高，气室中相对湿度降低时，吸附剂吸附水汽的能力降低，吸附剂会释放出已吸附的水汽来平衡因温度升高而使相对湿度降低的变化。而在温度降低时，气室中相对湿度升高，吸附剂吸附水汽分子的能力增强，吸附剂又会吸收六氟化硫气体中水汽分子。所以吸附剂吸附水汽分子的作用，使得在不同环境温度时测量六氟化硫气体中水分值有所变化，环境温度高时，测得数值较大，反之则较小。

（3）温度对气体分子运动速度的影响。由麦克斯韦方程可知气体相对分子的平均热运动速度受温度和相对分子质量的影响，温度越高，气体分子运动速度越大，而相对分子质量越大，气体分子运动速度越小。

由气体湿度测量理论可知气体含水量的体积百分浓度即分子数目之比，也是气体的分压力之比，由于水和六氟化硫的相对分子质量差得很多，在温度变化时，气体中的水分所获得的动能与六氟化硫气体所获得的动能增量不同。这样就使整个系统六氟化硫气体与水蒸气的分压力发生变化，所以温度的改变导致了测量含水量数值的变化。

（4）环境温度对外部水分通过设备材质渗透进入气室的影响。一般认为，六氟化硫断路器密封是良好的，因此电气设备内部固相和气相的含水量应保持不变。实际上断路器的密封不可能保持绝对良好，且断路器内部六氟化硫气体虽有一定的压力，但断路器内外部水蒸气分压相差悬殊，所以外部的水汽分子有可能透过设备密封不严的部分进入设备内部。而这种外部水分通过设备物质渗透进入设备内部的现象受到环境温度的影响，环境温度高时，外部相对湿度大，外部水汽侵入设备内部量大，环境温度低时，进入量少。

鉴于不同温度下电气设备中六氟化硫气体的含水量测量值不同，为了更好地监测六氟化硫电气设备中气体含水量，人们试图对不同温度下测得的含水量值作温度修正。图 4-12 是法国阿尔斯通公司提供的水分—温度控制曲线，以 20℃时含水量为 $150×10^{-6}$ 为基础，反映出 25℃、30℃、35℃、40℃时含水量随温度上升时的变化。图 4-13 是 MG 公司提供的水分和温度的关系曲线，九条曲线分别代表在 20℃时含水量分别为 $40×10^{-6}$、$50×10^{-6}$、$60×10^{-6}$、$70×10^{-6}$、$80×10^{-6}$、$90×10^{-6}$、$100×10^{-6}$、$110×10^{-6}$、$120×10^{-6}$ 的电气设备，其含水量随温度上升或下降的趋势。

在以曲线反映各型六氟化硫断路器气体含水量随温度变化的同时，人们也试图以公式或经验修正值来反映这种关系。如下式为山东电力试验研究所提出的在运行环境温度作用下六氟化硫气体中水分含量遵循的变化公式。根据此式，可依据某运行环境温度下气体含水量的测试值，计算出设备在不同温度下的气体水分含量。

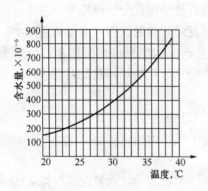
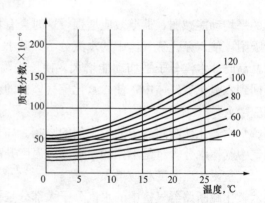

图 4-12 水分—温度控制曲线　　　图 4-13 水分—温度关系曲线
（阿尔斯通公司）　　　　　　　　（MG 公司）

$$\frac{x_2}{x_1} = \frac{p_2}{p_1} \cdot \frac{T_1}{T_2}$$

式中　x_1——测试温度下的水分测量值，$\times 10^{-6}$；

　　　x_2——换算至 20℃时的水分测量值，$\times 10^{-6}$；

　　　p_1——测试温度下的饱和水蒸气压，Pa；

　　　p_2——20℃时的饱和水蒸气压，Pa；

　　　T_1——测试温度，K；

　　　T_2——293K。

　　湖北超高压局对平顶山开关厂生产的 FA4—550 六氟化硫断路器在不同温度下测试的气体含水量按经验修正值换算到 20℃时的含水量。换算原则如表 4-3。

表 4-3　　　　　　　　　不同温度下的含水量换算到 20℃时的换算原则

测试温度	气体含水量范围（体积分数）	换　算　原　则
20℃以下	$\leqslant 160 \times 10^{-6}$	温度每降低 1℃，湿度测量相应露点加 0.1℃
20℃以下	$160 \times 10^{-6} \sim 400 \times 10^{-6}$	温度每降低 1℃，湿度测量相应露点加 0.2℃
20℃以下	$400 \times 10^{-6} \sim 720 \times 10^{-6}$	温度每降低 1℃，湿度测量相应露点加 0.3℃
20℃以下	$> 720 \times 10^{-6}$	温度每降低 1℃，湿度测量相应露点加 0.4℃
20℃以上	—	温度每升高 1℃，湿度测量相应露点加 0.5℃

　　由于温度对测试气体含水量值变化确有影响，我国国家标准规定的六氟化硫电气设备中气体水分含量的标准，已指明是 20℃时的数值。据各地的经验，按经验修正值对测试数据换算到 20℃时的数值后，数据的可信性增强，同时便于与标准值比较，更有利于对设备气体含水量的监督。但是我们也看到厂家提供的几条修正曲线或各地的经验修正方法，对测试数据的修正水平是不一致的。反映了各个生产厂生产的各种型号的六氟化硫断路器对气体含水量温度校正的依据不同。因此实际工作中，对温度的修正要依据断路器型号，采用不同的修正方法，最好是依据厂家提供的曲线、图表来修正。图 4-14 是湖南电力试验所提供的 LW$_7$—220 型六氟化硫断路器修正曲线。

5. 六氟化硫气体湿度测量结果的温度修正方法

　　在对六氟化硫气体湿度的监测中，国内外的研究人员对环境温度对六氟化硫气体湿度的影响（包括环境温度影响设备中六氟化硫气体湿度的原因、环境温度对设备中六氟化硫气体湿度影响的方式）作了大量的研究，并试图从各方面探讨对温度影响进行修正的方法。

我国电力行业标准 DL/T 506《六氟化硫电气设备中绝缘气体湿度测量方法》在 2005 年的制定修订中充分考虑了各项研究成果，在该标准第十条中提出了测量结果的温度折算方法。

（1）由于环境温度对设备中气体湿度有明显的影响，测量结果应折算到 20℃时的数值。

（2）如设备生产厂家提供有折算曲线、图表，可采用厂家提供的曲线、图表进行温度折算。

（3）在设备生产厂家没有提供可用的折算曲线、图表时，推荐使用 DL/T 506 附录 C《SF₆ 气体湿度测量结果的温度折算表》，在其中对折算方法作了说明，并给出了计算实例。

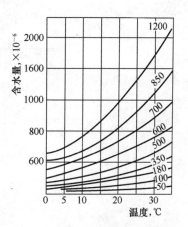

图 4-14　含水量的温度修正曲线
（LW₇-220 型断路器）

第五节　六氟化硫气体泄漏检测原理

气体泄漏检测的方法很多。由于六氟化硫是负电性气体，具有吸收自由电子形成负离子的特性，检漏的各种方法多是利用这一特性进行的。六氟化硫气体泄漏检测方法常用的有四种：紫外电离检测、电子捕获检测、真空高频电离检测及负电晕放电检测。

一、紫外电离检测法原理

紫外电离检测是利用紫外线将检测气体中的氧气和六氟化硫气体离子化，根据它们的离子迁移速度和对电子吸收的能力的差异，迅速简便地测定出在检测的气体中所包含的微量六氟化硫的浓度。

1. 仪器结构

图 4-15 是紫外电离检测器原理图。仪器是由检测器（包括紫外灯、光电面、加速电极等）、气路系统（包括探头、气体净化管、抽气泵等）以及电子线路组成。

2. 检测原理

紫外检测器中的紫外灯以 2kHz 振荡频率脉动，发射出 1849×10^{-10} m 的紫外线。紫外线通过网状的加速电极，直接照射在光电面上，使光电面发放出自由光电子。在光电面与加速电极之间通过被测气体，使被测气体中的氧气和六氟化硫气体吸附在这些光电子上。这些光电子在光电面和加速电极之间施加的电压作用下，被电离为离子状态，以各自的迁移速度向光电面移动。由于氧气和六氟化硫气体的负电性不相同，对光电子俘获能力不相同，则形成不同的迁移速度。利用这种速度差别形成的离子流的相位差，将相位改变的离子流检测出来，就可检出六氟化硫气体的存在及浓度。下式表示与上述迁移速度有关的离子电流：

$$i = \sum_{k=1}^{n} \frac{eV_k}{d}$$

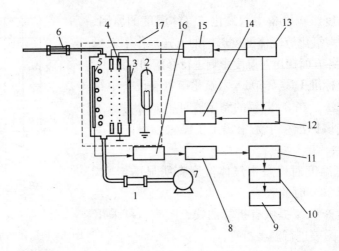

图 4 - 15 紫外电离检测器原理图

1—气体净化管；2—紫外灯；3—石英窗；4—加速电极；5—光电面；6—气体净化管；

7—抽气泵；8—波形处理；9—指示仪表；10—直流增幅；11—相位检波；12—振荡线路；

13—电源；14—紫外电源；15—加速电压；16—信号放大器；17—检测器

式中　e——离子的电荷；

　　　V_k——离子迁移速度；

　　　d——光电面和加速电极间的距离；

　　　n——离子数；

　　　i——离子电流。

由于 d 是固定的，离子电流 i 由离子电荷和离子迁移速度所决定，对六氟化硫气体来说则主要由离子数来决定，离子数则指示气体中的六氟化硫浓度。这样检测器就可以定量地检测出六氟化硫的浓度。

由于气体中的水分及粉尘干扰检测器的电离状态，所以在探头与检测器之间通常装有水分及粉尘净化器。在检测器的出口通常也装有气体净化器，用于消除检测器中产生的臭氧。

二、电子捕获检测法原理

电子捕获检测采用放射性同位素 Ni^{63} 作为检测器的离子发射体。该类仪器只对具有电负性的气体（如卤素物质以及含有 O、S、N 分子的物质）产生信号，灵敏度随物质电负性的增强而增高。

1. 仪器结构

仪器由探头和控制器组成。探头包括有电子捕获检测器、检测管、信号放大器和指示器、浓度报警器。控制器包括载气钢瓶、气体控制部件、信号控制系统及电源。

2. 检测原理

当载气通过放射源时，β射线的高能电子使载气电离形成正离子与慢速电子，向极性相反的电极定向迁移形成基流。当电负性气体（如六氟化硫）从探头进入检测器时，捕获了检测器中的慢速电子生成负离子，其负离子在电场中的运行速度比自由电子的低。待检气体负离子与载气正离子复合成为中性化合物，被载气带出检测室外，而使原有的基流减少。该基流的减少量与被测气体的浓度成一定数量的比例关系。这样，通过信号放大器，将变化了的基流转为浓度指示信号输出，从而达到检测气体浓度的要求。

该类检测器对载气（通常为氩、氮气）的纯度有特殊要求。

三、负电晕放电检测法原理

负电晕放电检测以高频脉冲负电晕连续放电效应为原理。根据六氟化硫负电性对负电晕放电有抑制作用的特性来检测泄漏气体。

1. 仪器结构

图 4-16 是负电晕放电检测器原理图。仪器由检测器，高频脉冲发生器，信号放大器，自动跟踪电路，报警电路以及采样系统（包括采样探头，净化层和抽气泵）组成。

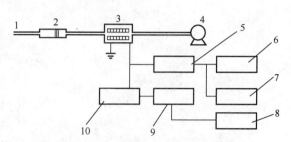

图 4-16　负电晕放电检测器原理图
1—探头；2—净化层；3—检测器；4—抽气泵；
5—信号放大器；6—指示仪表；7—报警电路；
8—电源；9—自动跟踪电路；10—高压脉冲发生器

2. 检测原理

抽气泵使气体经过净化层（清除水分及灰尘）进入检测器中，检测器在脉冲高压作用下产生电晕连续放电效应，当气体中带有负电性气体（如六氟化硫、卤素、氟卤烃等）时，这些负电性气体对检测器中的电晕电场起到抑制作用。其气体中的负电性越强，物质浓度越高，则电晕效应越受到抑制，电晕放电电流则会减少。这些随负电性气体浓度而变化的电晕电流通过信号放大电路转换成浓度指示值。同时，由已设定的报警电路根据信号大小而发出浓度超限警告信号。

该类仪器的检测器容易受空气中的粉尘、油烟及腐蚀性气体的污染，而使仪器灵敏度及其性能下降，所以对检测器要定期清洗，通常用无水乙醇注入检测器反复清洗数次，晾干后可重新标定使用。

四、高频电离测量法原理

该法以空气中含有不同浓度的六氟化硫气体或各种卤素气体时在高频电磁场的作用下电离程度不同为原理。

1. 仪器结构

图 4-17 是高频电离检测法原理图。仪器由探头和泵体两部分组成。探头部分包括针阀、气体电离腔、振荡电路、指示仪表和报警信号器。泵体部分包括抽气泵，控制电源，以及直流电源组成。

2. 检测原理

仪器气体电离腔两侧的高频电场电极与高频振荡线圈组成高频振荡器的谐振回路和能量输出回路。探头的针阀可以调节进气量，使其与抽气泵的抽气速率相配合，以便在气体电离腔内保持一定的真空度，使被测气体在较低能量的高频电磁场作用下，具有足够的电离度。由高频线圈产生的高频电场和磁场共同作用于电离腔内的稀薄气体，使之产生高频无极电离

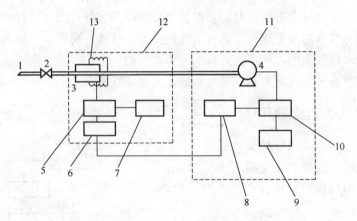

图 4-17　高频电离检测法原理图

1—探嘴；2—针阀；3—电离腔；4—抽气泵；5—信号放大器；6—指示仪表；7—报警信号器；

8—直流电源；9—交流电源；10—控制电源；11—泵体；12—探头；13—振荡电路

现象。当电离腔内通过的空气不含六氟化硫或卤素气体时，腔体吸收高频电场和磁场所给予的能量，致使谐振回路内的 Q 值显著下降，同时引起高频振荡器的振荡幅值大大下降。然而当空气中含有六氟化硫或卤素等负电性气体时，因为六氟化硫及卤素气体是俘获电子的气体，可大量地俘获在电离腔内的自由电子，这样电离腔中的电离度减弱，振荡器的振荡幅值上升，上升的幅值与被测气体的负电性气体浓度成比例变化，从而通过信号放大器 5 将信号转为浓度指示。

第六节　六氟化硫气体绝缘电气设备气体泄漏现场检测

随着六氟化硫（气体绝缘）电气设备安装和投入运行数量的增多，六氟化硫电气设备的日常监督工作日益重要。六氟化硫气体泄漏的检测是设备投入运行或日常维护工作的重要环节。气体的泄漏不仅引起环境的污染，而且危及设备的绝缘水平，必须引起重视。

一、六氟化硫电气设备检漏的方法

六氟化硫电气设备的检漏分两个方面：一是定性检漏，它只能确定六氟化硫电气设备是否漏气，判断是大漏还是小漏，不能确定漏气量，也不能判断年漏气率是否合格；二是定量检漏，可以判断产品是否合格，确定漏气率的大小。前者一般用于日常维护；后者主要用于设备制造、安装、大修和验收。

1. 定性检漏

定性检漏主要有两种方法：

（1）抽真空检漏法。对设备抽真空，维持真空度在 $133×10^{-6}$ MPa 以下，使真空泵运转 30min，停泵 30min 后读真空度 A，再过 5h 读真空度 B，如 $B—A$ 的值小于 133Pa，可以初步认为密封性能良好。在设备制造、安装中可以采用这种方法。

（2）定性检漏仪检测法。采用校验过的六氟化硫气体检漏仪，沿被测面以大约 25mm/s 的速度移动，无泄漏点发现，则认为密封良好。此方法适用于日常的六氟化硫设备维护。

2. 定量检漏

定量检漏有四种方法：

（1）扣罩法。如图 4-18，用塑料薄膜、塑料大棚、密封房或金属罩等把试品罩住（塑料薄膜可以制成一个塑料罩，内有骨架支撑，塑料罩不得漏气）。扣罩前吹净试品周围残余的六氟化硫气体。试品充六氟化硫气体至额定压力后不少于 6~8h 才可以扣罩检漏。扣罩24h 后用检漏仪测试罩内六氟化硫气体的浓度。测试点通常选在罩内上、下、左、右、前、后，每点取 2~3 个数据，最后取得罩内六氟化硫气体的平均浓度，计算其累计漏气量、绝对泄漏率、相对泄漏率等。

（2）挂瓶法。挂瓶法适用于法兰面有双道密封槽（如图 4-19 的主密封，副密封）的六氟化硫电气设备泄漏检测。双道密封槽之间留有与大气相通的检漏孔。在试品充气至额定压力，并经一定时间间隔后，在检漏之前，取下检漏孔的螺塞，过一段时间，待双道密封间残余的气体排尽后，用软胶管分别连接检漏孔和挂瓶（挂瓶一般为体积1L 的塑料瓶）。挂一定时间间隔后，取下挂瓶，用灵敏度不低于 0.01×10^{-6}（体积分数）的、经校验合格的检漏仪，测量挂瓶内六氟化硫气体的浓度。根据测得的浓度计算试品累计的漏气量、绝对泄漏率、相对泄漏率等。

（3）局部包扎法。局部包扎法一般用于组装单元和产品。包扎部位如图 4-20 中所示的 1~15 处。

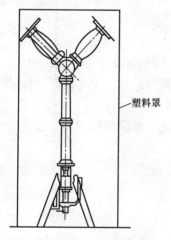

图 4-18　扣罩法检漏示意图

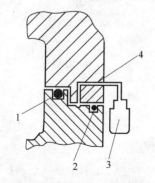

图 4-19　挂瓶法检漏示意图

—主密封；2—副密封；3—挂瓶；4—检漏孔

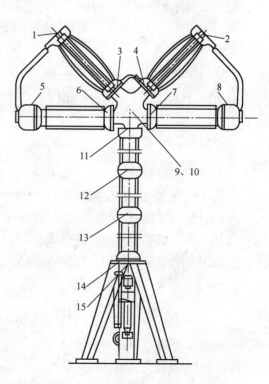

图 4-20　局部包扎法包扎部位图

1~15—包扎点

包扎时可采用0.1mm厚的塑料薄膜按被检部位的几何形状围一圈半，使接缝向上，包扎时尽可能构成圆形或方形。经整形后，边缘用白布带扎紧或用胶带沿边缘粘贴密封。塑料薄膜与被试品间应保持一定的空隙，一般为5mm。包扎一段时间（一般为24h）后，用检漏仪测量包扎腔内六氟化硫气体的浓度。根据测得的浓度计算漏气率等指标。

（4）压力降法。压力降法适用于设备气室漏气量较大的设备检漏，以及在运行中用于监督设备漏气情况。它的原理是测量一定时间间隔内设备的压力差，根据压力降低的情况来计算设备的漏气率。具体方法是：先测定压降前的六氧化硫气体压力 p_1，根据 p_1 和当时的温度 T_1 换算出六氟化硫气体密度 ρ_1，过一段较长的时间间隔，如 $2\sim3$ 个月或半年，再测定压降后的六氧化硫气体压力 p_2，根据 p_2 和此时的温度 T_2 换算出气体密度 ρ_2，根据六氟化硫气体在一定时间间隔内密度的改变计算漏气率。

二、泄漏量的计算方法

六氟化硫电气设备中气体的泄漏直接影响电网的安全运行和人身的安全，所以，六氟化硫气体泄漏量检查是六氟化硫电气设备交接和运行监督的主要项目。依据我们国家的标准，六氟化硫电气设备中气体的泄漏量是以设备中每个气室的年漏气率来衡量的，规定年漏气率应≤1%。

1. 泄漏计算用名词术语

检漏——检测设备泄漏点和泄漏气体浓度的手段。

累计泄漏量——整台设备所有漏气量的总和。

绝对泄漏率——单位时间内气体的泄漏量。以 $Pa \cdot m^3/s$ 或 g/s 表示。

相对泄漏率——设备在额定充气压力下的绝对泄漏量与总充气量之比，以每年的泄漏百分率表示（%/年）。

补气间隔时间——从充至额定压力起到下次必须补充气体的间隔时间。

2. 漏气量以 $Pa \cdot m^3 \cdot s^{-1}$ 表示的计算法

若用扣罩法检查设备的泄漏情况，以 F_0 表示单位时间的漏气量，F_y 表示年漏气率，则：

$$F_0 = \frac{\varphi \cdot (V_m - V_1) p_s}{\Delta t}$$

式中　F_0——单位时间漏气量，$Pa \cdot m^3/s$；

　　　φ——扣罩内六氟化硫气体的平均浓度（体积分数），10^{-6}；

　　V_m——扣罩体积，m^3；

　　V_1——六氟化硫设备的外形体积，m^3；

　　Δt——扣罩至测量的时间间隔，s；

　　p_s——扣罩内的气体压力，MPa。

$$F_y = \frac{F_0 t}{V(p_r + 0.1)} \times 100\%$$

式中　F_y——年漏气率，%；

　　　V——设备内充装六氟化硫气体的容积，m^3；

　　　p_r——六氟化硫设备气体充装压力（表压），MPa；

　　　t——以年计算的时间，每年等于 $31.5 \times 10^6 s$。

3. 漏气量以 g/s 表示的计算法

若用局部包扎法来检查设备的泄漏情况，假设共包扎了 n 个部位，单位时间内的漏气量以 F_0 表示，年漏气率以 F_y 表示，则

$$F_0 = \frac{(\sum_{i=1}^{n} \varphi_i V_i \rho)}{\Delta t}$$

式中　ρ——六氟化硫气体的密度（6.16g/L）；

　　　φ_i——每个包扎部位测得的六氟化硫气体泄漏浓度（体积分数），$\times 10^{-6}$；

　　　V_i——每个包扎腔的体积，m^3；

　　　Δt——包扎至测量的时间间隔，s。

$$F_y = \frac{F_0 t}{m_T} \times 100\%$$

式中　t——以年计算的时间，每年等于 $31.5 \times 10^6 s$；

　　　m_T——设备内充入六氟化硫气体的总量，g。

4. 压力降法检查泄漏的计算法

若以压力降法检查设备的漏气情况，要考虑六氟化硫气体的温度、压力和密度三者的关系，按两次检查记录的设备六氟化硫气体压力和检查时的环境温度算出六氟化硫气体的密度，据此计算年漏气率 F_y，则：

$$F_y = \frac{\Delta \rho}{\rho_1} \times \frac{t}{\Delta t} \times 100\%$$

$$\Delta \rho = \rho_1 - \rho_2$$

式中　$\Delta \rho$——六氟化硫气体在两次检查时间间隔间的密度变化；

　　　ρ_1——第一次检查设备压力时换算出的气体密度；

　　　ρ_2——第二次检查设备压力时换算出的气体密度；

　　　Δt——两次检查之间的时间间隔，月；

　　　t——以年计算的时间，每年等于 12 月。

5. 计算举例

例：采用扣罩法测量六氟化硫断路器的泄漏率。

已知：一台六氟化硫断路器，所占空间体积 $1.3m^3$，塑料罩容积 $1.6m^3$，断路器气室容积 $0.65m^3$，设备表压 0.46MPa，用检漏仪测得塑料罩内泄漏六氟化硫气体的平均浓度为 85×10^{-6}（体积分数），间隔时间 24h，塑料罩内气体压力假设为 0.1MPa（绝对压力）。断路器内六氟化硫气体填充量为 24kg，气体密度 6.16g/L。计算年漏气率。

解一：

$$F_0 = \frac{\varphi(V_m - V_1) \cdot p_s}{\Delta t}$$

$$= \frac{85 \times 10^{-6} \times (1.6 - 1.3) \times 10^3 \times 0.1 \times 10^{-3}}{24 \times 60 \times 60}$$

$$= 29.5 \times 10^{-12} (MPa \cdot m^3 \cdot s^{-1})$$

$$F_y = \frac{F_0 \cdot t}{V(p_r + 0.1)} \times 100\% = \frac{29.5 \times 10^{-12} \times 31.5 \times 10^6}{0.65 \times (0.46 + 0.1)} \times 100\%$$

$$= 0.26 (\%/年)$$

解二：

$$F_0 = \frac{\varphi(V_m - V_1)\rho}{\Delta t}$$

$$= \frac{85 \times 10^{-6} \times (1.6 - 1.3) \times 10^3 \times 6.16}{24 \times 60 \times 60}$$

$$= 18.1 \times 10^{-7} \text{g/s}$$

$$F_y = \frac{F_0 \cdot t}{Q} \times 100\% = \frac{18.2 \times 10^{-7} \times 31.5 \times 10^6}{24 \times 10^3} \times 100\%$$

$$= 0.24(\%/\text{年})$$

例： 采用局部包扎法检测六氟化硫电气设备年漏气率。

已知：包扎部位与检测浓度如下：

	V_1	V_2	V_3	V_4	V_5	V_6	V_7
体积（L）	10	10	10	10	10	1	1
浓度（10^{-6}）	40	30	36	60	80	20	30

设备内六氟化硫气体填充量为 24kg，间隔时间 24h。

计算：年漏气率

$$F_0 = \frac{\sum_{i=1}^{7}(\varphi_i V_i) \cdot \rho}{\Delta t} = \frac{2510 \times 10^{-6} \times 6.16}{60 \times 60 \times 24}$$

$$= 1.78 \times 10^{-7} \text{g/s}$$

$$F_y = \frac{F_0 t}{Q} = \frac{1.78 \times 10^{-7} \times 31.5 \times 10^6}{24 \times 10^3} \times 100\%$$

$$= 0.02(\%/\text{年})$$

例： 压力降法检查设备的泄漏。

已知：某六氟化硫断路器，使用 YB—100 型压力表，第一次检查压力时环境温度为 20℃，查气体压力为 0.42MPa，第二次在间隔 6 个月后检查气体压力，检查时环境温度为 25℃，查气体压力为 0.43MPa。计算这台六氟化硫断路器的年漏气率。

解： 由第一次检查时环境温度 20℃，压力 0.42MPa，查出六氟化硫气体密度 $\rho_1 = 32.86$kg/m³，由第二次检查时温度 25℃，压力 0.43MPa，查出六氟化硫气体密度 $\rho_2 = 32.46$kg/m³，则：

$$F_y = \frac{\rho_1 - \rho_2}{\rho_1} \times \frac{t}{\Delta t} = \frac{32.86 - 32.46}{32.82} \times \frac{12}{6} \times 100\% = 2.4\%$$

三、六氟化硫电气设备气体泄漏现场检测要点

1. 现场检测方法的选择

通过以上论述和举例，我们可以看到，目前六氟化硫电气设备的气体泄漏检测，其方法还比较粗略，检测的精度还比较低。

几种检测方法中，扣罩法比较准确，但由于被测设备体积大，在现场应用有一定的难度。扣罩体积大，泄漏气体浓度相应降低，对检漏仪的精度要求相应提高，因此扣罩法一般只适用

于生产厂家对出厂产品做密封试验时使用。压力降法受压力表精度限制，要求两次检测时间间隔要长，这对设备安装大修后要求立即进行检漏是不适用的，只能作为一般的日常监测。挂瓶法作为检漏的一种方法，也比较准确，但对电气设备的密封结构有特殊要求。这种方法仅适用于法兰面有双道密封槽，并留有检漏孔的六氟化硫电气设备，一般电气设备无法应用。所以现场六氟化硫电气设备的检漏目前应用较多的方法还是局部包扎法。局部包扎法在现场使用简单易行，包扎体积紧凑，泄漏气体易于检测。但包扎法的密封性差，检测精度相对降低。

2. 现场检测误差来源

扣罩法、局部包扎法，挂瓶法，压力降法测得的结果与实际泄漏值都有一定的误差。引起误差的主要原因有：

（1）收集泄漏六氟化硫气体的腔体不可能做到绝对密封，泄漏气体有外泄的可能。

（2）扣罩法和局部包扎法在估算收集腔体积时存在误差，包扎腔不规则，估算体积不准确。

（3）环境中残余的六氟化硫气体带来的影响。

（4）检漏仪的精度影响造成检测误差。

3. 现场检测注意事项

为了减少测量误差，在现场进行六氟化硫电气设备气体泄漏检测时，要求做到：

（1）六氟化硫电气设备充气至额定压力，经 12～24h 之后方可进行气体泄漏检测。

（2）为了消除环境中残余的六氟化硫气体的影响，检测前应先吹净设备周围的六氟化硫气体，双道密封圈之间残余的气体也要排尽。

（3）采用包扎法检漏时，包扎腔尽量采用规则的形状，如方形、柱形等，使易于估算包扎腔的容积。在包扎的每一部位，应进行多点检测，取检测的平均值作为测量结果。

（4）采用扣罩法检漏时，由于扣罩体积较大，应特别注意扣罩的密封，防止收集气体的外泄。检测时应在扣罩内上下、左右、前后多点测量，以检测的平均值作为测量结果。

（5）定性检漏可以较直观地观察密封性能，对于定性检漏有疑点的部位，应采用定量检漏确定漏气的程度。经检查，如发现某一部位漏气严重，应进行处理，直到合格。

（6）定量检漏的标准是按每台设备年漏气率小于 1‰ 来控制的。这个标准是比较宽的。设备生产厂家一般对每个密封部位的密封性能有不同的要求，例如：分别控制检测点的单位时间泄漏率不大于 $2.57 \times 10^{-7} MPa \cdot cm^3/s$，或控制每点的泄漏浓度不超过 $5 \times 10^{-6} \sim 10 \times 10^{-6}$（体积分数）。现场检漏可参照生产厂家要求执行。

第七节　六氟化硫气体检测用仪器的校验

一、水分仪的校验

测量湿度的仪器、方法和湿敏元件种类繁多，仅从它们所依据的原理来划分就不下二三十种。在实践中，我们常常会发现基于不同原理的仪器，有时即使是依据相同的原理，甚至同一制造厂生产的仪器，对于同一测量对象所得到的结果也存在不同程度的差别。导致测量结果不一致的原因很多，例如来自不同类型仪器之间的系统误差，以及仪器的性能、结构和操作条件的差异等等。因此，为了保证测量结果的准确和一致，就必须建立一个可与之进行比较的标准，对不同类型的仪器用标准进行检定，这就是水分仪的校验。

目前各国使用的湿度计量标准基本上都是通过两种并行的方式来实现量值的统一。其一是建立湿度的绝对测量方法，其二是制作能够发生已知湿度气体的装置。所谓绝对测量方法是指建立在国际单位制中长度、质量、时间、电流、温度、物质的量和光强度等七个基本单位及其导出单位基础上的测量方法。所谓已知湿度的气体即是水汽含量一定的标准气体。由于迄今为止还没有找到一种不依赖湿度测量方法而能独立地给出足够准确可靠的量值的标准物质或标准气体发生器，所以采用两种方式作为湿度计量标准，并且把具有高精确度的重量法作为湿度的最高标准（即基准），而把恒湿气体发生器作为传递量值的手段。

1. 湿度量值的传递

众所周知，计量工作的基本任务包括两个方面，一是建立标准，二是进行量值传递。建立标准，其作用是提供准确可靠而不以地域和时间为转移的量值。这个量值应由建立在国际单位制的基本单位或其导出单位基础上的计量器具（或装置）给出。对于复现基本单位量值的计量器具（或装置），我国计量部门称之为计量基准，即最高标准。量值传递，是将由基准提供的测量单位的量值，传递给检定系统中下一段计量器具（即具有不同准确度的各级标准），然后用以标定、检定各种类型的工作仪器或校验各种测量装置。

为了保证量值的准确传递，必须建立量值传递方法，常用的传递方法有几种：

（1）计量器具的逐级校准，从基准到标准到工作仪器逐级向下传递。

（2）颁布标准方法。由法定权威单位收集出版经过鉴定的各种测量方法。

（3）发布标准物质。由法定的单位审定、批准、发售准确地知道成分或准确地体现其物理化学或工程技术特性的物质，用以检定、校准测量仪器或测量方法和确定材料特性。

（4）公布标准数据。由法定的权威机构收集准确可靠方法测定并经过鉴定的各种物质的物理化学和工程技术特性数据作为标准数据予以公布。

（5）发放标准信号。

（6）标准的国际比对。这是国际上进行量值协调、实现量值统一的重要途径。

上述的量值传递方法同样适用于湿度计量。由于重量法的准确度优于其他方法，故目前世界上许多国家都采用此法作为湿度计量基准，并通过精密湿度发生器来传递由重量法给出的量值，即用重量法标定精密湿度发生器输出的恒湿气体，而后用它来校验作为标准的方法和仪器。

图 4-21 表示湿度计量标准等级及传递系统。

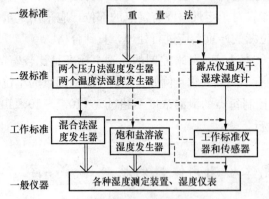

图 4-21　湿度计量标准等级及传递系统图

图中左侧为湿度发生器系统，右侧为湿度标准仪器系统；⇓表示可以直接标定。⊢--表示两者配合使用进行量值传递

2. 饱和器和分流湿度发生器

制备已知湿度气体的方法很多。第一类是利用热力学的气体压力、温度、体积的关系改变饱和湿气状态配制所要求湿度的气体的方法。第二类是混合法，即将饱和湿气与干气按一定比例混合成一定湿度的气体。第三类是渗透膜法。其他还有利用某种盐类或其他化合物的水溶液在一定条件下其气相中的水蒸气分压保持恒定的原理，制造一定含湿的环境的方法。

在这些方法中，应用较广、准确度也较高的是基于第一和第二类方法原理建立起来的发生器。饱和器是这些发生器结构的重要组成部分。饱和器是发生含有饱和水汽的湿空气的装置。常见的有鼓泡式饱和器，它由一个密闭的金属筒组成，筒内盛一定量的纯水，筒底有许多小孔，经过净化的气体从底部进入，通过小孔鼓泡被水饱和，而后从顶部排出，排气口设有由多层细金属丝筛组成的水雾分离器捕集饱和湿气中的微小水滴。这种结构的饱和器一般可以产生 $30\%\sim98\%RH$ 的气体。获得饱和湿气的饱和器还有其他类型，但在设计上都遵循两个基本原则，一是使气体和水有充分接触面积和接触时间，二是尽量减少气体在饱和系统内的压力降。

下面我们主要介绍分流湿度发生器。

图 4-22 所示为分流湿度发生器流程示意图。其基本原理是将一股干气准确地分成二股，其中一股经换热器再经饱和器达到饱和（即 $100\%RH$），另一股经换热后仍为干气（$RH=0\%$），通过控制两股气流的不同流量比例，然后混合到一起得到一股恒湿气流。

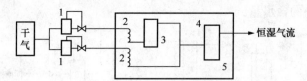

图 4-22　分流湿度发生器流程示意图

1—流量控制器（或分流阀）；2—换热器；3—饱和器；4—测试室；5—恒温槽

图 4-23 所示为北爱尔兰 PN 公司生产的 MG-101 湿度发生器的气路流程图，该发生器采用两级稀释湿气的方法。

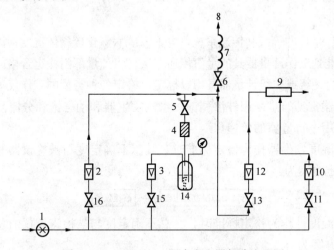

图 4-23　MG-101 湿度发生器气路流程图

1—压力调节器；2—干气第一稀释流量计；3—湿气流量计；4—7μm 筛网；5—干燥湿气转换阀；

6—排气阀；7—盘管；8—排气口；9—混气室；10—干气第二稀释流量计；

11、13、15、16—截止阀；12—湿气稀释流量阀；14—水分饱和器

3. 外渗法饱和发生器

渗透法属于微量分析校准技术。渗透法湿度发生器同其他湿度发生器相比，特点是结构简单，操作方便，准确度能满足一般工作仪器的检定要求。因此它逐渐发展成为一种普及性的工作标准。这种发生器通过改变载气流量和使用不同渗透率的渗透管（或膜）可以得到从

几个 10^{-6} 至 2000×10^{-6} 水分浓度的标准气体，其准确度大约在 $3\%\sim5\%$。

有机和高分子化合物材料对于气体和液体具有渗透性。渗透管的工作基础就是依据膜渗透的原理。水分子穿过管道的渗透率与膜的材料、密度、厚度、有效渗透面积、材料的物理特性以及膜两侧的水蒸气分压差有关。根据渗透管的工作原理，可以分为外渗型和内渗型两种类型。以外渗型微量水标准发生器为例，由于高聚物膜的气、液渗透性，当薄膜的一侧保持与纯水相接触，而另一侧连续流过一股干燥气体时，在一定条件下通过薄膜渗透的水分子，将被干燥的气体载带出来，经充分混合，便可得到含有一定量水蒸气的湿气。外渗型水渗透管，管材一般选用性能稳定的氟塑料管，呈盘管状，浸泡在纯水中，管内通以干燥载气，水分子由管外经管壁渗透进入管内，被载气带出来，此时湿气中的水蒸气含量与纯水的温度、载气的流量、管子的结构尺寸及其渗透性能等因素有关，如果选定某一高聚物材料及结构尺寸，且固定干燥气体的流量，则湿气中水蒸气含量取决于纯水的温度。

图 4-24 所示为外渗型湿度发生器原理流程图。在流量一定时，只需改变恒温水槽的温度、即可改变湿气中的含水量。

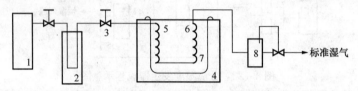

图 4-24　外渗型湿度发生器原理流程图
1—高纯氮气钢瓶；2—分子筛干燥器；3—截止阀；4—恒温水槽；
5—热交换器；6—外渗型水渗透管；7—恒温水槽内胆；8—质量流量控制器

4. 水分仪的校验

按照我国湿度计量标准等级和传递系统，电力系统六氟化硫气体湿度检测仪表的校验，采用的是由基准到标准到工作计量器具的量值传递方法。将计量部门检定合格的恒湿气体发生器和高精度露点仪作为一级或二级计量器具用以标定，检定各种类型的工作仪器或测量装置。

恒湿气体发生器常见的是采用外渗型饱和水汽发生器和动态饱和分流湿度发生器，结合高精度露点仪的使用进行量值的传递。

使用标准动态湿度发生器作为检定标准时，其总不确定度与被检仪器的总不确定度之比值应小于 $1/3$。检定方案为：

$$\boxed{标准动态湿度发生器} \longrightarrow \boxed{被检仪器}$$

使用高准确度湿度计作为检定标准时，其总不确定度与被检露点仪的总不确定度之比值应小于 $1/3$。检定方案为：

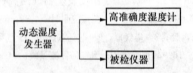

仪器检定前应先进行外观检查、露点式湿度计应清洁镜面，检查气路气密性。电解式湿度计应对流量计 100ml/min、50ml/min 两点作标定，并测量仪器本底值。

常用的检定顺序为（露点温度）：0，10，$20℃$；-20，-10，$0℃$；-40，-30，$-20℃$；-60，-50，$-40℃$。

按照被检仪器的检测范围的要求，每台仪器参照常用的检定顺序检定 5～7 点，检定时，采用定时记录的方法，每隔 5～10min 记录一组数据，待仪器示值稳定后，累计记录 11 组数据。以算术平均值作为仪器示值。对应标准值，计算每点的绝对误差和引用误差。

检定合格填发检定证书。检定不合格填发检定结果通知书。没有检定规程可循的填发测试结果通知书。

二、检漏仪的校验

用于六氟化硫电器设备气体泄漏检测的仪器种类繁多，依据的原理各异，仪器性能不同。与湿度测试仪表类一样，不同仪器也存在对同一测试对象测得结果不一致的问题，而且各种检漏仪器在现场使用，工作环境差，检测器容易受到环境污染，仪器的检测灵敏度会随时间的延长而降低，仪器测量的可靠性难于保证。而六氟化硫电气设备气体泄漏的检测方法本身对仪器的精度要求比较高，为了在实际测量中对六氟化硫电气设备的漏气量作出正确的判断，确保六氟化硫电气设备的正常运行，对于检漏仪器必须定期校准，确保量值的可靠性。

1. 标准气体发生器

在检漏仪校验中检定用标准气体是实现检定溯源性的必要保证。在校验中，使用的标准气体，来源是计量部门批准、颁布的国家一级或二级六氟化硫标准气体，以及经计量部门检定合格的标准气体稀释装置提供的气体。由于在校验过程中至少需要使用 5～7 个不同含量的标准气体，只靠计量部门批准使用的六氟化硫一、二级标准气体是难于做到的，而使用六氟化硫标准气体稀释装置则很容易提供较宽的配气范围。但由于缺乏高精度六氟化硫气体检测仪器的配合使用，为了保证稀释的标准气体量值的可靠性，这种装置必须经计量部门检定合格才能使用。

由武汉高压研究所和国家标准物质中心共同研制的 MF－1 型标准气体发生器属于这种配气装置。它采用流量比混合法，使用两个高精度的质量流量控制器，控制稀释气体及组分气体的流量，稀释气体可以用氮气、空气等纯气，组分气体可以采用六氟化硫纯气或已知浓度的六氟化硫标准气，选择稀释气及组分气不同流量的配比及组分气体的浓度便可配出各种标准气体，直接用于仪器的校验。这套装置可配气范围从 $10^{-9}～10^{-2}$，发生标准气体的精度优于 $\pm 1\%$。

理论上也可以采用二级配气，配气流程图见图 4 - 25。

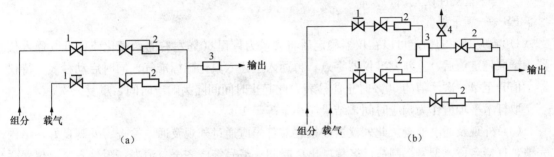

图 4 - 25　配气流程图

(a) 一级配气流程图；(b) 二级配气流程图

1—减压阀；2—质量流量计；3—混气室；4—开关阀

2. 六氟化硫检漏仪检定技术要求

六氟化硫检漏仪校验中使用气体及设备必须采用计量行政部门批准、颁布的国家一级或二级六氟化硫标准气体及计量部门检定合格的标准气体稀释装置稀释的六氟化硫标准气体。标准气体的相对不确定度应等于或小于检漏仪允许误差的1/3。

检定项目及检定方法要求如下：

（1）绘制校准曲线。根据被检仪器的量程范围，使用六氟化硫标准气体稀释装置稀释六氟化硫标准气体，配制一系列量程范围内不同含量（不小于5～7点）的六氟化硫标准气体。将不同含量的标准气体通入被检仪器，每点作三次，取其平均值为示值。以六氟化硫含量为横坐标，仪器的示值为纵坐标，绘制校准曲线。

（2）检定仪器的引用误差、最小检测限、重复性、响应时间。方法如下：

1）选用含量为仪器满量程的30％、60％、90％的标准气体通入仪器，各测三次，取其算术平均值作为示值，在相应的标准曲线上查得该示值所对应的标准含量。按下式计算引用误差。各点的引用误差应≤10％。

$$引用误差 = \frac{仪器示值 - 标准值}{满量程} \times 100(\%)$$

2）根据相应的仪器说明书中给定的最小检测限，用六氟化硫标准气体稀释装置把六氟化硫标准气稀释到仪器最小检测限附近，把此标准气体通入待检仪器，仪器最小检测限应符合说明书的指标。

3）选取仪器满量程40％的标准气体通入仪器，读取稳定值，重复6次，按下式计算，仪器以相对误差表示的重复性误差应＜±5％。

$$r = \pm \frac{s}{FS} \times 100\%$$

其中：

$$s = \sqrt{\frac{\sum\limits_{i=1}^{n}(x_i - \overline{x})^2}{n-1}}$$

式中　s——单次测量的标准偏差；

　　　n——测量次数；

　　　x_i——第i次测量的示值；

　　　$\overline{x}$——n次测量示值的平均值；

　　　r——重复性误差；

　　FS——满量程。

4）响应时间的检定可以在仪器稳定后将含量为量程60％左右的六氟化硫标准气通入仪器，读取稳定值后，重新调准仪器零点，再通入上述六氟化硫标准气，同时启动秒表，待仪器示值升至第一次示值的90％时止住秒表，此起止时间间隔为响应时间，重复三次。

取算术平均值作为响应时间，结果应小于等于10s。

（3）外观及通电检查。此外仪器被检之前首先应通过外观及通电检查。外观良好，结构完整，仪器名称、型号、制造厂名称、出厂时间、编号等应齐全、清晰，附件齐全，仪器联结可靠，各旋钮应能正常调节，并附有制造厂的使用说明书。

按上述要求检定合格的仪器发给检定证书，不合格的仪器发给检定结果通知书，并注明不合格项目。

三、校验数据的处理

目前水分仪和检漏仪的校验采用的是与标准气体对比检测的方法。校验结果产生一组一一对应的标准值与实测值。如何处理这两个变量间的关系，将工作仪器的实际测量值换算到标准值，我们可以采用线性回归分析的方法。

分析工程数据量，常需要确定变量间是否有相互关系或函数关系。相关分析是确定变量间相关程度的方法。回归分析是确定变量间函数关系的方法。用统计法解决变量间函数关系的方法时，一般先假定一关系，然后求出关系中的系数，最后再校验变量间的关系。

如在仪器校验中得到 n 组数据，标准值 y_i 和实测值 x_i，假设 x、y 间有线性关系，即具有 $y=a+bx$ 的形式。此时 x 的数值比较精密，y 的随机性较大。现在要从试验数据中确定常数 a、b。一般采用最小二乘法配线，也就是说，根据最小二乘原理，当偏差平方和最小时，所得直线为最佳直线，也就是从统计的观点上认为的、最可信赖的直线。

现设 Y 表示由直线 $y=a+bx$ 式中得到的计算值。y_i 为校验得到的实测值（即标准值）。y_i 与 Y 间的偏差可以计算为：

$$y_1 - Y_1 = y_1 - (a+bx_1)$$
$$y_2 - Y_2 = y_2 - (a+bx_2)$$
$$\vdots$$
$$y_n - Y_n = y_n - (a+bx_n)$$

偏差的平方和计算如下：

$$E = \sum_{i=1}^{n}(y_i - Y_i)^2 = \sum_{i=1}^{n}\left[y_i - (a+bx_i)\right]^2$$

根据 E 达到最小的条件，可以求取最佳的 a，b 值。

$$\partial E/\partial a = -2\sum_{i=1}^{n}\left[y_i - (a+bx_i)\right] = 0 \tag{4-1}$$

$$\partial E/\partial b = 2\sum_{i=1}^{n}\left[y_i - (a+bx_i)\right]x_i = 0 \tag{4-2}$$

由式（4-1）得到

$$na + b\sum_{i=1}^{n}x_i = \sum_{i=1}^{n}y_i \tag{4-3}$$

由式（4-2）得到

$$a\sum_{i=1}^{n}x_i + b\sum_{i=1}^{n}x_i^2 = \sum_{i=1}^{n}x_iy_i \tag{4-4}$$

由式（4-3）和式（4-4）可以得到：

$$a = \frac{\sum_{i=1}^{n}y_i}{n} - \frac{b\sum_{i=1}^{n}x_i}{n} = \overline{y} - b\overline{x} \tag{4-5}$$

$$b = \frac{\sum_{i=1}^{n}(x_i - \overline{x})(y_i - \overline{y})}{\sum_{i=1}^{n}(x_i - \overline{x})^2} \tag{4-6}$$

式中 $\overline{x}$ 和 $\overline{y}$ 表示平均值。

式 4-5，4-6 表明由试验数据可以计算出常数 a、b 也得到了 x_i、y_i 的关系式。

在确定了 $y=a+bx$ 直线中的 a、b 值后，x_i 和 y_i 这样一组数据是否存在线性关系可以用相关系数 r 来校验。

上式：$E = \sum_{i=1}^{n}(y_i - Y_i)^2 = \sum_{i=1}^{n}[y_i - (a + bx_i)]^2$ 可以改写为：

$$E = (1 - r^2)\sum_{i=1}^{n}(y_i - \overline{y})^2$$

式中

$$r = \frac{\sum_{i=1}^{n}(x_i - \overline{x})(y_i - \overline{y})}{\sqrt{\sum_{i=1}^{n}(x_i - \overline{x})^2 \sum_{i=1}^{n}(y_i - \overline{y})^2}} \qquad (4-7)$$

如果 $r = \pm 1$，则 $E = 0$；此时测量值与计算值无偏差，即实测 y_i 值均落在直线上，也就是 x、y 严格遵从直线关系；如 $r = 0$，则 E 很大，x、y 不存在直线关系。因此可以用 r 来判别 x、y 间是否存在线性相关关系。

由式（4-7）从一组数据计算出 r 以后，还可以由 r 的概率积分制成的相关系数表（见表 4-4）进行相关系数的显著性检验。假设两变量没有相关关系。测得 n 对数据，自由度 $f = n-2$，设定置信率 a。从表中查出自由度 f，a 置信率下的 r_t 值，当计算出的 $|r| > r_t$ 时，认为试验结果属于小概率事件，原假设两变量没有相关关系不成立，即变量间存在相关关系。

表 4-4 　　　　　　　　　　　　　相 关 系 数 表

-2	1	2	3	4	5	6	7	8	9
0.05	0.997	0.950	0.878	0.811	0.754	0.707	0.666	0.632	0.602
0.01	1.00	0.990	0.959	0.917	0.874	0.834	0.798	0.765	0.735
-2	10	11	12	13	14	15	16	17	18
0.05	0.576	0.553	0.532	0.514	0.491	0.482	0.468	0.456	0.444
0.01	0.708	0.684	0.661	0.641	0.623	0.606	0.590	0.575	0.561
-2	19	20	21	22	23	24	25		
0.05	0.433	0.423	0.413	0.404	0.396	0.388	0.381		
0.01	0.549	0.537	0.526	0.515	0.505	0.496	0.487		

表 4-5 列出华北电力试验研究所 System II 型水分仪由计量院标物所校验的结果。（x_i 实测值，y_i 标准值）。

表 4-5 　　　　　　　　　　System II 型水分仪校验结果

（℃）	x_i	y_i	$x_i - \overline{x}$	$y_i - \overline{y}$	$(x_i - \overline{x})^2$	$(y_i - \overline{y})^2$	$(x_i - \overline{x})(y_i - \overline{y})$
1	-60.5	-58.4	-20.8	-17.51	432.64	306.64	364.23
2	-56.5	-54.6	-16.8	-13.71	282.24	187.99	230.34
3	-51.0	-50.9	-11.3	-10.11	127.69	100.22	113.12

(℃)	x_i	y_i	$x_i - \bar{x}$	$y_i - \bar{y}$	$(x_i - \bar{x})^2$	$(y_i - \bar{y})^2$	$(x_i - \bar{x})(y_i - \bar{y})$
4	−43.8	−44.3	−4.1	−3.41	16.81	11.63	13.99
5	−41.1	−43.7	−1.4	−2.81	1.96	7.90	3.94
6	−35.1	−37.4	4.6	3.49	21.16	12.17	16.05
7	−28.3	−32.1	11.4	8.79	129.96	77.25	100.19
8	−22.8	−25.6	16.9	15.29	285.61	233.75	258.38
9	−18.2	−21.0	21.5	19.89	462.25	395.57	427.61
Σ	−357.3	−368.0			1760.32	1333.13	1527.86
平均	−39.7	−40.89					

计算

$$b = \frac{\sum\limits_{i=1}^{n}(x_i - \bar{x})(y_i - \bar{y})}{\sum\limits_{i=1}^{n}(x_i - \bar{x})^2} = \frac{1527.86}{1760.32} = 0.868$$

$$a = -40.89 + 0.866 \times 39.7 = -6.43$$

$$r = \frac{\sum\limits_{i=1}^{n}(x_i - \bar{x})(y_i - \bar{y})}{\sqrt{\sum\limits_{i=1}^{n}(x_i - \bar{x})^2 \sum\limits_{i=1}^{n}(y_i - y)^2}} = \frac{1527.86}{\sqrt{1760.32 \times 1333.13}} = 0.9974$$

由 $n=9$，$f=9-2=7$，设 $a=99\%$（0.01）

查表 4-4，$r_{表}=0.798$

$r_{计}=0.9974$

$|r_{计}| > |r_{表}|$，证实 x 与 y 是线性关系。

根据表 4-5 的数据处理结果，表明 x、y 存在线性关系，其关系可表达为：

$$y = -6.43 + 0.866x$$

表 4-6 为石景山发电厂 3 台六氟化硫断路器用华北所 System Ⅱ 仪器测试后的数据处理结果。

表 4-6 　　　　　　　　六氟化硫断路器测试数据处理结果

序号	运行号	安装地点	校正露点（℃）			实测露点（℃）		
			A	B	C	A	B	C
1	001	石景山电厂	−39.7	−38.8	−38.7	−38.3	−37.3	−37.2
2	002	石景山电厂	−35.2	−36.8	−33.5	−33.1	−34.9	−31.2
3	003	石景山电厂	−38.6	−38.6	−38.6	−37.1	−37.1	−37.1

第八节　六氟化硫气体密度继电器的校验

一般认为六氟化硫气体绝缘高压电器可 10～15 年不用维修，要达到这一指标，六氟化硫气体的年漏气率不能太高，漏气是六氟化硫高压电器的致命缺陷。其密封性能是考核产品质量的关键性能指标之一，它对保证六氟化硫高压电器的安全运行和人身安全都具有重要意义。

在六氟化硫电气设备中气体的泄漏是由密度继电器来监测的。密度是指一特定的物质在某一特定条件下单位体积的质量。对于六氟化硫气体而言，它的密度要遵循气体的 $p-V-T$ 之间的关系（见图1-4），也就是六氟化硫气体的密度和气体的压力与温度有一定的关系。在密封良好的电气设备中，只要六氟化硫气体没有发生泄漏，六氟化硫气体的密度就应保持恒定。设备中六氟化硫气体的压力可以随温度变化而变化，六氟化硫气体的密度不应改变。

一、密度继电器的工作原理

密度继电器对气体密度的检测是借用气体压力的指示来完成的。所以一般 SF_6 密度表的指示值都是借用压力单位 MPa。密度继电器的工作原理主要是解释它是如何对温度进行补偿的。

1. I 型密度继电器的工作原理

如图4-26所示，I型密度继电器主要是由两只波纹管 A 及 B、杠杆、微动开关及感温包等元件组成。

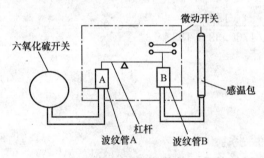

图4-26　I型密度继电器的工作原理

感温包与波纹管 B 相连，在20℃条件下封入额定气压 p_0 的 SF_6 气体，波纹管 A 与 SF_6 设备相通，当 SF_6 设备工作在额定气压 p_0（20℃）时，A、B 压力相等，杠杆平衡，微动开关处于常开位置。

当环境温度变化升高或降低时，由于六氟化硫气体的压力可以随温度变化而变化，A、B 中的气压也等值的升降，杠杆仍平衡，微动开关触点不动，这就是所谓的补偿作用，SF_6 设备不漏气，环境温度变化造成的气体压力变化，不会引起接点误动作。

如果设备漏气（气压降到补气的压力），A 中气压下降，波纹管收缩，B 中气体压力不变，杠杆及时转动，微动开关触点导通，发出补气信号。如果继续漏气，同理，将由另一对触点发出断路器闭锁信号。

2. II 型密度继电器工作原理

II型密度继电器将真空压力表与 SF_6 密度控制器组合，气压监视直观，使用方便，可直接安装在设备壳体上，能准确地反映环境温度与设备内 SF_6 气体温度的变化，监视精度较高，误报的可能性小。

如图4-27所示，它的工作原理是：蛇形弹性管感受设备内 SF_6 气体的压力变化，利用热膨胀系数不同的双金属片来补偿温度对 SF_6 气压的影响。

温度升高时，蛇形弹性管的端点因气压上升而向上位移，与端点连接的双金属片的开口处收缩而使端点下降，上、下位移趋势抵消，使端点不动，指针指

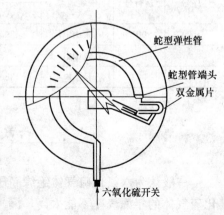

图4-27　II型密度控制器工作原理

示亦不变。

Ⅱ型产品在环境温度－20℃～＋60℃范围内。指针直接表示额定 SF_6 气体压力（不必考虑环境温度的影响），产品不漏气，在环境温度－20℃～＋60℃范围内，指针不动。

二、密度继电器使用中的问题

由上所述，六氟化硫气体密度继电器是带有温度补偿作用的压力测定装置，是用来检测六氟化硫气体泄漏的。它可以区分六氟化硫电气设备气室的气压变化，是温度变化引起的正常降低还是设备严重漏气引起的不正常压降。由于它的温度补偿作用是相对于环境温度的，在密度继电器使用中要注意以下问题。

1. 只能补偿由环境温度变化引起的压力变化

六氟化硫高压电气设备在长期的运行中由于通电工作，负荷电流通过导体电阻和接触电阻时，消耗的电功率全部转化为热能，使导体发热造成设备内部温升。这就使设备内六氟化硫气体的温度和压力的变化不仅受环境温度的影响，也要受到设备内部温升的影响，而密度继电器的温度补偿作用是相对于环境温度的变化而设置的，所以它只能补偿环境温度变化带来的压力变化，不能补偿由设备内部温升带来的压力变化。这就造成密度继电器在使用中的误差。在夏季高温、大负荷的情况下，密度继电器的压力偏差可高达 20%。

2. 密度继电器安装位置的不同造成压力读数的偏差

密度继电器可配置在电气设备的不同位置（或随设备安装位置的不同，它的安装方位也不同），其对环境温度的感知会有所不同。一般环境温度是指没有阳光照射下的空气温度。如果密度继电器安装在设备的向阳侧，经阳光照射的温度会高些，压力示值会较小。当密度继电器安装在设备的背阳侧，其感知的环境温度相对比较低，压力示值会高些。

三、密度继电器的校验

由于密度继电器对气体密度的检测是借用气体压力的指示，所以它也属于压力指示仪表。按照我国国家计量检定的要求，压力仪表属于强检的仪表。我国国家电力行业标准DL/T 596—1996《电力设备预防性试验规程》对密度继电器的定期校验作了相应规定。

密度继电器对于气体的监控一般分报警和闭锁两个接点。在气体由于泄漏，压力降到一定值时，报警接点动作，发出报警信号。压力如果继续下降到闭锁值，闭锁接点动作，设备闭锁。所以对于密度继电器的校验，在确认其压力指示满足规定的准确等级后，要对其压力监控值的精度进行校验，即报警、闭锁接点的整定值的精度进行校验（有些设备同时还提供报警、闭锁的返回值指标范围，可同时对返回值的控制精度也作一校验）。同时校验数值要求换算到20℃时的数值。

下面介绍对密度继电器报警、闭锁接点的整定值的精度进行校验的方法。

1. 密度继电器校验台的基本构造

校验采用密度继电器校验台，密度继电器校验台主要由几部分组成：

（1）气体压缩缸及摇柄

气体压缩缸内充有一定的气体（压力大约在 0.7MPa 左右），用摇柄转动活塞，使缸内的气体压力可以上升或下降（也可以用电动传递方法来使储气缸内的气体压力变化）。

（2）压力显示屏，指示气体压力，同时具有给出换算到 20℃时的气体压力的能力。

（3）接口部分，提供与密度继电器的气路连接。

（4）接点连接部分，提供与密度继电器的接点（连接到继电保护盘上）连接。

2. 校验方法

如图 4-28 所示，首先先断开密度继电器与设备主体的气路连接，关闭常开阀门 FA。然后连接校验台与密度继电器的气路（使气缸与密度继电器气路相通），打开常闭阀门 FB。再将校验台的接点连接电缆与密度继电器触点连好。接以下步骤操作：

（1）首先顺时针方向摇动手柄，使通到密度继电器内的六氟化硫气体压力上升到高于额定报警压力值。

（2）逆时针方向摇动手柄，使通到密度继电器内的六氟化硫气体压力下降，当降到报警值时，报警接点动作，校验台发出信号，记录此时的报警压力值。

（3）继续逆时针方向摇动手柄，使密度继电器的压力继续下降，当降到闭锁值时，闭锁接点动作，校验台发出信号，记录此时的闭锁压力值。

（4）顺时针方向摇动手柄，使密度继电器的压力上升，当升到闭锁值返回值时，闭锁接点动作，校验台发出信号，记录此时的闭锁返回压力值。

（5）继续顺时针方向摇动手柄，使密度继电器的压力继续上升，当升到报警返回值时，报警接点动作，校验台发出信号，记录此时的报警返回压力值。

（6）所有记录的压力值均应换算到 20℃时的气体压力值。

（7）与厂家的出厂值比较，判断密度继电器的质量。

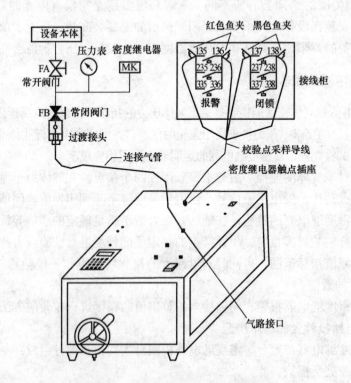

图 4-28　现场校验线路连接示意图

3. 密度继电器校验注意事项

（1）密度继电器的校验可以直接在现场进行，也可以把密度继电器拆下来在试验室校验。

（2）密度继电器校验台本身的压力示值的准确性校验可以创造条件，利用经计量部门检定合格的高精度的压力表来传递校验。密度继电器校验台的压力指示应满足规定的准确等级。

第五章

六氟化硫气体绝缘电气设备
故障诊断的气体分析技术

随着对六氟化硫气体分解机理的深入了解，随着检测技术和仪器的发展，气体分析技术已用于诊断六氟化硫电气设备的内部状况。许多国家的供电部门已把气体分析技术应用于GIS的运行维护中。

对六氟化硫电气设备进行故障诊断，其主要根据之一，是设备内的放电故障类型不同会产生不同成分的六氟化硫分解产物。因此通过分析设备内六氟化硫分解产物，可以判断放电故障类型及故障程度。

与利用测定变压器油中溶解气体的组分和含量来诊断变压器运行状况一样，利用气体分析技术作为诊断工具的主要特点是这种方法不需对六氟化硫电气设备作任何改动。一般情况下，采样、分析可在正常运行条件下进行。一些在线监测仪器可更直观、方便、及时地完成现场检测。本章将对六氟化硫电气设备故障诊断的气体分析技术作简单介绍。

第一节　六氟化硫气体绝缘电气设备不同
放电类型的六氟化硫分解产物

一、六氟化硫气体绝缘电气设备放电类型

在六氟化硫电气设备内，促使六氟化硫气体分解的放电形式以放电过程中消耗能量的大小分为三种类型：电弧放电、火花放电和电晕放电或局部放电。

在正常操作条件下，断路器开断产生电弧放电，气室内发生短路故障也产生电弧放电。放电能量与电弧电流有关。

火花放电是一种气隙间极短时间的电容性放电，能量较低，产生的分解产物与电弧放电产生的分解产物有明显的差别。火花放电常发生在隔离开关开断操作中或高压试验中出现闪络时。

电晕放电或局部放电的产生，是由于在六氟化硫气体绝缘电气设备中，当某些部件处于悬浮电位时，会导致电场强度局部升高，此时设备中的金属杂质和绝缘子中存在的气泡导致电晕放电或局部放电。长时间的局部放电或电晕放电逐渐使六氟化硫分解，导致气室内腐蚀性分解产物的积累。局部放电是一个连续的过程，在气室中形成的分解产物的量与放电时间成正比。

表5-1列出六氟化硫气体绝缘电气设备放电类型与特点。

表 5-1　　　　　　　　　　六氟化硫气体绝缘电气设备放电类型与特点

放电类型	放电产生原因	放电特点
电弧放电	断路器开断电流；气室内发生短路故障	电弧电流 3~100kA，电弧持续时间 5~150ms，释放能量 $1 \times 10^5 \sim 1 \times 10^7 J$
火花放电	低电流下的电容性放电，高压试验中出现闪络或隔离开关开断时产生	短时瞬变电流，火花放电能量持续时间 μs 级。释放能量 0.1~100J
电晕放电 局部放电	场强太高时，处于悬浮电位部件、导电杂质引发	局部放电脉冲重复频率为 100~10000Hz，每个脉冲释放能量 0.001~0.01J，放电量值 10~1000pC

除了上述三种能引起六氟化硫分解的主要放电过程外，过热作用也会促使六氟化硫气体分解。例如电触头接触不良引起的过热。通过测定热分解产物可判断设备内部过热状况。

二、各种放电类型和过热作用下六氟化硫的主要分解产物

表 5-2、表 5-3、表 5-4 列出不同实验室测定的电弧放电、火花放电、电晕放电作用下六氟化硫分解产物。大量的研究表明，在电弧放电中，SOF_2 是六氟化硫主要的分解产物，通常它是由最初分解产物 SF_4 和水分作用后形成的。在火花放电中，SOF_2 也是六氟化硫的主要分解产物。但是，与电弧放电相比，火花放电中测得的 SO_2F_2/SOF_2 比值有所增加。在火花放电中还可检测到 S_2F_{10} 和 $S_2F_{10}O$ 分解物，这两种分解产物在电弧放电中是很难检测到的。在电晕放电中，SOF_2 仍然是六氟化硫气体分解产物的主要组分。但是 $SO_2F_2/$ SOF_2 比值远比电弧放电情况下的比值高，在一定程度上也比火花放电中的比值高。SO_2F_2 的形成主要是 SF_6 的最初分解物 SF_4、SF_3 等与氧和水分作用形成的。SF_3 与氧作用形成 SO_2F_2，SF_4 与氧作用形成 SOF_4，SOF_4 进一步与水分作用形成 SO_2F_2。

表 5-2　　　　　　　　　　实验室测定的电弧放电作用下的 SF_6 分解产物

分解产物	电弧条件	电极	分析方法
SF_2，SF_4CO_2，H_2S，HF	8kA	Cu	IR（红外法）
SOF_2，SF_2		Cu、Au	IR
SO_3F_2	500W		IR
SOF_3，SO_2F_2，SOF	1~3kA		MS（质谱法）
SOF_2，SF_4	80A	Cu	MS
SFO_2，SF_4，SFO_4，SO_2F_2	5~10A	Ag、Al	GC（色谱法）IR
SOF_2，SF_4，SF_2，CF_4，SO_2F_2，SOF_4，SiF_4	3kA 3kA	Cu、W Al	MS
SOF_2，SO_2F_2，SOF_4，HF，WF_6	0.5kA	Cu、W	GC IR
SOF_2，SO_2F_2，CF_4，SiF_4，HF，$Si(CH_3)_2F_2$	30kA	Cu、W	NMR （核磁共振仪法）
SOF_2，SF_4，S_2F_2	3.7kA		GC
SOF_2，CF_4，$AlF3$	6kA 3.7kA	Al、Cu Fe	GC
SOF_2，CF_4，SO_2F_2，SO_2	13~49kA	Al	GC GC/MS

分　解　产　物	电弧条件	电　极	分析方法
SOF_2，SF_4，CF_4	30kA 20kA	Al Cu、W	GC NMR
SOF_2，SO_2，SO_2F_2，CF_4，$Si(CH_3)_2F_2$	8～25kA	Al	GC MS
SOF_2，SO_2	1kA		GC
SOF_2，SF_4	15kA	石墨	MS
SOF_2，SF_4，CF_4，SOF_4，SO_2F_2，S_2F_2，HF，SO_2，H_2S，S_2F_2O	30～60kA	Al	GC MS
SOF_2，SF_4，	1.8kA	Cu、W	GC

表5-3　　　　　　　　实验室测定的火花放电作用下的 SF_6 分解产物

分　解　产　物	火花条件	电　极	分析方法
F^+，SiF_4^+，SiF_3^+，SO_2^+，SF_2^+	0.4mA 1Hz	W	MS
SOF_2，SiF_4，S_2F_2，CuF_2	750mA	Cu	MS
NO_x，NF_3，N_2F_2	10mA（含 N_2）		MS
SOF_2，SO_2F_2，SF_4，SOF_4	200mA	Al	GC/MS
SOF_2，SO_2F，CuF_2	250mA	Cu	GC/MS
SOF_2，SO_2F_2，SOF_4，SF_4，SiF_4，SO_2，WF_6	5J/火花 0.2mJ/火花	不锈钢 W	MS MS
SOF_2，SO_2F_2，SF_4，SOF_4，S_2F_{10}，S_2F	25μA		GC
SOF_2，SO_2F_2，SF_4，SOF_4，S_2F_{10}，$S_2F_{10}O$	12kV 1.3J/火花 100Hz	Cu	GC、IR
SOF_2，SO_2F_2，S_2F_{10}，SOF_4，$S_2F_{10}O$	12kV 0.3J/火花 100Hz	Al	CG、IR

表5-4　　　　　　　　实验室测定的电晕放电作用下的 SF_6 分解产物

分　解　产　物	电晕条件	电　极	分析方法
SF_4，SF_2 或 S_2F_2	50～200μA	不锈钢、Al	湿式分析法
SOF_2，$SOCF_2$，SOF_4	连续电晕	不锈钢、Cu	MS
SOF_2，SO_2F_2，SOF_2	3μJ/脉冲		IR
SOF_2，SO_2F_2，SF_4，SOF_4，S_2F_2，S_2F_{10}	25μA		GC
SOF_2，SO_2F_2，SOF_4，SO_2，OCS，CO_2	1.5μA	不锈钢	GC/MS
SOF_2，SO_2F_2	1.5μA	Al	GC/MS
HF	10^4～10^5 pC	不锈钢、Cu	湿式分析法

　　六氟化硫气体绝缘电气设备中，在没有放电存在时，六氟化硫气体也可能发生热分解，热分解产物可检测到 SOF_2，SO_2F_2 和 SO_2 的存在。一般 SO_2 是由 SOF_2 与水分作用而生成的。在热分解实验中，可同时检测出 SO_2 和 SOF_2 的存在。

　　表5-5列出各种放电类型情况下 SOF_2 和 SO_2F_2 生成量的比较。表5-6列出各种放电

类型下 SF$_6$ 分解产物 SOF$_2$ 和 SO$_2$F$_2$ 的形成速度。

表5-5　　　　各种放电类型下 SOF$_2$ 和 SO$_2$F$_2$ 生成量的比较

放电形式	放电时间或操作次数	SO$_2$F$_2$（$\times 10^{-6}$）	SOF$_2$（$\times 10^{-6}$）	SO$_2$F$_2$/SOF$_2$（比值）
电晕放电，局部放电（10～15pC）	260h	15	35	0.43
火花放电，170kV 隔离	200 次	5	97	0.05
开关开断电容性放电	400 次	21	146	0.14
245kV 断路器开断电弧	31.5kA，5 次	<50	3390	<0.01
放电	18.9kA，5 次	<50	1560	<0.03

表5-6　　　　各种放电类型下 SF$_6$ 分解产物 SOF$_2$ 和 SO$_2$F$_2$ 的形成速度

放电类型	电极材料	形成速度
电弧放电	Al	600nmol/J
	Cu－W	90nmol/J
火花放电	Cu	5nmol/J
	不锈钢	1.8nmol/J
电晕放电	不锈钢	600μmol/C
	Al	1000μmol/C

第二节　分析检测技术

六氟化硫分解产物大多性质活泼、含量低、种类多，很难用一种方法进行现场定量检测。因此常将样品采集到中间取样瓶中，送试验室分析。采样容器可用不锈钢内衬聚四氟乙烯的钢瓶，容积 150ml～500ml。取样前先对气瓶抽真空净化处理，再采集样品。采集到的样品应尽快进行分析。

常用的分析方法有：化学分析法、检测管法、气相色谱法、色谱—质谱联用法、红外分光光度计法、色谱—红外联用法及发射光谱法等。本节主要介绍色谱法检测六氧化硫分解产物的方法，对其他分析方法仅作简介。

一、化学分析法

目前化学分析方法主要用于六氟化硫气体酸度和其中可水解氟化物的含量的测定。利用酸碱中和滴定可测定气体中的酸性物质，利用大多数分解产物能够水解和碱解的原理可测定气体中可水解氟化物的综合指标。这两种方法除了在试验室对新气或对采集的运行设备中的气体进行分析外，必要时也可以在现场对电气设备中六氟化硫气体进行测定。详细的操作步骤可参考本书第三章。

二、检测管法

检测管可以用来测定六氟化硫气体中的多种杂质组分，如 O$_2$、CF$_4$、SO$_2$、CO$_2$、HF、SOF$_2$、SO$_2$F$_2$ 等。目前具有实用价值的是 HF 检测管和 SO$_2$ 检测管，其检测下限分别为 1.5$\times 10^{-6}$ 及 0.1$\times 10^{-6}$。

检测管的原理是利用所要测定的样品气与检测管内填充的化学物质发生反应而使检测管内

指示剂发生颜色改变来检出待测组分的。如某种 HF 气体检测管是在玻璃管内填充硅胶载体，载体上涂上 NaOH 和酸碱指示剂，当 HF 与 NaOH 发生中和反应后，酸碱指示剂发生颜色改变，由浅蓝色变为浅红色。而 SO_2 检测管可在玻璃管内填充氧化铝载体，载体上涂有氯化钡和 pH 指示剂，测定时 SO_2 与 $BaCl_2$ 发生反应，生成的 HCL 与 pH 指示剂发生作用使其颜色发生改变。可以根据变色层顶端的刻度读取待测组分的浓度。检测管外形见图 5-1。

图 5-1　检测管

检测管方法简单易行，尤其适用于现场检测。但检测管有一定的使用期限，过期存放易失效。加之检测组分过于单一，不能满足多组分检测的需要。

三、红外分光光度（IR）分析法

六氟化硫及其分解产物在 $2\sim20\mu m$ 的红外光区有明显的吸收光谱，使用色散型红外分光光度计或傅里叶变换红外分光光度计，将记录到的图谱与参照图谱比较，可以直接检测六氟化硫中分解物的存在及含量。由于在实际使用中存在很多干扰测试的因素，如六氟化硫及其他组分（如水分、氧气等）对红外吸收峰的干扰，致使识谱发生困难。对此可利用气相色谱—红外联用来解决。先应用色谱的分离手段对分解产物进行分离，再用红外对其进行定性定量分析。图 5-2 为西安交通大学试验得到的六氟化硫气体放电前后的红外光谱图。

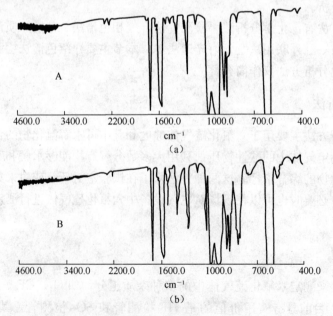

图 5-2　六氟化硫气体放电前后红外光谱图
（a）放电前；（b）放电后

四、气相色谱—质谱（GC-MS）联用分析

气相色谱—质谱联用分析（图 5-3）是将样品先经色谱进行分离，然后由质谱鉴定。质谱分析的工作原理是将被分析的物质用一定方式电离形成多种特定组分的离子，再将其聚成离子束，经加速后通过电（磁）场，根据各种离子的质荷比（M/e）不同而分别将其检出。通过标准谱图和离子组成特点进行谱图分析，达到定性、定量检测的目的。此方法具有精确可靠、灵敏度高、用途广等优点。由于采用了电子轰击分子产生离子的方法，在谱图上将出现一些分子碎片离子，不易确定是放电分解产物还是电子轰击产物，给定性造成一定的困难。此类仪器价格昂贵，不便现场使用。

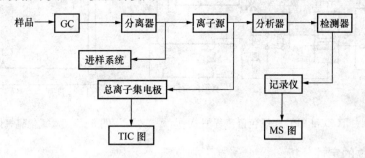

图 5-3　GC-MS联用分析

五、气相色谱（GC）分析法

气相色谱法是公认的分析六氟化硫分解产物的有效方法。理论上，几乎可以分析所有六氟化硫分解产物。但由于缺乏标准样品和受色谱分离能力的限制，目前只能检测 CF_4、SF_4、S_2F_{10}、SO_2F_2、SO_2、$S_2F_{10}O$、H_2O 及氟的碳化物等部分分解物。本节着重介绍具有实用价值的气相色谱分析技术。

1. 热导检测器（TCD）与火焰光度检测器（FPD）串联分析技术

六氟化硫气体中的某些杂质组分，如空气、CF_4，按照 IEC 和我国的标准，其容许含量为 0.05%，用热导检测器就能检出。本书第三章已介绍过用气相色谱分析六氟化硫气体中空气、CF_4 含量的分析方法。而六氟化硫分解产物由于含量低，热导检测器灵敏度不够，为此可以采用热导检测器和火焰光度检测器串联分析的方法。

图 5-4 表示 TCD 和 FPD 串联分析色谱流程图。用 TCD 和 FPD 串联法时，在 TCD 和 FPD 之间要串接四通阀。四通阀有 2 个位置（如图中实线和虚线所示）。进样分析时，四通阀置于位置 1，样气经进样六通阀进入 TCD 检测器，测定空气、CF_4 等组分，并将随后流出的六氟化硫基体气放空。待需要检测六氟化硫分解产物时，四通阀切换到位置 2，由色谱分离柱分离出的分解产物组分进入 FPD 检测器检测。如果大量的六氟化硫基体气进入火焰光度检测器会引起严重拖尾，甚至灭火，四通阀的主要用作切除样品气中大量的六氟化硫基体气。

图 5-5 表示的是 TCD 和 FPD 串联分析的色谱谱图。热导检测器和火焰光度检测器的输出信号同时记录在一张图上。TCD 检测出空气、CF_4、CO_2，FPD 检测器检出 SO_2F_2，SOF_2，SF_4，SO_2，$S_2F_{10}O$。色谱分析条件如下：

色谱条件：色谱柱：2m×3mm；2%癸二酸二异辛酯/硅胶（60～80目）；柱温40℃；汽化室温度50℃；载气（H_2）流速50ml/min；TCD温度60℃；桥流150mA；空气50ml/min；补充$H_2$20ml/min；进样2ml；气相色谱仪型号GC-5A。

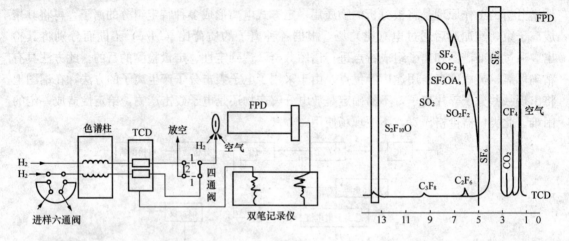

图5-4　TCD和FPD串联色谱流程图　　　图5-5　六氟化硫气体分析色谱谱图

2. 分解产物的定性分析

对六氟化硫气体中各组分进行气相色谱定量分析之前，首先要进行各组分的定性工作。定性方法最简单的是参考文献报导的测定数据。利用参考文献给出的色谱分析条件、各杂质的色谱保留时间，对照分析可初步判定组分。

表5-7列出几种常见气体、分解产物的相对保留时间。

表5-7　　　　　　　　　　　各组分气相色谱的保留时间和检测极限

气体组分	空气	CF_4	CO_2	SF_6	SO_2F_2	SOF_4	SOF_2	SF_4	HF	SO_2	S_2F_{10}
保留时间（min）	2.6	3.1	4.6	5.7	7.6	8.2	11.2	11.2	16.5	24.5	60
检出极限（体积分数）（10^{-5}）	1	1	2	3	3	3	3	3	3	4	5
色谱分析条件	色谱柱：Porapak-Q　　　　　　温度：100℃ 柱　长：3m　　　　　　　　　载气：氮气 柱　径：0.97cm　　　　　　　流量：60ml/min										

利用纯物质测定其保留值进行定性，也是常见的色谱定性方法。通常采用比较已知物和未知物的保留值来定性。保留值可以包括保留时间、保留体积、保留指数、相对保留值等。

色谱和其他仪器结合或联用进行定性分析是近年发展起来的先进的方法。色谱—质谱联用、色谱与红外分光光度计联用都是定性分析的有效工具。

3. 定量分析方法

气相色谱分析的主要目的，就是对样品进行定量分析，即求出混合物中各组分的百分含量。定量分析的依据是分析组分的质量（m_i）或其在载气中的浓度是和检测器的响应信号（A_i）成正比的。$m_i = f_i A_i$。检测器的响应信号可以是峰高或峰面积，目前可以用积分仪或数据处理装置自动积分测定。要进行定量分析，显然必须准确地测定校正因子f_i。

大量事实表明，同一种物质在不同种检测器上有不同的响应信号值；不同的物质在同一种检测器上的响应信号值也不同。为了使检测器产生的响应信号能真实地反映出物质的含量，就要对响应值进行校正。做定量分析时就要引入定量校正因子。前述的 f_i 为绝对校正因子。在实际定量分析中，都是采用相对校正因子。即某物质与一标准物质绝对校正因子之比值。常用的标准物质，热导检测器是用苯，氢焰离子化检测器是用正庚烷。对于特定的六氟化硫气体杂质组分含量测定，采用六氟化硫作为标准物质最为方便。随着被测组分使用的计量单位不同，又可分为相对质量校正因子、相对摩尔校正因子、相对体积校正因子。相对校正因子也可以用相对响应值来表示，在计量单位相同时，它们互为倒数关系。

热导相对质量校正因子的测定可以首先配制一系列浓度的六氟化硫标准物和待测物，分别进样测出对应的峰面积，根据峰面积和浓度计算出相对质量校正因子。如本书第三章介绍的北京劳保所测定的空气热导相对质量校正因子为 0.32，CF_4 热导相对质量校正因子为 0.71。国际电工委员会给出的空气相对质量校正因子为 0.4，CF_4 相对质量校正因子为 0.7。

火焰光度检测器是一种非线性检测器，因此其响应值与进样量并不直接呈线性关系；经对数处理后其有效线性范围仅为两个数量级。各种化合物响应曲线的斜率也不同，检测器操作条件对测定影响很大。由于上述原因，在定量分析中不能直接应用计算校正因子的公式，而是通过实验求出相应的"经验校正因子"。

下面以 SO_2F_2、SOF_2、$S_2F_{10}O$ 为例，说明火焰光度检测器校正因子的测定。SO_2F_2、SOF_2 采用火焰光度经验体积校正因子，$S_2F_{10}O$ 采用相对体积响应值表示。首先配制一系列不同浓度的六氟化硫气体及 SO_2F_2、SOF_2、$S_2F_{10}O$ 气体（以高纯氮为底气），分别进样检测，得到一系列相应的峰面积值。以气体浓度一面积积分值在双对数坐标上作图，得到其响应曲线，见图 5-6 所示。

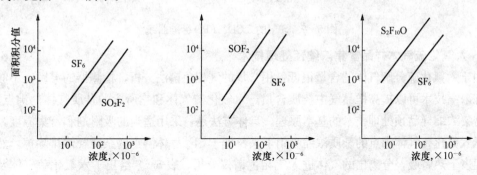

图 5-6　SO_2F_2、SOF_2、$S_2F_{10}O$ 与 SF_6 的 FPD 响应曲线

依照相对体积校正因子的定义，按下式计算同一响应值时 SF_6 与 SO_2F_2 或 SOF_2 的浓度之比：

$$f_v = \frac{V_i}{V_s} \cdot \frac{A_s}{A_i}$$

式中　A_s——标准物（即 SF_6）的峰面积；

　　　A_i——被测物（即 SO_2F_2 或 SOF_2）的峰面积；

　　　V_s——标准物的体积浓度值；

　　　V_i——被测物的体积浓度值。

测定时可取 A_s 等于 A_i，V_i 和 V_s 分别为在相应曲线横坐标上查得的浓度值。北京劳动保护研究所测定 SO_2F_2 的火焰光度经验体积相对校正因子为 1.5～1.7，SOF_2 的经验体积校正因子为 0.08。

$S_2F_{10}O$ 采用求相对体积响应值的方法。仿照相对响应值的定义，按下式计算同一体积浓度下，SF_6 与 $S_2F_{10}O$ 响应值之比，即

$$\frac{1}{f_v} = \frac{A_i}{A_s} \cdot \frac{V_s}{V_i}$$

当 $V_s = V_i$ 时，A_i 和 A_s 是在同一体积浓度下，从纵坐标上查得的 SF_6 和 $S_2F_{10}O$ 的响应值。北京劳动保护研究所测定 $S_2F_{10}O$ 的相对体积响应值为 7.0。

在进行实际样品定量分析时，首先配制一系列六氟化硫标准气，进样测定 TCD 和 FPD 上的响应值，作出浓度—响应值标准曲线。见图 5-7。在相同的分析条件下，分析待测样品。空气和 CF_4 的热导响应值分别与其对应的热导校正因子相乘，然后在六氟化硫的 TCD 标准曲线上查得它们的相应浓度。SO_2F_2 和 SOF_2，先查 FPD 响应值在标准曲线上对应的浓度，然后乘上它的校正因子即为浓度值。$S_2F_{10}O$ 是将它在 FPD 上的响应值除以它的经验体积响应值，再在标准曲线上查得它的浓度。

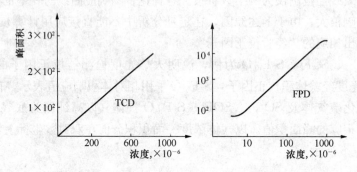

图 5-7　SF_6 的 TCD、FPD 标准曲线

4. 六氟化硫气体样品富集浓缩预处理技术

由于六氟化硫分解气体的含量很低，用常规的气相色谱法分析，检测器的灵敏度不够。采用冷冻浓缩技术可以提高样品气中杂质含量。六氟化硫气体和它所含的杂质气体的沸点不同，这是富集浓缩样品预处理技术的基本原理。具体方法是，采用适当的吸附剂和富集温度，将沸点高于六氟化硫气体沸点的杂质浓缩吸附下来，低于 SF_6 气体沸点的杂质气体排除掉。然后在一定温度下热解吸，分离出的气体进入气相色谱仪分析。表 5-8 给出了六氟化硫气体及其所含杂质的沸点温度。可以看出，若选择吸附富集温度在 $-63.8℃$ 以上，就可以把其沸点高于 SF_6 沸点的含硫低氟化物捕集到，而把 SF_6 和低于 SF_6 沸点的其他杂质去除。

表 5-8　　　　　　　　　　　SF_6 气体及其杂质的沸点数据

化合物名称	N_2	O_2	CF_4	SF_6	SO_2F_2	SOF_2	SF_4	SO_2	S_2F_{10}	$S_2F_{10}O$
沸点/℃	-196	-183	-128	-63.8	-52	-43.8	-38	-10	29	31

国内外常采用的富集浓缩预处理方法是用 60~80 目的 Porasi LA 或 Porapak QS 多孔微球作为吸附剂，选用氯仿和液氮混合制冷（$-63℃$），在此温度下吸附富集，在 80℃ 下解吸。富集浓缩预处理流程见图 5-8 所示。

图中六通阀有两个位置。实线所示是吸附状态位置，8 是冷却槽冷，却槽将捕集器冷却到 $-63℃$，样品气从六氟化硫钢瓶或 SF_6 电气设备经截流阀流量调节阀进入捕集器后经湿式气体流量计放空。当六通阀转到虚线所示解吸状态时，8 是加热槽，此时捕集器中富集

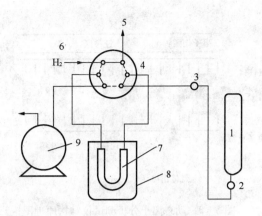

图 5-8 SF₆ 样品气富集浓缩流程

1—六氟化硫钢瓶或 SF₆ 电气设备；2—截流阀；3—流量调节阀；4—六通阀；5—通向气相色谱仪出口；

6—载气（氢气）；7—捕集器；8—冷却或加热槽；9—湿式气体流量计；

的杂质组分解吸，由载气（H₂）携带（递向）经 5 进入气相色谱仪分析。

湖南省电力试验研究院、安徽省电力试验研究院等单位，按上述原理研制出冷冻富集装置，制冷温度－60℃，热解吸温度 50℃，在六氟化硫气体的杂质检测中收到良好的效果。

六、其他分析方法

对六氟化硫分解产物的分析，亦有用核磁共振波谱（NMR）、X 射线衍射（XRD）分析的。各种联用分析技术的采用，等离子发射光谱、电镜等技术的应用，使低含量，多组分、难分辨的六氟化硫分解产物分析的灵敏度和准确度得以提高。尤其是近年来各种现场用便携式检测仪器的问世，使电气设备的现场测试和在线监测得以实现。

这些用于现场测试和在线监测的仪器主要有便携式气相色谱仪和各类光谱仪等（有些研制产品在技术上尚不够成熟，在使用中要注意分析）。德国 G.A.S 公司生产的动态离子分析测试仪（IMS）就是一种类似于简易质谱仪的小型仪器，它最直接的用途是可以在现场监测电气设备中六氟化硫气体的质量变化。

这种动态离子分析测试仪（IMS）将离子迁移波谱技术应用于检测气体绝缘电气设备中六氟化硫气体的状态，通过对设备中六氟化硫气体总体杂质含量的测定，反映设备中六氟化硫气体的劣化程度。

仪器检测的基本原理为：在环境压力下，含有杂质离子的大量离子通过特定的电场，由于电场作用离子发生迁移，不同离子的迁移速度因离子的几何结构、电荷与质量、相互之间的影响不同而不同，因此在电场内的迁移时间也将不同，以法拉第极板作为离子迁移的终点，据此可以得到离子到达数目与迁移时间的波形图（离子迁移波谱），而含杂质的程度不同所得到的离子迁移波谱也就不同，将含杂质离子的离子迁移波谱与不含杂质的纯离子迁移波谱进行对比，就能够反映出被测离子所含杂质的程度。

因此仪器检测室主要是由四个部分所组成：离子源和离子反应室，离子移动室，离子栅栏（位于离子源和离子移动室之间），检测器（即法拉第极板）。

图 5-9 是动态离子分析测试仪的结构原理图。

对检测结果的判断而言，最重要的就是以标气与样气迁移波谱峰值的差值来量化样气的

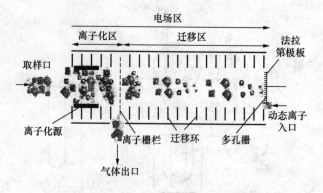

图 5-9　动态离子分析测试仪结构原理图

劣化程度。表5-9中列出了迁移波谱峰值差值与样气中总杂质的含量关系，并列出了它们与污染等级的对应关系，由污染等级表示出被测设备中气体的劣化程度。

表5-9　　　　　　　　　　　　气 体 质 量 判 断 标 准

污 染 等 级	迁移波谱峰值差值（ms）	样气中总杂质的含量（×10⁻⁶）体积比
无污染	0～1.5	<500
低度污染	1.5～3	500～1000
中度污染	3～6	1000～2000
高度污染	>6	>2000

由检测原理可以看出：动态离子分析测试仪（IMS）能快速采集数据，检测中耗气量低、操作简单、方便，并可直接应用于现场检测。但IMS仪器在实际使用中还存在以下问题：

（1）仪器检测的重复性和检测精度较差。

（2）仪器存在离子化源易受气体污染的缺陷。

（3）判断气体劣化标准与我国现行标准存在差异。

目前使用的IMS在检测的重复性、检测精度上存在的问题直接影响到对气体质量的判断，同时离子化源易受气体污染的缺陷严重影响了仪器的正常使用，再加上气体质量判断标准方面存在的问题，使得该仪器还要作进一步的研究改进。

第六章

误差和数据处理

第一节　误差与偏差

在进行分析时总是希望获得准确的结果，但是，即使选择最准确的分析方法，使用最精密的仪器，由技术最熟练的人员操作，对于同一样品进行多次重复测量时，所得结果也很难完全一致。这说明误差是客观存在的。因此要了解产生误差的原因，研究减小误差的方法，以提高分析结果的可靠性。

误差是指测定值（含直接的和间接的）与真实值之间的差。它反映测定值的准确性。差值大，误差也大，反之则误差小。误差有正有负。当测定值大于真实值时为正误差，小于真实值时为负误差。真实值虽无法获得，但可用精确度和准确度都很高的标准方法测定多次的平均值作为真实值，也可用经权威机关确认的标准样品的特性量值作为真实值。

偏差不同于误差，它指测定偏差值与其多次测定的平均值之差。它只反映单次测定结果的偶然误差。差值大，偏差就大，反之，则偏差就小。偏差同误差一样，有正、负偏差之分。当测定值比平均值大时，称该次测定偏差值为正偏差，反之，则称为负偏差。

在实际计算中常把平均值视为真实值。这时偏差也就相当于误差了，但在概念上仍有严格的区别。

一、误差的分类和表示法

1. 误差的分类

按照误差的性质可分为：

（1）系统误差：亦称可定误差，是由分析过程中某些经常存在的因素引起的。在相同条件下作平行测定，它必然会重复出现，对结果的影响比较稳定，且可通过试验设法减小。

系统误差产生的原因多为：分析方法不准；仪器不够精确；试剂不纯；操作不严等。

减小系统误差的一般方法为：采用标准方法与所用方法进行对照，消除方法误差；校准仪器，采用校正值，减小仪器误差；进行空白试验或采用纯度高的试剂，校正试剂误差；严格训练操作人员，以减小主观误差。

（2）偶然误差：也称随机误差、不可定误差。它是由一些来源不十分清楚的偶然因素引起的，是单次测定值对多次测定值的平均值之间的偏差。这种误差事先难以预料，也无法控制，对结果的影响较大。这种误差的特点是符合正态分布的，即具有下列特点：绝对值相等的正、负误差出现机会大致相等；小误差出现的次数比大误差多，个别特大误差出现的次数

123

极少；随着测定次数的增加，误差的算术平均值趋于零。

消除或减小偶然误差的办法是对同一试样进行多次重复测量，取其测定结果的算术平均值，使大部分的偶然误差可在平均值中相互抵消。

（3）过失误差：是由分析人员疏忽大意，产生读错、记错及误操作引起的。这种误差大小不等，无规律可循，只能通过合理安排，严格按规程、方法操作等加以克服。

（4）不可避免误差：是由被测对象在测试过程中的变化而引起的误差。应尽量选用合适的方法、仪器，使其减到最小程度。

2. 误差的表示方法

（1）系统误差的表示方法。

1）绝对误差：绝对误差 E 是指多次测定的平均值 $\bar{x}$ 与真实值 μ 之差。绝对误差有正有负并与测定值单位相同，可用下式表示：

$$E = \bar{x} - \mu$$

2）相对误差：相对误差 E_r 是指绝对误差在真实值中所占的份额。通常用多次测定的平均值 $\bar{x}$ 代替真实值，可用下式表示：

$$E_r = \frac{E}{\bar{x}} \times 100\%$$

相对误差的单位有时用百分率或千分率表示。

（2）偶然误差的表示方法。

1）极差：极差也叫极限偏差，是指一组按数值大小排列的数值群中最大值 x_{max} 与最小值 x_{min} 之差。即：

$$R = x_{max} - x_{min}$$

R 值大，说明数值的离散性大；反之，则离散性小。

2）平均偏差：平均偏差也叫算术平均偏差，它是一组测定值中各测定值 x_i 同其平均值 $\bar{x}$ 之差的绝对值的总和的平均值。用数学式表达如下：

$$\bar{d} = \frac{\sum_{i=1}^{n} |x_i - \bar{x}|}{n}$$

式中　n——测定值的数目。

平均偏差既考虑了测定值的数目又考虑了所有测定值，因此，它能较好地反映测定值的离散程度。

二、偏差的分类和表示方法

1. 绝对偏差

绝对偏差 d 是指测定值 x_i 与多次测定的平均值 $\bar{x}$ 之差。有正有负并与测定值单位相同，可用下式表示：

$$d = x_i - \bar{x}$$

2. 相对偏差

相对偏差 d_r 是指绝对偏差 d 在多次测定的平均值 $\bar{x}$ 中听占的份额，一般用百分率或千分率表示，可用下式表示：

$$d_r = \frac{x_i - \bar{x}}{\bar{x}} \times 100\%$$

3. 标准偏差

标准偏差 s 是指一组测定值中任何一次测定值 x_i 与平均值 $\bar{x}$ 的一种平均偏差。标准偏差有两种表示方法：

对无限次数测定结果的标准偏差 σ 为：

$$\sigma = \sqrt{\frac{\sum\limits_{i=1}^{n}(x_i - \bar{x})^2}{n}}$$

式中　$\bar{x}$——无限次测定结果的平均值。

$$n \to \infty \qquad \bar{x} = \frac{\sum x_i}{n}$$

对有限次数（一般 $n < 30$）测定结果的标准偏差 s 为：

$$s = \sqrt{\frac{\sum\limits_{i=1}^{n}(x_i - \bar{x})^2}{n-1}}$$

式中　$\bar{x}$——有限次测定结果的平均值。

σ 和 s 都是指单次测定结果的标准偏差，用平均值表示结果的标准偏差为：

$$s_{\bar{x}} = \frac{s}{\sqrt{n}}$$

4. 相对标准偏差

相对标准偏差常称变异系数，常以下式表示：

$$C_r = \frac{s}{\bar{x}} \times 100\%$$

$$C_{\bar{x}} = \frac{s_{\bar{x}}}{\bar{x}} \times 100\%$$

式中　C_r——相对标准偏差；

　　　C_x——平均值的相对标准偏差。

第二节　精密度和准确度

一、精密度

1. 精密度概念

精密度是指一个确定的测定方法在给定的水平、给定的实验条件下多次重复分析过程测得结果之间接近的程度，它是由偶然误差引起的。而系统误差不影响精密度，它是间接度量的。如果测定次数大于或等于 30 次，列于 95% 的置信概率，用标准偏差 σ 的 2.83 倍来衡量；如果测定次数小于 30 次，利用 σt 乘积来衡量，t 是斯图顿因数，也称置信系数。

2. 室内精密度和室间精密度

室内精密度 r 即重复性，是指在给定的水平下，由同一操作者，在同一实验室，用同一仪器设备及同一试剂，用同一方法，测定同一试样所得的一组结果之间相一致的程度。也可用精密度图表示。

室间精密度 R 即再现性，是指在给定的水平下，由不同操作者，在不同实验室，用不同仪器设备，在不同时间，用同一方法对相同样品所得结果之间相一致的程度。

3. 精密度的表示

在油、气分析方法中精密度大多用允许差 T 来表示。其规定的允许差都是通过多单位协同试验（使用各级标准方法）并经数理统计处理后得出的结果。在同一实验室，当两次重复测定结果不超过室内允许差时（即重复性），可取两次测定结果的算术平均值作为测定值；在不同实验室，当两次重复测定结果不超过室间允许差时（即再现性），可取两次测定结果的算术平均值作为测定值。若超过两次测定的室内、室间允许差，则应进行第三次测定。若三次结果中的极差 $<1.2T$ 时，则取三次测定值的平均值为测定结果；如极差 $>1.2T$ 时，需进行第四次测定。若极差 $<1.3T$ 时，可取四次测定结果的平均值为测定值；如极差 $>1.3T$ 时，而其中三个测定值极差 $<1.2T$，则取此三数的算术平均值为测定结果，另一数可弃去。若仍超差，则应弃去全部测定结果并检查仪器和操作，然后重新测定。

二、准确度

准确度是指一个确定的测定方法，在给定的水平下，多次重复分析过程所测得之平均值与真实值之间的符合程度。它是以真实值与测量值的平均值之差间接度量的。测定值愈接近真实值，则误差愈小，准确度愈高。准确度是由系统误差和偶然误差综合引起的。

准确度不同于精密度，只有在消除系统误差之后，其精密度也就相当于准确度，但概念上仍应严格地区别。

一般来讲，准确度高时精密度一定高，而精密度高时并不表示准确度一定高；但是，精密度高是保证准确度高的先决条件，如果精密度差，就失去了判断准确度的前提。

第三节　分析数据的处理

在生产实际和科学实验的分析检测过程中，要得到和接触许多数据，这些数据提供了判断依据，可以帮助人们发现生产和实验中存在的问题，认识事物的内在规律，是人们为进一步增加生产、提高质量而采取措施的重要依据。但是，这些数据往往并非一目了然，我们必须对大量数据作科学的整理和分析，尽可能充分和正确地从中提取出可靠的认识和判断的依据。

数据处理的作用包括：可估计总体真实值的所在范围；确定各种分析方法的允许差；寻找两个（或多个）变量的相关关系；对比不同仪器的精确度；考察分析人员的技术水平等。

本节主要介绍数据处理的基本概念和数据分析的基本方法，以便对六氟化硫分析检测过程中所得分析数据能进行处理。

一、有效数字

1. 有效数字的意义

有效数字是指实际上能测量到的数字，通常包括全部准确数字和一位不确定的可疑数字。数字位数是根据测定方法和选用仪器的精确度决定的。如分析天平能称量到 0.0001g，滴定管可读到 0.01ml，所测数据可以分别写成 20.1292g、16.51ml，他们的最后一位数字都是不确定的。反复测量同一量时，这位数字波动不定，所以叫可疑数字；其他数字则不会变动，为可靠数字。因此，有效数字是由可靠数字和可疑数字两部分组成。但可疑数字至多只能保留一位，过多则造成虚构的精确度。

关于有效数字应注意：

记录测量数据时，只允许保留一位可疑数字，不允许增加、减少位数；

有效数字的位数反映了相对误差，不要因为最后位数的数字是零而随意舍去。

有效数字与小数点的位置或量的单位无关。

数据中的"0"要具体分析：数字中间的 0 都是有效数字；数字前边的 0 都不是有效数字，只起定位作用；数字后边的 0，尤其是小数点后的 0，都是有效数字，不应忽视。

指数、分数、倍数，属于准确数或自然数，其有效位数是无限的。

常用的 pH，其有效数字的位数仅取决于小数部分的位数，其整数部分只说明原数值的方次。如 pH=2.09，表示 $[H^+]=3.2 \times 10^{-3} mol/L$，是两位有效数字。而 pH=13.0，表示 $[H^+]=1 \times 10^{-13} mol/L$，是一位有效数字。

2. 有效数字的修约

在计算一组准确度不等的数据前，应先按确定了的有效数字将多余的数字修约或整化。数字修约规则见表 6-1。

表 6-1　　　　　　　　　　　　　数 字 修 约 规 则

修 约 规 则	修约前数字	修约后数字（要求保留小数点后一位）
四要舍	14.2432	14.2
六要入	26.4843	26.5
五后有数进一位	1.0511	1.1
五后无数看前方		
前为奇数进一	0.3500	0.4
前为偶数舍去	0.4500	0.4
	1.0500	1.0（0 视为偶数）
无论舍去多少位要一次修约	1.54546	1.5（不要 1.5455→1.546→1.55→1.6）

3. 有效数字的计算

加减运算：在加减运算时，应以参加运算的各数据中绝对误差最大（即小数点后位数最少）的数据为标准，决定结果（和或差）的有效位数。

乘除运算：在乘除运算中，应以参加运算的各数据中相对误差最大（即有效数字位数最少）的数据为标准，决定结果（积或商）的有效位数。

二、分析数据的处理

在分析工作中，为使结果准确可靠，对同一样品一般都要做多次平行测定，对各次测定所得的结果，应先作判断处理，对有显著差异的太大或太小的可疑数据，应按照一定规则，先行取舍，然后才能报告分析结果。差异明显的数值，称为可疑值，对其应做如下处理：确知原因的可疑值应弃去不用；不知原因的可疑值，应按原则判断，决定取舍。取舍法分 $4\bar{d}$

法、Q 检验法。

1. 4$\bar{d}$ 法

4$\bar{d}$ 法即 4 倍的平均偏差法，运用于 4～6 个平行数据的取舍，具体作法如下：

(1) 除了可疑值外，将其余数据相加求算术平均值 $\bar{x}$ 及平均偏差 $\bar{d}$；

(2) 将可疑值与 $\bar{x}$ 相减。

可疑值 $-\bar{x} \geqslant 4\bar{d}$ 可疑值应舍去；

可疑值 $-\bar{x} < 4\bar{d}$ 可疑值应保留。

2. Q 检验法

Q 检验法的步骤如下：

(1) 将所测定结果数据按大小顺序排列，即 $x_1 < x_2 < x_3 < \cdots < x_n$；

(2) 计算 Q 值；

$$Q = \frac{|x_? - x|}{x_{max} - x_{min}}$$

式中　$x_?$——可疑值；

　　　x——与 $x_?$ 相邻之值；

　　x_{max}——最大值；

　　x_{min}——最小值。

(3) 查 Q 表（表 6-2）比较由 n 次测量求得的 Q 值与表中所列的相同测量次数的 $Q_{0.90}$ 或 $Q_{0.95}$ 之大小。

若 $Q > Q_{0.90}$ 或 $Q_{0.95}$ 则相应的 $x_?$ 应舍去；

若 $Q < Q_{0.90}$ 或 $Q_{0.95}$ 则相应的 $x_?$ 应保留。

表 6-2　　　　　　　　　　　　　　　　$Q_{0.90}$、$Q_{0.95}$ 值

n	3	4	5	6	7	8 ·	9	10
$Q_{0.90}$	0.94	0.76	0.64	0.56	0.51	0.47	0.44	0.41
$Q_{0.95}$	1.53	1.05	0.86	0.76	0.69	0.64	0.60	0.58

三、分析结果的报告

一般一个试样平行测定两次，若两次结果之差不超过公差（方法中给出）的 2 倍，则取平均值报告分析结果；如超过 2 倍公差，则需再补作一份，取两个差值小于 2 倍公差的数据，以其平均值报告分析结果。

在要求准确度较高的分析结果中，要做多次平行测定。可用标准偏差（常用有限次的标准偏差 s）报告结果，有时还需指出测量值所在的范围及测量值落在此范围的概率，借以说明测量值的可靠程度。

置信区间：对要求较高的分析结果，报告中除了要有平均值 $\bar{x}$ 外，还应说明置信区间（$\bar{x}$ 所处的范围）及置信度或置信水平 α（测量值在这个范围内出现的概率）。

$$置信区间 = \bar{x} \pm t \frac{s}{\sqrt{n}}$$

式中　$\bar{x}$——各次测量值的算术平均值；

s——标准偏差；

n——测定次数；

t——置信系数，可由表 6-3 查得。

表 6-3　　　　　　　　　　　　置信系数 t 值表

α / t / n	90%	95%	99%	α / t / n	90%	95%	99%
2	6.31	12.71	63.66	10	1.83	2.26	3.25
3	2.92	4.30	9.25	11	1.81	2.23	3.17
4	2.35	3.18	5.84	20	1.72	2.09	2.84
5	2.13	2.78	4.60	30	1.70	2.04	2.75
6	2.01	2.57	4.03	60	1.67	2.00	2.66
7	1.94	2.45	3.71	120	1.66	1.98	2.62
8	1.90	2.36	3.50	∞	1.64	1.96	2.58
9	1.86	2.31	3.35				

表 6-3 说明，分析次数越多，结果越准确；但也没有必要无限增加，因 $n=20\sim30$ 与 $n=\infty$。时的 t 值已非常接近了，故平行测定次数大于 $20\sim30$ 次时对提高准确度已无太大意义。

第七章

六氟化硫气体的质量监督和管理

六氟化硫是气体绝缘电气设备的主要绝缘介质和灭弧介质，因此气体绝缘设备的绝缘性能和灭弧性能与六氟化硫气体的质量有很大关系。掌握六氟化硫气体中杂质的来源，了解控制新气和运行气质量的方法，对气体绝缘设备的安全可靠运行至关重要。

第一节 六氟化硫新气的质量监督

一、六氟化硫气体的制备

1. 六氟化硫的合成和杂质来源

工业上普遍采用的六氟化硫气体的制备方法是单质硫和过量气态氟直接化合，反应式如下：

$$S + 3F_2 \longrightarrow SF_6 + Q$$

氟硫直接化合成六氟化硫气体的方法很多，化工行业主要采取使硫磺保持在熔融状态（120~140℃），通入氟气与硫蒸汽反应的方法，来制备六氟化硫气体。

气态氟的制取，通常用电解法，以 KF 和 HF 为电解质，放入专用的氟电解槽中，用无定形碳作阳极，碳钢作阴极，板间用隔膜隔开，电解制取气态氟。

制取六氟化硫时产生的副产物有硫的低氟化物和氟、硫、氧的化合物。杂质含量取决于设备的结构和原料的纯度。在电解制取氟时可能带入 HF、OF_2、CF_4 等杂质；氟硫反应时可能生成 S_2F_2、SF_2、SF_4、S_2F_{10} 等低氟化物，若原料含有水分和空气时，还能生成 SOF_2、SO_2F_2、SOF_4、SO_2 等。杂质含量可高达 5%。

工业化生产的六氟化硫气体粗品必须进行一系列的净化精制才能用于六氟化硫气体绝缘电气设备。

2. 新气净化

净化工艺一般可分为热解、水洗、碱洗、吸附、干燥等流程。副产物中的某些可水解氟化物（如 S_2F_2、SF_4、SF_2 等）和 SO_2、HF 均可用水洗、碱洗除去。低氟化物水解产生酸性物质：

$$2SF_2 + 3H_2O \longrightarrow H_2SO_3 + 4HF + S$$

$$SF_4 + 3H_2O \longrightarrow H_2SO_3 + 4HF$$

$$2S_2F_2 + 3H_2O \longrightarrow H_2SO_3 + 4HF + 3S$$

水解产生的酸性产物可采用碱中和，一般采用 KOH 溶液中和：

$$H_2SO_3 + 2KOH \longrightarrow K_2SO_3 + 2H_2O$$

$$HF + KOH \longrightarrow KF + H_2O$$

六氟化硫气体中微量的极毒物 S_2F_{10} 在室温下不与水和碱液作用，一般采用热解的方法清除。主要热解产物为 SF_6 和 SF_4，反应如下：

$$S_2F_{10} \stackrel{\triangle}{\longrightarrow} SF_6 + SF_4$$

而 SF_4 可经水洗、碱洗除去。

经过洗涤后的六氟化硫气体，还需再经吸附净化处理。常用的干燥剂和吸附剂有硅胶、活性氧化铝和合成沸石、活性炭等。它们可以吸附六氟化硫中残余的有毒气体，如 SOF_2、SO_2F_2、SOF_4 等。这些吸附剂对水分也具有吸附作用。

经过干燥吸附处理后，六氟化硫气体中残留的空气和 CF_4 可以采用加压冷冻或低温蒸馏的方法去除。生产的六氟化硫气体经过这一系列的净化处理才可以得到纯度在 99.8% 以上的产品。

为了保证六氟化硫新气的纯度和质量，国际电工委员会（IEC）和许多国家都制定了六氟化硫气体新气的质量标准，六氟化硫气体应根据国家标准进行验收。六氟化硫气体生产厂家还应向用户提供生物试验无毒证明书。

二、六氟化硫新气的质量监督

1. 检验出厂

工业六氟化硫出厂前应由生产厂的质量检验部门进行检验，应保证每批出厂的产品都符合国家标准的要求。每批出厂的六氟化硫都应附有一定格式的质量证明书，内容包括：生产厂名称、产品名称、批号、气瓶编号、净重、生产日期和标准编号。气瓶应喷涂油漆，漆色和字样应符合国家规定，气瓶标签应标明生产厂名称、产品名称、批号、气瓶编号及商标。

2. 用户检验

使用单位在六氟化硫新气到货后，应检查气瓶的漆色字样、安全附件、分析报告和无毒合格证。在六氟化硫新气到货的一个月内，应按《六氟化硫气瓶及气体使用安全技术管理规则》和 GB 12022《工业六氟化硫》中的有关规定抽样分析复核主要技术指标。

六氟化硫抽样气瓶数可按 GB 12022 规定从每批产品中随机选取。每瓶六氟化硫构成单独的样品（同一气体来源处稳定充装的工业六氟化硫构成一批，每批产品的重量不超过 $2t$）。

表 7-1 中列出的是选取的最少气瓶数，也可以按 DL/T 596—1996《电力设备预防性试验规程》的规定，每批产品按 3/10 的抽检率进行复核分析。仍然是按批号进行抽检。这个规定对六氟化硫新气的质量监督比较严格。对变压器用六氟化硫可以按 DL/T 941—2005《运行中变压器用六氟化硫质量标准》执行。

对于国外进口的六氟化硫新气，亦应按相同的新气质量标准复检验收。

表 7-1　　　　　　　　　　　　　　抽样气瓶数的规定

每批气瓶数	选取的最少气瓶数	每批气瓶数	选取的最少气瓶数
1	1	41～70	3
1～40	2	71 以上	4

3. 用户存贮

验收合格的六氟化硫新气，应存贮在带顶蓬的库房中。六氟化硫气瓶严禁曝晒，严禁靠近易燃、油污地点，库房应阴凉，通风良好。气瓶要直立存放。未经检验的气体及其他气体不能同检验合格的六氟化硫气体存放一室，以免混淆。

六氟化硫气体在气瓶中存放半年以上时，使用单位在将这种气体充入六氟化硫气室以前，应复检其中的湿度和空气含量，指标应符合新气标准。

当供需双方对产品质量发生异议时，可提请电力集团、省电力公司"六氟化硫监督检测中心"判定。

第二节　六氟化硫运行气体的监督和管理

六氟化硫新气在确认质量合格后方可充装到电气设备中。凡充于电气设备中的六氟化硫气体，均属于使用中的六氟化硫气体。对运行电气设备中的六氟化硫气体的质量监督和管理应参照有关规定执行。

一、运行设备中六氟化硫气体杂质来源

充入设备中投入运行的六氟化硫气体仍然会含有一定的杂质，这些杂质主要包括空气、水分、低氟化物、矿物油等。它们来自于几个方面。

1. 六氟化硫新气中所含杂质

六氟化硫新气在制备过程中虽然经过水洗、碱洗、热解、吸附等处理，仍会残余一定的杂质；在气瓶的充装过程中也会带入杂质。经过新气质量验收，新气中的杂质含量应当是微量的。

2. 电气设备充气时带入杂质

在给气体绝缘设备充气时也会带入一定量的杂质。充气时，设备抽真空按要求应达到133Pa，但不可能达到真正的真空，所以在充六氟化硫气体至额定压力时，仍会混有少量的空气。

3. 六氟化硫气体在电弧作用下分解产生杂质

气体绝缘设备在正常运行开断或内部闪络故障下，六氟化硫气体在电弧、火花放电、电晕放电作用下生成的分解产物是运行气体杂质的一部分，它们主要是低氟化物。

4. 气体回收处理时带入的杂质

当气体绝缘设备大修时，可以采用气体回收装置来回收设备中的六氟化硫气体，此时回收装置管道中的微量水分或机械油等杂质有可能混入六氟化硫气体中。一般回收装置均设置有净化装置，可以吸附滤除六氟化硫气体的杂质，回收净化后的六氟化硫气体应达到或接近六氟化硫新气的标准。但也不完全排除偶然混入杂质的可能性。

5. 运行中大气水分渗入设备

六氟化硫电气设备在持续运行中，大气中的水分会逐步渗入气体绝缘设备中去。由于设备不可能绝对密封，大气中的水汽分压力又远超过六氟化硫气体中水汽分压力，设备在长期的运行中，水汽的浸入是不可避免的。

二、运行气体的监督和管理

对运行中六氟化硫气体的质量监督，DL/T 596—1996《电力设备预防性试验规程》中对试验项目、周期、标准、要求作了规定。运行气体的监督可参照此执行。有关试验项目、周期和要求见绪论表 0-3。

六氟化硫电气设备制造厂在设备出厂前，应检验设备气室内气体的湿度和空气含量，并将检验报告提供给使用单位。六氟化硫电气设备安装完毕，在投运前（充气 24h 以后）应复验六氟化硫气室内的湿度和空气含量。

设备投入运行后一般每三个月，亦可在一年内复核一次六氟化硫气体的湿度，直至稳定之后，每 1～3 年检测湿度一次。六氟化硫气体中湿度是影响设备安全运行的关键指标，若发现湿度超出标准，应使用气体回收装置进行干燥、净化处理。

运行设备若发现表压下降、补气报警时，应分析原因，必要时对设备进行全面检漏，若发现漏点，应作有效处理。

三、设备解体大修时气体的监督与管理

气体绝缘电气设备在发生内部闪络或其他异常时应该进行解体维修，六氟化硫断路器操作达到规定的开断次数或累计开断电流时也应进行解体维修。

由于六氟化硫气体在电弧作用下分解生成气态或固态的有毒的、有腐蚀性的产物，解体操作时必须采取严格的监督管理措施，防止中毒事故。

1. 设备解体前需要排放和处理使用过的六氟化硫气体，其中可能会有较大量的有害杂质，解体前首先需要对气体全面分析，以确定其有害成分含量，或用气体毒性生物试验的方法确定其毒性的程度，制定防毒措施。

2. 使用过的六氟化硫气体要通过气体回收装置全部回收，不得向大气排放，回收的气体应装入有明显标记的容器内准备处理，残余的气体如果向大气中排放时，一定要经过滤毒罐吸附后排放。

3. 设备解体前，回收六氟化硫气体并对设备抽真空至残留气体压力为 133Pa 后，再用高纯氮气或干燥空气冲洗气室两次，以保证待修气室中六氟化硫及其气态分解产物浓度符合安全要求。设备解体后工作人员撤离，让残留的六氟化硫及其气态分解产物通风排放。

4. 设备解体检修完毕后，在重新充入六氟化硫气体前，设备气室要抽真空进行干燥处理。抽真空的目的在于检查气室的密封状态和去除气室中元件及外壳内表面吸附的水分。检修后的设备应在装入吸附剂后，尽快将密封面处理好，马上开始抽真空，从装入吸附剂到抽真空的时间控制在 1h 以内，以免吸附剂吸附大量的空气中的水分而失效。

5. 抽真空的技术要求务必做到：首先对设备抽真空到 133Pa，维持真空泵运转至少 30min，停泵静观 30min 后读取真空度 A，再静观 5h 后，读取真空度 B，$B-A \leqslant 133Pa$，才算合格。

6. 回收的六氟化硫气体，经分析不符合新气质量标准时，必须净化处理，经确认合格后方可再回用。

7. 解体时六氟化硫电气设备内部会含有有毒的或腐蚀性的粉末，有些固态粉末附着在

设备内及原件的表面，要仔细将粉末清理干净。由于粉尘很细，可用专用吸尘器处理，注意吸尘器排出的气体应通到远离工作现场的地方。吸尘器难于清理的地方，可用抹布小心擦净。

8. 用于清理的物品需要用浓度约 20％的氢氧化钠水溶液浸泡后深埋。

四、六氟化硫气体中有害杂质的吸附剂

气体绝缘电气设备中一般都配装有吸附剂，吸附剂有控制六氟化硫气体中水分含量和吸附六氟化硫分解产物的双重作用。

1. 对吸附剂的要求

吸附剂使用在六氟化硫气体绝缘电器设备中，根据其使用环境和条件，要求以下性能：

（1）因六氟化硫断路器在开断中产生很大的机械振动，使装于设备中的吸附剂受到强烈的冲击力，吸附剂强度不好将产生掉粉现象而影响设备性能，这就要求吸附剂具有良好的机械强度。

（2）六氟化硫电气设备一般只有解体时才能更换吸附剂，所以要求吸附剂有足够的平衡吸附量，以保证设备解体前时间内有可靠的净化能力。

（3）在多种杂质共存的气体中，要求吸附剂对多种杂质和水同时有足够的吸附能力。

（4）吸附剂的组成成分应不含有导电性或介电常数低的物质，以防其粉尘影响六氟化硫气体的电气绝缘性能。

（5）六氟化硫断路器在开断中会产生高温和电弧，这就要求放在断路器中的吸附剂能耐高温和电弧的冲击。

2. 常用吸附剂的性能

针对六氟化硫电弧分解气中所含杂质的特点和使用中对吸附剂的要求，目前国内外应用于六氟化硫电气设备中的吸附剂主要是分子筛和氧化铝。

六氟化硫气体净化所用吸附剂的主要物理参数见表 7－2。

表 7－2　　　　　　　　　六氟化硫气体净化所用吸附剂的主要物理参数

名　称　＼　指　标	粒度直径 （mm）	堆密度 （g/ml）	耐压（每粒） （kPa）	水吸附量 （mg/g）	比表面积 （m²/g）
日本某公司合成沸石	3～5	0.80	＞176.5	178	405.7
美国某公司分子筛	1.5（条形）	0.60	＞29.4（正压） ＞29.4（侧压）	159	404.1
国前 5A 分子筛	3～5	0.72	＞107.9	115	—
国产 13X 分子筛	3～5	0.65	—	—	—
国产活性氧化铝	3～5	0.7～0.8	＞235.4	363	235.1

活性氧化铝和 A 型分子筛的物理性能见表 7－3。

表 7－3　　　　　　　　活性氧化铝与 A 型分子筛的物理性能

吸附剂名称	活性氧化铝	A 型分子筛
粒度	球形 φ4～φ6 条形 φ（2～6）×（3～7）	球形 φ2～φ4、φ4～φ6 条形 φ（4～6）×（4～8）
颜色	白	白

吸附剂名称	活性氧化铝	A 型分子筛
堆密度（g⁻¹）	800~900	650~750
平均孔隙度（%）	30	55~60
比热容 [J/（kg·K）]	1047	837~1047
热导率 [W/（m·K）]	0.14	0.06
比表面积（m²/g）	300~400	700~900
相对机械强度（%）	90~95	>70
吸附热（J/g）	3017	3828

活性氧化铝是由天然氧化铝或铝土矿经特殊处理制成的多孔结构物质，它的比表面积大、机械强度高、物理化学稳定性好、耐高温、抗腐蚀性能好。分子筛是一种人工合成沸石—硅铝酸盐晶体。分子筛无毒、无味、无腐蚀性，不溶于水和有机溶剂，能溶于强酸和强碱。分子筛经加热失去结晶水后，晶体中即形成许多微孔，它可以根据分子的大小分离各种组分。

活性氧化铝对 SOF_2、SO_2F_2、SF_4、SOF_4、SO_2、$S_2F_{10}O$ 等六氧化硫分解产物都具有较好的吸附性能，且基本上不吸附六氟化硫，是较理想的吸附剂。分子筛（合成沸石）对 SOF_2、SF_4 等气体分解产物的吸附能力优于活性氧化铝，5A 分子筛还对 SO_2 有较好的吸附作用。在气体含水量较低的情况下，分子筛对水分的吸附能力也超过了活性氧化铝。

活性氧化铝和分子筛吸附性能的比较见表 7-4。

表 7-4　　　　　　　　　　活性氧化铝与分子筛吸附性能比较

吸附剂名称	耐压强度（N/粒）	吸附杂质效果（×10⁻⁶）				
		SO_2F_2	SOF_2	SO_2	HF	$S_2F_{10}O$
日本铁兴社分子筛	17.65	未检出	3.00	<4.0	0.10	150
日本曹达工业株式会社分子筛	17.65	400	4.30	0.47	0.11	270
美国某公司分子筛	正 2.94 侧 2.94	未检出	3.30	<4.0	0.09	260
国产 5A 分子筛	10.8	370	5.20	0.803	0.11	320
国产 13X 分子筛	9.8	100	4.20	0.780	0.11	180
国产活性氧化铝	23.5	未检出	3.90	0.600	0.10	220
所用电弧分解气杂质含量	—	400	5.30	100	51	400

注　$t=25℃$；罐内表压力=40kPa。

对不同吸附剂的吸附特性的评价见表 7-5。

表 7-5　　　　　　　　　　对不同吸附剂的吸附特性的评价

吸附剂	被吸附的杂质	评　价	备　注
活性炭	SOF_2、SO_2 对 SOF_4、SO_2F_2 也有一定吸附能力。能迅速定量吸附 $S_2F_{10}O$（基本除净）	3mg 活性炭能吸附 60mL 六氟化硫及其杂质。吸附能力量最强，吸附选择性差，对 SO_2F_2 吸附效果差，易吸附 $S_2F_{10}O$	国外认为十氟化物不易被吸附

吸附剂	被吸附的杂质	评　价	备　注
活性氧化铝 （Al_2O_3）	SOF_2、SO_2F_2、SO_2、$S_2F_{10}O$、SOF_4（估计）	对 SO_2、$S_2F_{10}O$ 不能定量吸附，有选择吸附能力（即基本上不吸附六氟化硫），吸附 SO_2F_2 较烧碱差	国外认为是较理想吸附剂；国内认为尚不能得此结论，SOF_4（估计）较易被静态吸附
烧碱（NaOH）	SOF_2、SO_2F_2、SO_2、$S_2F_{10}O$、SOF_4（估计）	吸附效果稍优于 Al_2O_3，其他性能同 Al_2O_3；吸附 SO_2F_2 不如 CaO	SOF_4（估计）较易被静态吸附
石灰（CaO）	SO_2F_2、$S_2F_{10}O$	吸附 SO_2F_2 最好，吸附$S_2F_{10}O$ 效果差	粉状动态试验，SOF_2 未试验
分子筛 5A、4A	SO_2	仅 5A 对 SO_2 吸附效果较好，是不太理想的吸附剂	

3. 吸附剂的使用

（1）吸附剂的预处理。吸附剂在使用前应进行预处理。预处理的目的是为了排出吸附剂使用前吸附的水分和其他物质，以免降低吸附剂的平衡吸附量，影响吸附剂的净化效果和使用寿命。

吸附剂预处理的主要方法大致可分为常压干燥法和真空干燥法。常压干燥法一般在干燥炉内进行，小量的干燥可在干燥箱或高温炉内进行，对于活性氧化铝类一般干燥温度可控制在180℃～200℃；分子筛类控制在450℃～550℃。真空干燥法要在真空干燥炉内进行，当干燥温度低于200℃并且活性氧化铝的量较少时可在真空干燥箱内进行预处理，真空度愈高处理效果愈好。两种预处理方法相比，真空干燥较常压干燥的处理效果好。在没有真空干燥设备的情况下，常压干燥也能满足使用要求。预处理的关键是保证水分要去除干净。处理时间的长短要根据水分去除的速度而定。水分已去净的标志：对于真空干燥法，真空表真空度可保持一定时间内不再下降；对于常压干燥法，吸附剂在天平上可称至恒重。这说明吸附剂已预处理好了。

（2）吸附剂的需要量。吸附剂的需要量应满足下列条件：

1）可吸附规定次数的电流开断所产生的有害气体。

2）把气体含水量规定在管理值以内。

3）不为更换吸附剂而打开设备充气部分。

吸附剂的装入量是吸附分解气体和吸附水分需要量的总和。吸附分解气体的吸附剂需要量可按下式计算：

$$m_A = \frac{A}{W_B}$$

其中　m_A——吸附剂需要量，g；

　　A——分解气体量，ml；

　　W_B——吸附剂吸附量，ml/g。

吸附水分的吸附剂需要量可按估算的设备内气体全部含水量，以及吸附剂的吸水量来计算。首先根据气体中水分的主要来源估算出气室中累计的水分含量，再除以单位质量吸附剂的水分吸附量，即可得出吸附剂的需要量。

事实上，要精确计算出吸附分解气体和吸附水分的吸附剂的需要量是比较困难的，一般可以根据经验，吸附剂的装入量以大于气室中六氟化硫气体重量的10%为宜。

(3) 使用过的吸附剂的处理。在六氟化硫电弧分解气体净化中使用过的吸附剂，其中吸附的有害物质主要有 SO_2F_2、SOF_2、SO_2、HF、$S_2F_{10}O$ 等，这样的吸附剂如不作处理直接作为垃圾丢掉或埋入地下，都会由于雨水对所含有害物质的溶解或水解作用形成含酸废水而造成环境污染。

这些使用后的吸附剂可用下面的方法处理：取使用过的吸附剂置于容器中，按每克吸附剂加20ml浓度为1mol/L氢氧化钠的比例，加入适量的氢氧化钠浓液，搅拌放置24h，此时吸附剂中所含可溶于水及可水解、碱解的物质绝大部分已转移到氢氧化钠溶液中，再用0.2mol/L硫酸中和此液至中性即可排放。排放后剩余的固体吸附剂用水冲洗已是无毒废物，可作为垃圾处理或埋入地下。

第三节　六氟化硫气体绝缘电气设备运行和解体时的安全防护管理

六氟化硫在生产制造时，在用于运行中的电器设备时，会产生许多种有毒的具腐蚀性的气体及固体分解产物，不仅影响到电器设备的性能，而且危及设备运行检修人员的人身安全，因此必须采取有效的安全防护措施，以避免工作人员中毒事故的发生。

一、设备运行中的安全防护措施

室内安装的六氟化硫电气设备，其安装室与主控室间要作气密性隔离，以防有毒气体扩散入主控室。

设备安装室应定期进行六氟化硫和氧气含量的检测。空气中的含氧量应大于18%，空气中六氟化硫浓度不应超过 1000×10^{-6}。

六氟化硫设备安装场所要安装通风系统，抽风口应设在室内底部。

运行人员经常出入的户内设备场所每班至少换气15min，换气量应达3～5倍的场所空间体积，对工作人员不经常出入的设备场所，在进入前应先通风15min。

在户内设备安装场所的地面层应安装带报警装置的氧量仪和六氟化硫浓度仪。氧量仪在空气中含氧量降至18%时应报警，六氟化硫浓度仪在空气中六氟化硫含量达到 1000×10^{-6} 时应发出警报。

定期监测设备内的水分、分解气体含量，如发现其含量超过允许值时，应采取有效措施，包括气体净化处理、更换吸附剂、更换六氟化硫气体、设备解体检修等。在气体采样操作及处理一般渗漏时，要在通风的条件下戴防毒面具工作。

当六氟化硫电气设备故障造成大量六氟化硫外逸时，工作人员应立即撤离现场。若发生在户内安装场所，应开启室内通风装置，事故发生后4h内，任何人进入室内必须穿防护服、戴手套、护目镜和佩戴氧气呼吸器。在事故后清扫故障气室内固态分解产物时，工作人员也应采取同样的防护措施。清扫工作结束后，工作人员必须先洗净手、臂、脸部及颈部或洗澡后再穿衣服。被大量六氟化硫气体侵袭的工作人员，应彻底清洗全身并送医院诊治。

二、设备解体时的安全防护管理

设备解体后，检修人员应立即离开作业现场到空气新鲜的地方，工作现场需要强力通风，以清理残余气体，至少通风 30～60min 后再进行工作。

检修人员与分解气体和粉尘接触时，应该穿耐酸原料的衣裤相连的工作服，戴塑料式软胶手套，戴专用的防毒呼吸器，操作人员工作完毕后，应彻底清洗全身。

解体检修中使用的下列物品应作有毒废物处理，如吸尘器的过滤纸袋、抹布、防毒面具中的吸附剂、气体回收装置中使用过的活性氧化铝或分子筛、设备中取出的吸附剂、严重污染的工作服等。

处理方法是将废物装入双层塑料袋中，再放入金属桶内密封埋入地下，或用苏打粉与废物混合后再注水，放置 48h 后（容器敞开口），可作普通垃圾处理。

防毒面具、塑料手套、橡皮靴及其他防护用品必须用肥皂洗涤后晾干备用。

三、安全防护用品的管理与使用

设备运行检修人员使用的安全防护用品应有工作手套、工作鞋、密闭式工作服、防毒面具、氧气呼吸器等。

安全防护用品应设专人保管并负责监督检查，保证其随时处于备用状态。防护用品应存放在清洁干燥阴凉的专用柜中。

工作人员佩戴防毒面具或氧气呼吸器进行工作时，要有专门监护人员在现场进行监护，以防出现意外事故。

设备运行及检修人员要进行专业安全防护教育及安全防护用品使用训练。使用防毒面具和氧气呼吸器的人员应进行体格检查，心肺功能不正常者不能使用以上用品。

第四节 六氟化硫气体的回收处理及再利用技术

我国现行国家标准 GB 8905—1996《六氟化硫电气设备中气体管理和检测导则》主要是依据 IEC 480 标准制定的。IEC 480 在 2002 年修订成为 IEC 60480，名称为《SF_6 电气设备中气体的检测处理导则及再利用规范》。与原标准相比，修订中关注了六氟化硫气体的温室效应对环境的影响，提出气体再生、回收及再利用的概念，侧重于六氟化硫气体的回收再利用。认为对六氟化硫电气设备的维护和管理只有严格按有关导则及规范执行，六氟化硫电气设备的使用对全球环境和生态的影响才是可以控制的。

我国现行国家标准 GB 8905—1996《六氟化硫电气设备中气体管理和检测导则》是对六氟化硫电气设备维护和管理的一个主要国家标准。目前依据 IEC 60480 进行修订。考虑到六氟化硫电气设备从七十年代末已在电力系统得到应用，有些设备至今已运行多年，对六氟化硫电气设备中的气体进行鉴定、回收处理已成为这些设备检修中的主要问题，因此我国标准的修订内容也侧重于气体的回收再利用。所以六氟化硫气体的回收、处理、再利用已成为六氟化硫高压电器设备运行监督管理的重要内容。

国内多年来已开展对六氟化硫气体的回收及处理工作，近几年已经关注对六氟化硫的再利用工作，如广东、安徽、河南、江苏等地开展的一些研究回收处理和再利用工作，华北电网正在进行的 CDM 项目，对减少温室效应气体的排放和保护环境起到积极的促进作用。

一、六氟化硫气体回收装置的结构组成

六氟化硫气体回收装置的主要用途是：新设备安装调试时对设备抽真空处理；向设备内充六氟化硫新气；在六氟化硫电气设备检修或故障处理时回收运行设备中的气体；处理、净化使用过的六氟化硫气体；存储回收处理过的六氟化硫气体。

六氟化硫气体回收装置结构组成上主要包括几部分：

1. 真空系统：包括高真空泵、真空阀门等。要求整个系统密封性能满足系统抽真空的要求，并可承受高真空。

2. 压缩系统：可采用二级压缩机，隔膜式压缩机，由压力表、阀门等共同组成压缩系统。

3. 净化系统：主要由各级过滤器组成。采用吸附净化或冷凝蒸发等不同的方式去除六氟化硫气体中的杂质。

4. 散热系统：由风扇、散热片等组成。

5. 控制系统：由各类表计、阀门组成。如：真空表、压力表、温度表、截止阀、控制阀、减压阀、安全阀、逆止阀等。

六氟化硫气体回收装置功能上应具有以下能力：

1. 抽真空能力：极限真空应能达到 13.3Pa。

2. 净化气体的能力：处理后的气体经检验应能达到六氟化硫新气的指标，可达到重新利用的目的。

3. 回收气体的能力：回收气体可采用气态或液态存储，采用压缩泵可提高回收率及存储能力。

4. 存储气体的能力：配置储气罐。存储气体量的大小取决于储气罐的大小及液化能力。

图 7-1 表示的是对六氟化硫气体回收净化的流程（不包括对设备抽真空处理及对设备充气过程）。

待回收的气体首先经过初级过滤器、压缩机进入气态储气罐（可留待

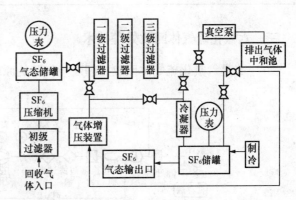

图 7-1　回收净化系统原理示意图

处理），净化过程包括三级过滤处理和利用冷媒将气体液化或固化以去除杂质。六氟化硫储罐中气态的杂质由真空泵抽出到中的池处理排出。

二、六氟化硫气体回收装置的技术要求

我国电力行业标准 DL/T 662—1999《六氟化硫气体回收装置技术条件》对回收处理装

置有具体的要求。

表 7-6 列出了标准 DL/T 662 的技术要求，并对国内外有关装置的主要性能参数作了比较。

表 7-6 技 术 参 数 比 较 表

序	技术参数	单位	DL/T 662	国内同类产品	国际同类产品
1	最高储气压力	MPa	4.0	2.5	4.0
2	回收气体压力	MPa	初压≤0.7MPa 终压≤0.05MPa ≤10×133Pa	初压≤0.7MPa 终压≤133Pa	初压≤0.7MPa 终压≤133Pa
3	回收气体速度	m^3/h	初压≤0.7MPa 终压≤0.05Mpa ≤10×133Pa $0.5m^3/h$～$2m^3/h$	初压≤0.7MPa 终压≤0.05Mpa ≤10×133Pa $1m^3/h$	初压≤0.7MPa 终压≤0.05Mpa ≤10×133Pa $1.5m^3/h$
4	充气速度	m^3/h	$5m^3/h$，$2m^3/h$	$12.2m^3/h$	$13m^3/h$
5	抽真空速度	m^3/h	$1m^3/h$	$40m^3/h$	$64m^3/h$
6	极限真空度	Pa	≤10Pa	≤400Pa	≤400Pa
7	真空度保持	Pa	24h，上升<400Pa		
8	湿度控制	$\mu l/L$	<80	≤60	≤60
9	油分控制	$\mu g/g$	$<10\mu g/g$	≤10	≤10
10	尘埃控制	μm	粒径$<20\mu m$	无	$1\mu m$
11	年漏气率	%	<1%	<1%	<1%
12	无故障运行时间	h	连续 1000 小时 累积 5000 小时	连续 1000 小时	连续 1300 小时
13	噪声水平	dB（A）	≤75dB（A）	≤75dB（A）	≤75dB（A）

三、六氟化硫气体回收处理技术

图 7-2 是六氟化硫气体回收处理装置气路的原理图。

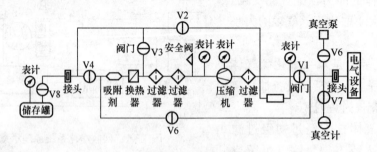

图 7-2 六氟化硫气体回收处理装置气路图

1. 回收处理气体的操作

（1）对设备抽真空处理。

①启动真空泵，打开阀门 V6、V7。

②真空值抽到 133.3Pa。

③真空表测量真空度。

（2）向设备中充气。

①开启阀门 V8、V3、V5，经换热器、吸附剂充气。

②压力接近平衡时，关闭阀门 V3，开启阀门 V2，经 V8、V2、过滤器、压缩机、过滤器、换热器、吸附剂 V5 向设备充气。

（3）回收并处理电气设备中使用过的六氟化硫气体。

气体的回收（在气体压力达到 0.1MPa 以上时）

①启动压缩机，打开阀门 V1、V4、V8，经过滤器、压缩机、换热器、吸附剂、V4、V8 进入储存罐。

②在气体压力达到 0.1MPa 时，关闭 V1、V4、V8，关闭压缩机。

气体的回收（在气体压力达到 0.1MPa 以下后）。

③关闭 V1，压缩机继续工作，启动真空泵，使系统真空度提高，直到 1000Pa 为止。关闭 V4，停下压缩机和真空泵。

2. SF$_6$ 电气设备抽真空和充气注意事项

SF$_6$ 电气设备抽真空和充气的方法：

（1）抽真空要达到 133.3Pa，（即 1mmHg，1 托）。

（2）气室中真空度越高，水分的蒸发温度越低，在高真空的环境下，水分在常温下就可蒸发。

（3）设备初充气，充入的压力应在运行压力的 1/2 以下。

（4）充气的方法有两种：直接充气（抽真空到 133.3Pa 后直接充入气体）或间接充气（利用高纯氮气置换，水分合格后再充入 SF$_6$ 气体）。

间接充气的方法：

（1）设备运输期间，内部充以压力为 0.03MPa 的氮气或 SF$_6$ 气体。

（2）现场安装时，排氮至大气压力，停留 30min。

（3）再次充氮到额定气压的 10%。

（4）排氮到 0.1MPa，停留 30min。检查是否漏气。

（5）稳定 12h，测量水分合格后，排氮到 0 表压。

（6）充 SF$_6$ 气体到额定压力，稳定 3～8 天，检测水分。

电力设备中六氟化硫监控标准

对于电气设备中六氟化硫介质的监控标准，与国外相同，我国也建立起了 SF₆ 新气和运行气标准体系，有力推动了六氟化硫这种新型绝缘介质和六氟化硫电气设备的发展。对于新气，国内有 GB 12022《工业六氟化硫》；国际上有 IEC60376《新六氟化硫的规范和验收》等标准。关于运行气，国内分为 GB/T 8905《六氟化硫电气设备中气体管理和检测导则》和 DL/T 595《六氟化硫电气设备气体监督细则》、DL/T 596《电力设备预防性试验规程》、DL/T 941《运行中六氟化硫变压器质量标准》及相对应的气体性能试验方法 3 个系列。相应的国际标准有 IEC60480《从电气设备中取出的六氟化硫检验导则》等。

第一节 六氟化硫新气质量标准

一、国际标准中六氟化硫新气质量

IEC 60376—2005《电力设备用工业级六氟化硫（SF₆）规范》中规定的 SF₆ 新气质量标准见表 8-1。

表 8-1　　　　　　　　　　　IEC 60376 中规定的 SF₆ 新气质量

指标名称	IEC 60376	
	IEC 60376—71（已作废）	IEC 60376—2005
空气（N_2+O_2）	$\leqslant 0.05\%$	$\leqslant 0.2\%$
四氟化碳（CF_4）	$\leqslant 0.05\%$	$\leqslant 0.24\%$
湿度（H_2O）	$\leqslant 15\times10^{-6}$	$\leqslant 25\times10^6$（$-36℃$）
酸度（以 HF 计）	$\leqslant 0.3\times10^{-6}$	$\leqslant 1\times10^{-6}$
可水解氟化物（以 HF 计）	$\leqslant 1.0\times10^{-6}$	—
矿物油	$\leqslant 10\times10^{-6}$	$\leqslant 10\times10^{-6}$
纯度（SF_6）	$\geqslant 99.8\%$	$\geqslant 99.7\%$（液态时测试）
毒性试验	无毒	无毒

注 表中百分数为质量分数，10^{-6} 相当于 $\mu g/g$。

新气验收抽检量为 3/10。

二、国内标准中六氟化硫新气质量

GB 12022—2006《工业六氟化硫》标准主要用于电力工业、冶金工业和气象部门等，标准中六氟化硫的新气质量见表8-2。GB/T 8905—1996《六氟化硫电气设备中气体管理和检测导则》标准主要用于电力工业，标准中六氟化硫新气质量见表8-3。GB/T 18867—2002《电子工业用气体 六氟化硫》标准主要用于等离子蚀刻剂、掺杂剂、电子元器件的外延气或稀释载气等。标准中六氟化硫新气质量见表8-4。

表8-2　　GB 12022《工业六氟化硫》标准中六氟化硫新气质量

指标名称	GB 12022—2006（现行）	指标名称	GB 12022—2006（现行）
四氟化碳（CF_4）	$\leqslant 0.04\%$	可水解氟化物（以 HF 计）	$\leqslant 1.0 \times 10^{-6}$
空气（$N_2 + O_2$）	$\leqslant 0.04\%$	矿物油	$\leqslant 4 \times 10^{-6}$
湿度（H_2O）	$\leqslant 5 \times 10^{-6}$（$-49.7\,^{\circ}\mathrm{C}$）	纯度（SF_6）	$\geqslant 99.9\%$
酸度（以 HF 计）	$\leqslant 0.2 \times 10^{-6}$	毒性试验	无毒

注　表中百分数为质量分数，10^{-6}相当于 $\mu g/g$。

表8-3　　GB/T 8905《六氟化硫电气设备中气体管理和检测导则》中六氟化硫新气质量

指 标 名 称	GB/T 8905—1996（目前正在修订）	
	单位（质量分数）	—1996（现行）
四氟化碳（CF_4）	%	$\leqslant 0.05$
空气（$N_2 + O_2$）	%	$\leqslant 0.05$
湿度（H_2O）	$\times 10^{-6}$	$\leqslant 8$
酸度（以 HF 计）	$\times 10^{-6}$	$\leqslant 0.3$
可水解氟化物（以 HF 计）	$\times 10^{-6}$	$\leqslant 1.0$
矿物油	$\times 10^{-6}$	$\leqslant 10$
纯度（SF_6）	%	$\geqslant 99.8$
毒性		生物试验无毒

表8-4　　GB/T 18867《电子工业用气体 六氟化硫》中六氟化硫新气质量

项 目 名 称	指　标	项 目 名 称	指　标
六氟化硫（SF_6）的体积分数 10^{-2}	$\geqslant 99.99$	可水解氟化物（以 HF 计）的体积分数 10^{-6}	$\leqslant 1.0$
空气（$N_2 + O_2$）的体积分数 10^{-6}	$\leqslant 50$	其他杂质（CO_2、C_2F_6、SO_2F_2、S_2OF_2、S_2OF_{10}）的体积分数 10^{-6}	$\leqslant 15$
四氟化碳（CF_4）的体积分数 10^{-6}	$\leqslant 15$	杂质总和的体积分数 10^{-6}	$\leqslant 100$
湿度（H_2O）的体积分数 10^{-6}	$\leqslant 8$	颗粒	由供需双方商定
酸度（以 HF 计）的体积分数 10^{-6}	$\leqslant 1.0$		

三、新气的质量检验抽检率

GB 12022《工业六氟化硫》是针对气体生产部门批量生产时制定的抽检规定，对于电力等生产部门来说，如按 GB 12022《工业六氟化硫》来执行，抽检率太低。所以在GB/T 8905和DL/T 596标准中明确作了具体规定。对断路器和 GIS，抽检率为十分之三，同一批相同日期的，只测定湿度和纯度；对变压器从同批气瓶抽检时，抽取样品的瓶数应能足够代表该批气体的质量，具体规定见表 8-5。

表 8-5　　　　　　　　　　　总气瓶数与应抽取的瓶数 DL/T 941—2005

序号 项目	1	2	3	4*	5*
总气瓶数	1～3	4～6	7～10	11～20	20 以上
抽取瓶数	1	2	3	4	5

* 除抽检瓶数外，其余瓶数测定湿度和纯度

四、气体的混用

对于不同产地气体的混合、新气与设备中运行气体的混合等问题，由于气体的混合不会影响理化性质，凡符合新气质量标准的气体均可以任何比例混合使用；设备运行中所补气体必须符合新气质量标准，同时设备内气符合运行标准，新气就可以与设备气以任何比例混合使用。如使用再用气体时，至少再用气体质量符合 IEC60480 中规定的杂质允许含量。

第二节　运行中六氟化硫气体质量标准

一、运行中六氟化硫气体质量

根据生产实际和设备发展状况，我国运行六氟化硫电气设备用气体质量标准分为断路器、GIS 气体和运行变压器气体两个系列。其中，运行断路器、GIS 气体标准中包括了各电压等级的断路器、GIS、互感器及套管用气监督检测，见标准 GB/T 8905—1996、DL/T 596—1996；运行变压器用气标准则主要针对变压器（电流互感器可参照）而制定，参见标准 DL/T 941—2005。运行断路器用气及变压器用气的监督标准分别见表 8-6、表 8-7、表 8-8。

表 8-6　　运行中六氟化硫气体的试验项目、周期和要求（GB/T 8905、DL/T 596—1996）

序号	项　　目	周　　期	要　　求	说　　明
1	湿度 20℃ 体积分数 （10^{-6}）	1）1～3 年 　（35kV 以上） 2）大修后 3）必要时	1）断路器灭弧室气室 　大修后不大于 150 　运行中不大于 300 2）其他气室 　大修后不大于 250 　　　　　　　500* 　运行中不大于 500 　　　　　　　1000*	1）GB12022、SD306 和 DL506 测定； 　2）新装及大修后 1 年内复测 1 次，如湿度符合要求，则正常运 行中 1～3 年 1 次； 　3）周期中的"必要时"是指新 装及大修后 1 年内复测湿度不符合 要求或年漏气率超过 1% 和设备异 常时，按实际情况增加的检测
2	密度（标准状况 下）（kg/m³）	必要时	6.16	按 DL/T 917 测定
3	毒性	必要时	无毒	按 DL/T 921 进行
4	酸度（质量 分数/10^{-6}）	1）大修后 2）必要时	≤0.3	按 DL/T 916 或用检测管进行 测量

序号	项　目	周　期	要　　求	说　　明
5	四氟化碳（质量分数，%）	1）大修后 2）必要时	1）大修后≤0.05 2）运行中≤0.1	按 DL/T 920 进行
6	空气（质量分数，%）	1）大修后 2）必要时	1）大修后≤0.05 2）运行中≤0.2	按 DL/T 920 进行
7	可水解氟化物（质量分数，10^{-6}）	1）大修后 2）必要时	≤1.0	按 DL/T 918 进行测定
8	矿物油（质量分数，10^{-6}）	1）大修后 2）必要时	≤10	按 DL/T 919 进行测定

注　1. GB/T 8905 标准只给出了测定项目，除湿度外没有给出其他各项具体指标。
　　2. * 的数据为 GB/T 8905 标准给定的湿度指标。

表 8-7　　六氟化硫变压器交接时、大修后六氟化硫气体质量标准（DL/T 941—2005）

序号	项　目	单　位	指　标
1	泄漏	年泄漏率（‰）	≤1（可按照每个检测点泄露值不大于 $30\mu l/L$ 执行）
2	湿度（H_2O） （20℃，101325Pa）	露点温度（℃）	箱体和开关应≤－40 电缆箱等其余部位≤－35
3	空气（N_2+O_2）	质量分数（%）	≤0.1
4	四氟化碳（CF_4）	质量分数（%）	≤0.05
5	纯度（SF_6）	质量分数（%）	≥97
6	有关杂质组分（CO_2、CO、HF、SO_2、SF_4、SOF_2、SO_2F_2）	$\mu g/g$	有条件时报告（纪录原始值）

表 8-8　　　　　　　　运行变压器六氟化硫质量标准（DL/T 941—2005）

序号	项　目	单　位	指　标
1	泄漏	年泄漏率（‰）	≤1（可按照每个检测点泄漏值不大于 $30\mu l/L$ 执行）
2	湿度（H_2O）（20℃，101325Pa）	露点温度（℃）	箱体和开关应≤－35 电缆箱等其余部位≤－30
3	空气（N_2+O_2）	质量分数（%）	≤0.2
4	四氟化碳（CF_4）	质量分数（%）	比原始测定值大 0.01% 时应引起注意
5	纯度（SF_6）	质量分数（%）	≥97
6	矿物油	$\mu g/g$	≤10
7	可水解氟化物（以 HF 计）	$\mu g/g$	≤1.0
8	有关杂质组分（CO_2、CO、HF、SO_2、SF_4、SOF_2、SO_2F_2）	$\mu g/g$	报告（监督其增长情况）

二、运行中六氟化硫设备的检测周期

断路器和 GIS 运行中六氟化硫质量标准检测项目和周期应符合表 8-6 的要求。对充气压力低于 0.35MPa 且用气量少的设备（如：35kV 以下的断路器），只要不漏气，交接时质量合格，除在异常时，运行中可不检测气体湿度。

六氟化硫变压器交接时，大修后六氟化硫质量标准应符合表 8-7 的要求；运行变压器中六氟化硫质量标准应符合表 8-8 的要求；运行变压器中六氟化硫检测项目和周期见表 8-9。

表 8-9　　　　　　運行變壓器中六氟化硫檢測項目和周期（DL/T 941—2005）

序　号	项　　目	周　　期	方　　法
1	泄漏	日常监控，必要时	GB/T 11023
2	湿度（20℃）	1次/年	DL 506 和 SD 306
3	空气	1次/年	SD 311
4	四氟化碳	1次/年	SD 311
5	纯度（SF$_6$）	1次/年	SD 311
6	矿物油	必要时	SD 310
7	可水解氟化物（以 HF 计）	必要时	SD 309
8	有关杂质组分（CO$_2$、CO、HF、SO$_2$、SOF$_2$、SO$_2$F$_2$）	必要时（建议有条件1次/年）	报告

三、再用六氟化硫气体质量

GB/T 8905—1996《六氟化硫电气设备中气体管理和检测导则》中7.4.7条规定：回收的六氟化硫气体，经分析湿度不符合新气质量标准时，必须净化处理，经确认合格后方可再用。DL/T 639—1997《六氟化硫电气设备运行、试验及检修人员安全防护细则》中4.4.1条规定：对欲回收利用的六氟化硫气体，需进行净化处理，达到新气质量标准后方可使用。IEC 60480—2004《从电气设备中取出六氟化硫的检验和处理指南及其再使用规范》中规定了再用 SF$_6$ 气体中杂质最大允许值，具体控制指标见表 8-10。

表 8-10　　　　　　IEC 60480 规定的再用六氟化硫气体中杂质最大允许值

杂　　质	最　大　允　许　值	
	气室绝对压力＜200kPa	气室绝对压力＞200kPa
空气和（或）四氟化碳	3%（体积比）（对于混合气体，可由设备制造商具体指定）	
水分	95mg/kg（750μl/L 或−23℃）	25mg/kg（200μl/L 或−36℃）
矿物油	10mg/kg	
总活性气体分解物	50μl/L 或 12μl/L（SO$_2$+SOF$_2$）或 25μl/L（HF）	

注　如果与气体接触的为无油设备或系统，矿物油含量可不必测试。

四、六氟化硫变压器故障气体管理值和气体分析对象

国外报导的有关 SF$_6$ 变压器运行气体中故障气体管理值和 SF$_6$ 变压器诊断故障的气体分析对象，见表 8-11 和表 8-12。

表 8-11　　　　　　SF$_6$ 变压器运行气体中故障气体管理值（控制值）

序号	项　目	气体管理值（体积分数）	序号	项　目	气体管理值（体积分数）
1	CO$_2$	2000ppm	4	SO$_2$	10ppm
2	CO	120ppm	5	SOF$_2$，HF，SO$_2$F$_2$	均 1×10^{-6}
3	乙醛	80ppm			

故 障 类 型		特 征 组 分	一 次 诊 断	二 次 诊 断
绝缘物过热	低温过热	CO_2	○	○
		乙醛	○	○
		甲醇		○
	高温过热	丙酮		○
		CO	○	○
		CH_4，C_2H_6，C_2H_4		○
		甲乙酮①		○
		糠醛①		○
		甲基吡啶②		○
放电及金属高温过热		SOF_2，SO_2F_2	○	○
		SO_2，HF，$CF_4$③		○
		HF	○	○
		$CF_4$③	○	○

注　○表示需要检测。
　　①层压板高温过热特征组分。
　　②环氧涂料高温过热特征组分。
　　③绝缘物间放电的特征组分。

五、运行中六氟化硫变压器气体质量与高压断路器气体质量的不同

（1）设备投运前气体质量监督标准与高压断路器相比：①根据多年运行经验，并以变压器充气量大、节约运行成本和环境保护方面考虑，提高变压器设备气体泄漏标准，高压断路器的气体年泄漏率为 1％，变压器的气体年泄漏率为 0.1％。②气体湿度的表示单位用露点表示，指标较高压断路器气体湿度严格，增加了检测温度。这是由于六氟化硫变压器运行温升较大，而温度的高低将影响气体变压器内部材质对气体水分的吸附能力，因此运行中变压器的气体水分含量将大于停运时气体水分含量。标准中推荐的湿度指标是指 20℃时的数值。露点温度：箱体和开关应≤－40℃，电缆箱等其余部位≤－35℃。

（2）运行中的六氟化硫变压器中气体质量，与投运前的气体质量不同在于：①运行中变压器气体湿度的表示单位用露点表示，指标较高压断路器气体湿度严格。气体湿度标准为露点温度℃。对于箱体和开关，应≤－35℃，电缆箱等其余部位≤－30℃。②列出空气和四氟化碳的指标和检测周期（1 次/年），其余的试验项目主要以气相色谱分析为主，对于其他的检测项目如毒性、可水解氟化物、矿物油等，试验方法较繁琐，同时采气量较大，实施尚有困难的列为"必要时"进行。③提出运行气的空气和四氟化碳的指标为≤0.2，明确 CF_4 含量比原始测定值大 0.01％时应引起注意。四氟化碳为放电后的特征组分，含量大小与故障程度有关，在目前含量与故障尚没有建立对应关系的情况下，建议注意其增长情况。若 CF_4 含量超过 0.1％的情况下，需引起注意，查找原因或结合电气试验，进行结果分析。④根据国内外研究认为组分 CO_2、CO、HF、SO_2、SOF_2、SO_2F_2 的检测在故障监测中是很重要的，一些变压器制造厂商在其设备维护手册中也建议对此加以检测。但是目前我们还没有这些组分的标准检测方法和仪器设备，为了收集数据、积累经验，在标准中建议有条件的情况

下进行检测，结果采用国际通用的报告形式。⑤对于国外提出的测定甲醛、乙醛、丙酮等组分，考虑到国内没有方法，目前无法进行，没有列入。

第三节　检测六氟化硫气体质量的标准

一、国外电力设备用六氟化硫质量的检测方法

IEC60376《电力设备用工业级六氟化硫（SF$_6$）规范》中六氟化硫的质量检查项目和建议方法见表8-13；IEC60480《从电气设备中取出六氟化硫的检验和处理指南及其再使用规范》中六氟化硫的质量检查项目和建议方法见表8-14。

表8-13　　　IEC60376 充入电力设备前的六氟化硫的质量检查项目和建议方法

序号	项目	建议方法	序号	项目	建议方法
1	毒性	生物毒性	5	游离酸（用 HF 质量分数表示）	吸收中和
2	空气（氮、氧的质量分数）	气相色谱法	6	可水解氟化物（用 HF 质量分数表示）	吸收后比色或离子选择
3	四氟化碳（质量分数）	气相色谱法	7	矿物油（质量分数）	红外光谱分析①
4	水分（质量分数）	露点法②、重量法、电解法	8	密度 101.3kPa、20℃	红外光谱分析、称重

注　IEC376 于 1971 年颁布，1973 年、1974 年补充，1994 年确认，2005 年修订为 IEC60376—2005。
　　①为 IEC376A—1973 第一次补充。
　　②为 IEC376B—1974 第二次补充。

表8-14　　　　　IEC60480 从电力设备中取出的六氟化硫质量要求

序号	项目	建议方法	序号	项目	建议方法
1	毒性	无毒	5	酸度（质量分数/10－6）	吸收中和
2	气体识别	导热系数测定、红外光谱分析	6	可水解氟化物（质量分数，10^{-6}）	吸收后比色或离子选择
3	氧含量	磁化率、气相色谱法	7	矿物油（质量分数，10^{-6}）	红外光谱分析
4	凝结温度（湿度）	露点法			

注　IEC480 于 1974 年颁布，2004 年修订为 IEC60480—2004。

二、监督电力设备用六氟化硫的标准

实现六氟化硫气体质量控制的技术基础和前提是，建立准确可靠的分析检测方法和技术，用以监督检验六氟化硫中的杂质组分和含量。评定六氟化硫质量是否符合相应的技术指标，建立、采用相对统一的检验方法和规程是非常必要的。多年来，国内外对六氟化硫气体的分析检测、六氟化硫高电压电气设备的监督与管理作了相应的规定，建立了一些标准试验方法、规程，见表8-15。

表 8 - 15 六氟化硫质量监督的常用标准

序号	性 能	标 准 编 号	标 准 名 称
1		GB12022	工业六氟化硫
2	质量标准	DL/T 941	运行中六氟化硫变压器质量标准
3		GB/T 18867	电子工业用气体 六氟化硫
4	取样方法	DL/T 1032	电气设备用六氟化硫（SF_6）气体取样方法
5	物理性能	DL/T 917[①]，SD 308	六氟化硫新气中密度测定法
6		待制定	导热系数测定
7		GB/T 5832.1	气体中微量水分含量的测定
8		GB/T 5832.2	气体中微量水分含量的测定
9		DL/T 914[①]，SD 305	六氟化硫气体中水分含量测定法（重量法）
10		DL/T 915[①]，SD 306	六氟化硫气体中水分含量测定法（电解法）
11		DL/T 916[①]，SD 307	六氟化硫新气中酸度测定法
12	化学性能	DL/T 918[①]，SD 309	六氟化硫气体中可水解氟化物含量测定法
13		DL/T 919[①]，SD 310	六氟化硫气体中矿物油含量测定法（红外光谱分析法）
14		DL/T 920[①]，SD 311	六氟化硫气体中空气、四氟化碳的气相色谱测定法
15		DL/T 506	六氟化硫气体绝缘中水分含量现场测量方法
16		待制定	总污染指数测定（离子色谱法）
17		待制定	六氟化硫气体中二氧化硫测定
18		DL/T 595	六氟化硫电气设备气体监督细则
19		DL/T 596	电力设备预防性试验规程
20	规程、规范	GB/T 8905	六氟化硫电气设备中气体管理和检测导则
21		IEC 60376	电力设备用工业级六氟化硫（SF_6）规范
22		IEC 60480	从电气设备中取出六氟化硫的检验和处理指南及其再使用规范
23	生物毒性	DL/T 921[①] SD 312	六氟化硫气体毒性生物试验方法
24	安全	DL/T 639	六氟化硫电气设备运行、试验、及检修人员安全防护细则
25	设备密封性	GB/T 11023	高压开关设备六氟化硫气体密封试验方法
26	回收处理	DL/T 662	六氟化硫气体回收装置技术条件
27		JJG 205	机械式温湿度计检定规程
28		JJG 499	精密露点仪检定规程
29	检定规程 校准规范	JJG 500	完全吸收式电解法微量水分分析仪检定规程
30		JJG 914	六氟化硫检漏仪检定规程
31		JJG 1076	湿度传感器校准规范

①新修订的标准代替原标准的编号。

附　录

附录一　气体压力法定计量单位与非法定计量单位的换算

换算值 单位数量	帕斯卡 (Pa)	巴 (bar)	标准大气压 (atm)	工程大气压 (kgf/cm²)	毫米汞柱 (mmHg)	毫米水柱 (mmH₂O)	磅力/平方英寸 (lbf/in²)
1Pa	1	1×10^{-5}	$9.869\ 23\times10^{-6}$	$1.019\ 72\times10^{-5}$	$7.500\ 62\times10^{-3}$	0.101 972	$1.442\ 32\times10^{-4}$
1bar	1×10^{5}	1	0.986 923	1.019 72	750.062	$0.101\ 972\times10^{5}$	14.423 2
1atm	$1.013\ 25\times10^{5}$	1.013 25	1	1.033 23	760	$0.103\ 323\times10^{5}$	14.614 28
1kgf/cm²	$9.806\ 65\times10^{4}$	0.980 665	0.967 841	1	735.559	1×10^{4}	14.144 27
1mmHg	133.322	$1.333\ 22\times10^{-3}$	$1.315\ 79\times10^{-3}$	$1.359\ 51\times10^{-3}$	1	13.595 1	0.019 229
1mmH₂O	9.806 65	$9.806\ 65\times10^{-5}$	$9.678\ 41\times10^{-5}$	1×10^{-4}	0.073 559	1	$14.414\ 27\times10^{-4}$
1lbf/in²	$0.693\ 33\times10^{4}$	0.069 333	0.068 426	0.070 7	52.004 02	707	1

附录二　GIS内部故障定位技术

定位技术	仪器	功能
X射线照像	X射线发生器和X射线感光胶片、X射线成像仪、机辅层析X射线摄像机	内部缺陷检测，如机械性损伤、触头位置不正、元件松动、绝缘子中气泡等
光学检测法	光电二极管、光纤镜	故障定位，透过观察窗进行直观检查
红外定位技术	红外热敏成像装置	大电流电弧放电故障定位，过热点定
电磁技术	电容式电压耦合元件、快速测定电子器件	局部放电检测和定位，GIS试验和运行中故障定位
化学检测法	化学测试管、气相色谱仪、气相色谱/质谱联用	六氟化硫分解产物分析，局部放电和电弧放电故障检测
声波检测法	加速度传感器、声波和超声波传感器、频谱分析仪	局部放电检测和定位，自由导电杂质检测

附录三　饱和水蒸气压

附表3-1　　　　　水的饱和水蒸气压（0℃～100℃）　　　　　　（Pa）

温度（℃）	0.0	0.1	0.2	0.3	0.4	0.5	0.6	0.7	0.8	0.9
0	611.213	615.667	620.150	624.662	629.203	633.774	638.373	643.003	647.662	652.350
1	657.069	661.819	666.598	671.408	676.249	681.121	686.024	690.958	695.923	700.920

温度（℃)	0.0	0.1	0.2	0.3	0.4	0.5	0.6	0.7	0.8	0.9
2	705.949	711.010	716.103	721.228	726.386	731.576	736.799	742.055	747.344	752.667
3	758.023	763.412	768.836	774.294	779.786	785.312	790.873	796.469	802.100	807.766
4	813.467	819.204	824.977	830.786	836.631	842.512	848.429	854.384	860.375	866.403
5	872.469	878.572	884.713	890.892	897.109	903.364	909.658	915.991	922.362	928.773
6	935.223	941.712	948.241	954.810	961.419	968.069	974.759	981.490	988.262	995.075
7	1 001.93	1 008.83	1 015.76	1 022.74	1 029.77	1 036.83	1 043.94	1 051.09	1 058.29	1 065.52
8	1 072.80	1 080.13	1 087.50	1 094.91	1 102.37	1 109.87	1 117.42	1 125.01	1 132.65	1 140.33
9	1 148.06	1 155.84	1 163.66	1 171.53	1 179.45	1 187.41	1 195.42	1 203.48	1 211.58	1 219.74
10	1 227.94	1 236.19	1 244.49	1 252.84	1 261.24	1 269.68	1 278.18	1 286.73	1 295.33	1 303.97
11	1 312.67	1 321.42	1 330.22	1 339.08	1 347.98	1 356.94	1 365.95	1 375.01	1 384.12	1 393.29
12	1 402.51	1 411.79	1 421.11	1 430.50	1 439.93	1 449.43	1 458.97	1 468.58	1 478.23	1 487.95
13	1 497.72	1 507.54	1 517.43	1 527.36	1 537.36	1 547.42	1 557.53	1 567.70	1 577.93	1 588.21
14	1 598.56	1 608.96	1 619.43	1 629.95	1 640.54	1 651.18	1 661.89	1 672.65	1 683.48	1 694.37
15	1 705.32	1 716.33	1 727.41	1 738.54	1 749.75	1 761.01	1 772.34	1 783.73	1 795.18	1 806.70
16	1 818.29	1 829.94	1 841.66	1 853.44	1 865.29	1 877.20	1 889.18	1 901.23	1 913.34	1 925.53
17	1 937.78	1 950.10	1 962.48	1 974.94	1 987.47	2 000.06	2 012.73	2 025.46	2 038.27	2 051.14
18	2 064.09	2 077.11	2 090.20	2 103.37	2 116.61	2 129.92	2 143.30	2 156.75	2 170.29	2 183.89
19	2 197.57	2 211.32	2 225.15	2 239.06	2 253.04	2 267.10	2 281.23	2 295.44	2 309.73	2 324.10
20	2 338.54	2 353.07	2 367.67	2 382.35	2 397.11	2 411.95	2 426.88	2 441.88	2 456.94	2 472.13
21	2 487.37	2 502.70	2 518.11	2 533.61	2 549.18	2 564.85	2 580.59	2 596.42	2 612.33	2 628.33
22	2 644.42	2 660.59	2 676.85	2 693.19	2 709.62	2 726.14	2 742.75	2 759.45	2 776.23	2 793.10
23	2 810.06	2 827.12	2 844.26	2 861.49	2 878.82	2 896.23	2 913.74	2 931.34	2 949.04	2 966.82
24	2 984.70	3 002.68	3 020.74	3 038.91	3 057.17	3 075.52	3 093.97	3 112.52	3 131.16	3 149.90
25	3 168.74	3 187.68	3 206.71	3 225.85	3 245.08	3 264.41	3 283.85	3 303.38	3 323.02	3 342.76
26	3 362.60	3 382.54	3 402.59	3 422.73	3 442.99	3 463.34	3 483.81	3 504.37	3 525.05	3 545.83
27	3 566.71	3 587.71	3 608.81	3 630.02	3 651.33	3 672.76	3 694.29	3 715.94	3 737.69	3 759.56
28	3 781.54	3 803.63	3 825.83	3 848.14	3 870.57	3 893.11	3 915.77	3 938.54	3 961.42	3 984.42
29	4 007.54	4 030.77	4 054.12	4 077.59	4 101.18	4 124.88	4 148.71	4 172.65	4 196.71	4 220.90
30	4 245.20	4 269.63	4 294.18	4 318.85	4 343.64	4 368.56	4 393.60	4 418.77	4 444.06	4 469.48
31	4 495.02	4 520.69	4 546.49	4 572.42	4 598.47	4 624.65	4 650.96	4 677.41	4 703.98	4 730.68
32	4 757.52	4 784.48	4 811.58	4 838.81	4 866.18	4 893.68	4 921.32	4 949.09	4 976.99	5 005.04
33	5 033.22	5 061.53	5 089.99	5 118.58	5 147.32	5 176.19	5 205.20	5 234.36	5 263.65	5 293.09
34	5 322.67	5 352.39	5 382.26	5 412.27	5 442.43	5 472.73	5 503.18	5 533.78	5 564.52	5 595.41
35	5 626.45	5 657.64	5 688.97	5 720.46	5 752.10	5 783.89	5 815.83	5 847.93	5 880.17	5 912.58
36	5 945.13	5 977.84	6 010.71	6 043.73	6 076.91	6 110.25	6 143.75	6 177.40	6 211.22	6 245.19
37	6 279.33	6 313.62	6 348.08	6 382.70	6 417.48	6 452.43	6 487.54	6 522.82	6 558.26	6 593.87
38	6 629.65	6 665.59	6 701.71	6 737.99	6 774.44	6 811.06	6 847.85	6 884.82	6 921.95	6 959.26

温度（℃）	0.0	0.1	0.2	0.3	0.4	0.5	0.6	0.7	0.8	0.9
39	6 996.75	7 034.40	7 072.24	7 110.24	7 148.43	7 186.79	7 225.33	7 264.04	7 302.94	7 342.02
40	7 381.27	7 420.71	7 460.33	7 500.13	7 540.12	7 580.28	7 620.64	7 661.18	7 701.90	7 742.81
41	7 783.91	7 825.20	7 866.67	7 908.34	7 950.19	7 992.24	8 034.47	8 076.90	8 119.53	8 162.34
42	8 205.36	8 248.56	8 291.96	8 335.56	8 379.36	8 423.36	8 467.55	8 511.94	8 556.54	8 601.33
43	8 646.33	8 691.53	8 736.93	8 782.54	8 828.35	8 874.37	8 920.59	8 967.02	9 013.66	9 060.51
44	9 107.57	9 154.84	9 202.32	9 250.01	9 297.97	9 346.03	9 394.36	9 442.91	9 491.67	9 540.65
45	9 589.84	9 639.25	9 688.89	9 738.74	9 788.81	9 839.11	9 889.62	9 940.36	9 991.32	10 042.51
46	10 093.92	10 145.56	10 197.43	10 249.52	10 301.84	10 354.39	10 407.18	10 460.19	10 513.43	10 566.91
47	10 620.62	10 674.57	10 728.75	10 783.16	10 837.82	10 892.71	10 947.84	11 003.21	11 058.82	11 114.67
48	11 170.76	11 227.10	11 283.68	11 340.50	11 397.57	11 454.88	11 512.45	11 570.26	11 628.32	11 686.63
49	11 745.19	11 804.00	11 863.07	11 922.38	11 981.96	12 041.78	12 101.87	12 162.21	12 222.81	12 283.66
50	12 344.78	12 406.16	12 467.79	12 529.70	12 591.86	12 654.29	12 716.98	12 779.94	12 843.17	12 906.66
51	12 970.42	13 034.46	13 098.76	13 163.33	13 228.18	13 293.30	13 358.70	13 424.37	13 490.32	13 556.54
52	13 623.04	13 689.82	13 756.88	13 824.23	13 891.85	13 959.76	14 027.95	14 096.43	14 165.19	14 234.24
53	14 303.57	14 373.20	14 443.11	14 513.32	14 583.82	14 654.61	14 725.69	14 797.07	14 868.74	14 940.72
54	15 012.98	15 085.55	15 158.42	15 231.59	15 305.06	15 378.83	15 452.90	15 527.28	15 601.97	15 676.96
55	15 752.26	15 827.87	15 903.79	15 980.02	16 056.57	16 133.42	16 210.59	16 288.07	16 365.87	16 443.99
56	16 522.43	16 601.18	16 680.26	16 759.65	16 839.37	16 919.41	16 999.78	17 080.47	17 161.49	17 242.84
57	17 324.51	17 406.52	17 488.86	17 571.52	17 654.53	17 737.86	17 821.53	17 905.54	17 989.88	18 074.57
58	18 159.59	18 244.95	18 330.66	18 416.71	18 503.10	18 589.84	18 676.92	18 764.35	18 852.13	18 940.26
59	19 028.74	19 117.58	19 206.76	19 296.30	19 386.20	19 476.45	19 567.06	19 658.03	19 748.35	19 841.04
60	19 933.09	20 025.51	20 118.29	20 211.43	20 304.95	20 398.82	20 493.07	20 587.69	20 682.68	20 778.05
61	20 873.78	20 969.90	21 066.39	21 163.25	21 260.50	21 358.12	21 456.13	21 554.51	21 653.28	21 752.44
62	21 851.98	21 951.91	22 052.23	22 152.93	22 254.03	22 355.52	22 457.40	22 559.68	22 662.35	22 765.42
63	22 868.89	22 972.75	23 077.02	23 181.69	23 286.76	23 392.23	23 498.12	23 604.40	23 711.10	23 818.20
64	23 925.72	24 033.65	24 141.99	24 250.74	24 359.91	24 469.50	24 579.51	24 689.93	24 800.78	24 912.04
65	25 023.74	25 135.85	25 248.39	25 361.36	25 474.76	25 588.58	25 702.84	25 817.53	25 932.66	26 048.22
66	26 164.21	26 280.64	26 397.52	26 514.83	26 632.58	26 750.78	26 869.42	26 988.51	27 108.04	27 228.02
67	27 348.46	27 469.34	27 590.68	27 712.46	27 834.71	27 957.41	28 080.57	28 204.19	28 328.26	28 452.80
68	28 577.81	28 703.28	28 829.21	28 955.61	29 082.48	29 209.82	29 337.64	29 465.92	29 594.68	29 723.92
69	29 853.63	29 983.82	30 114.49	30 245.65	30 377.28	30 509.40	30 642.01	30 775.10	30 908.68	31 042.75
70	31 177.32	31 312.37	31 447.92	31 583.97	31 720.51	31 857.55	31 995.09	32 133.14	32 271.68	32 410.73
71	32 550.29	32 690.35	32 830.93	32 972.01	33 113.61	33 255.71	33 398.34	33 541.48	33 685.13	33 829.31
72	33 974.01	34 119.23	34 264.97	34 411.24	34 558.03	34 705.36	34 853.21	35 001.59	35 150.51	35 299.96
73	35 449.95	35 600.47	35 751.54	35 903.14	36 055.29	36 207.98	36 361.21	36 514.99	36 669.32	36 824.20
74	36 979.63	37 135.61	37 292.15	37 449.24	37 606.89	37 765.10	37 923.87	38 083.21	38 243.10	38 403.56
75	38 564.59	38 726.19	38 888.36	39 051.10	39 214.41	39 378.30	39 542.76	39 707.80	39 873.42	40 039.63

温度（℃）	0.0	0.1	0.2	0.3	0.4	0.5	0.6	0.7	0.8	0.9
76	40 206.41	40 373.78	40 541.74	40 710.28	40 879.42	41 049.14	41 219.46	41 390.37	41 561.88	41 733.99
77	41 906.69	42 080.00	42 253.91	42 428.42	42 603.54	42 779.27	42 955.61	43 132.55	43 310.11	43 488.29
78	43 667.08	43 846.48	44 026.51	44 207.16	44 388.43	44 570.33	44 752.85	44 936.00	45 119.77	45 304.18
79	45 489.23	45 674.91	45 861.22	46 048.17	46 235.76	46 424.00	46 612.87	46 802.39	46 992.56	47 183.38
80	47 474.85	47 566.79	47 759.74	47 953.17	48 147.25	48 342.00	48 537.40	48 733.47	48 930.20	49 127.60
81	49 325.67	49 524.40	49 723.81	49 923.89	50 124.64	50 326.08	50 528.19	50 730.98	50 934.45	51 138.61
82	51 343.45	51 548.98	51 755.20	51 962.11	52 169.72	52 378.01	52 587.01	52 796.70	53 007.10	53 218.20
83	53 430.00	53 642.50	53 855.72	54 069.64	54 284.28	54 499.63	54 715.69	54 932.47	55 149.97	55 368.19
84	55 587.13	55 806.80	56 027.20	56 248.32	56 470.17	56 692.76	56 916.08	57 140.13	57 364.92	57 590.45
85	57 816.73	58 043.74	58 271.51	58 500.02	58 729.27	58 959.28	59 190.05	59 421.57	59 653.84	59 886.87
86	60 120.67	60 355.23	60 590.55	60 826.64	61 063.50	61 301.27	61 539.52	61 778.70	62 018.65	62 259.38
87	62 500.89	62 743.18	62 986.26	63 230.12	63 474.78	63 720.22	63 966.45	64 213.48	64 461.31	64 709.93
88	64 959.35	65 209.58	65 460.61	65 712.45	65 965.09	66 218.55	66 472.82	66 727.90	66 983.80	67 240.52
89	67 498.06	67 756.42	68 015.60	68 275.62	68 536.46	68 798.13	69 060.64	69 323.98	69 588.15	69 853.17
90	70 119.03	70 385.73	70 653.28	70 921.67	71 190.91	71 461.01	71 731.96	72 003.76	72 276.42	72 549.95
91	72 824.33	73 099.58	73 375.70	73 652.68	73 930.54	74 209.27	74 488.87	74 769.35	75 050.71	75 332.95
92	75 616.07	75 900.08	76 184.98	76 470.77	76 757.44	77 045.02	77 333.49	77 622.86	77 913.13	78 204.30
93	78 496.38	78 789.36	79 083.26	79 378.06	79 673.78	79 970.42	80 267.97	80 566.45	80 865.85	81 166.17
94	81 467.42	81 769.60	82 072.71	82 376.75	82 681.73	82 987.65	83 294.51	83 602.31	83 911.06	84 220.75
95	84 531.40	84 842.99	85 155.54	85 469.05	85 783.51	86 098.94	86 415.33	86 732.68	87 051.00	87 370.29
96	87 690.56	8 8011.80	88 334.01	88 657.20	88 981.38	89 306.54	89 632.68	89 959.82	90 287.94	90 617.06
97	90 947.17	91 278.28	91 610.39	91 943.50	92 277.62	92 612.74	92 948.87	93 286.02	93 624.18	93 963.35
98	94 303.54	94 644.76	94 986.99	95 330.26	95 674.55	96 019.87	96 366.23	96 713.62	97 062.05	97 411.51
99	97 762.02	98 113.58	98 466.18	9 819.83	99 174.54	99 530.30	99 887.11	100 244.99	100 603.93	10 093.93
100	101 324.99									

附表 3-2　　　　　　　**过冷却水的饱和水蒸气压（0℃～-50℃）**　　　　　　　（Pa）

温度（℃）	0.0	0.1	0.2	0.3	0.4	0.5	0.6	0.7	0.8	0.9
0	611.21	606.79	602.39	598.02	593.68	589.37	585.08	580.82	576.60	527.39
-1	568.22	564.07	559.95	555.85	551.78	547.74	543.73	539.74	535.78	531.84
-2	527.93	524.04	520.18	516.34	512.54	508.75	504.99	501.25	497.54	493.86
-3	490.19	486.56	482.94	479.35	475.78	472.24	468.72	465.23	461.75	458.30
-4	454.88	451.47	448.09	444.73	441.40	438.08	434.79	431.52	428.27	425.04
-5	421.84	418.66	415.49	412.35	409.23	406.14	403.06	400.00	396.96	393.95
-6	390.95	387.98	385.02	382.09	379.18	376.28	373.40	370.55	367.71	364.90
-7	362.10	359.32	356.56	353.82	351.10	348.40	345.71	343.04	340.40	337.77
-8	335.16	332.56	329.99	327.43	324.89	322.37	319.86	317.38	314.90	312.45

温度（℃）	0.0	0.1	0.2	0.3	0.4	0.5	0.6	0.7	0.8	0.9
−9	310.02	307.60	305.19	302.81	300.44	298.09	295.75	283.43	291.13	288.84
−10	286.57	284.32	282.08	279.85	277.64	275.45	273.28	271.11	268.97	266.84
−11	264.72	262.62	260.53	258.46	256.40	254.36	252.34	250.32	248.32	246.34
−12	244.37	242.41	240.47	238.54	236.63	234.73	232.84	230.97	229.11	227.26
−13	225.43	223.61	221.80	220.01	218.23	216.46	214.71	212.96	211.24	209.52
−14	207.81	206.12	204.44	202.77	201.12	199.48	197.84	196.22	194.62	193.02
−15	191.44	189.87	188.31	186.76	185.22	183.69	182.18	180.67	179.18	177.70
−16	176.23	174.77	173.32	171.88	170.45	169.04	167.63	166.24	164.85	163.48
−17	162.11	160.76	159.41	158.08	156.75	155.44	154.13	152.84	151.56	150.28
−18	149.01	147.76	146.51	145.28	144.05	142.83	141.62	140.42	139.23	138.05
−19	136.88	135.71	134.56	133.41	132.27	131.14	130.02	128.91	127.81	126.72
−20	125.63	124.55	123.48	122.42	121.37	120.33	119.29	118.26	117.24	116.23
−21	115.22	114.23	113.24	112.26	111.28	110.32	109.36	108.41	107.46	106.53
−22	105.60	104.68	103.76	102.85	101.95	101.06	100.18	99.30	98.42	97.56
−23	96.70	95.85	95.00	94.17	93.34	92.51	91.69	90.88	90.08	89.28
−24	88.48	87.70	86.92	86.14	85.38	84.62	83.86	83.11	82.37	81.63
−25	80.90	80.18	79.46	78.74	78.04	77.33	76.64	75.95	75.26	74.58
−26	73.91	73.24	72.58	71.92	71.27	70.62	69.98	69.34	68.71	68.09
−27	67.47	66.85	66.24	65.63	65.03	64.44	63.85	63.26	62.68	62.10
−28	61.53	60.97	60.40	59.85	59.30	58.75	58.20	57.67	57.13	56.60
−29	56.08	55.56	55.04	54.53	54.02	53.52	53.02	52.52	52.03	51.54
−30	51.06	50.58	50.11	49.64	49.17	48.71	48.25	47.79	47.34	46.90
−31	46.45	46.01	45.58	45.15	44.72	44.29	43.87	43.45	43.04	42.63
−32	42.22	41.82	41.42	41.03	40.63	40.24	39.86	39.48	39.10	38.72
−33	38.35	37.98	37.61	37.25	36.89	36.53	36.18	35.83	35.48	35.14
−34	34.80	34.46	34.12	33.79	33.46	33.13	32.81	32.49	32.17	31.86
−35	31.54	31.23	30.93	30.62	30.32	30.02	29.73	29.43	29.14	28.86
−36	28.57	28.29	28.01	27.73	27.45	27.18	26.91	26.64	26.38	26.11
−37	25.85	25.59	25.34	25.08	24.83	24.58	24.34	24.09	23.85	23.61
−38	23.37	23.14	22.90	22.67	22.44	22.21	21.99	21.77	21.54	21.33
−39	21.11	20.89	20.68	20.47	20.26	20.05	19.85	19.65	19.44	19.24
−40	19.05	18.85	18.66	18.47	18.28	18.09	17.90	17.72	17.53	17.35
−41	17.17	16.99	16.82	16.64	16.47	16.30	16.13	15.96	15.79	15.63
−42	15.46	15.30	15.14	14.98	14.82	14.67	14.51	14.36	14.21	14.06
−43	13.91	13.76	13.62	13.47	13.33	13.19	13.05	12.91	12.77	12.64
−44	12.50	12.37	12.24	12.11	11.98	11.85	11.72	11.60	11.47	11.35
−45	11.22	11.10	10.98	10.87	10.75	10.63	10.52	10.40	10.29	10.18
−46	10.07	9.958	9.850	9.742	9.636	9.531	9.427	9.323	9.221	9.120

温度（℃）	0.0	0.1	0.2	0.3	0.4	0.5	0.6	0.7	0.8	0.9
−47	9.020	8.921	8.823	8.726	8.630	8.534	8.440	8.347	8.255	8.163
−48	8.037	7.983	7.895	7.807	7.720	7.634	7.549	7.465	7.382	7.299
−49	7.217	7.136	7.056	6.977	6.899	6.821	6.745	6.669	6.593	6.519
−50	6.445									

附表 3-3　　　　　　　　　　**冰的饱和水蒸气压（0℃～−100℃）**　　　　　　　　　（Pa）

温度（℃）	0.0	0.1	0.2	0.3	0.4	0.5	0.6	0.7	0.8	0.9
0	611.153	606.140	610.164	596.225	591.323	586.458	581.630	576.837	572.081	567.360
−1	562.675	558.025	533.411	548.830	544.285	539.774	535.297	530.853	526.444	522.067
−2	517.724	513.414	509.136	504.891	500.679	496.498	492.349	488.232	484.146	480.091
−3	476.068	472.075	468.112	464.80	460.278	456.406	452.564	448.751	444.968	441.213
−4	437.488	433.791	430.123	426.483	422.871	419.287	415.731	412.202	408.700	405.226
−5	401.779	398.358	394.964	391.597	388.597	384.940	381.651	375.387	375.149	371.936
−6	368.748	365.585	362.446	359.333	356.244	353.179	350.138	347.121	344.128	341.158
−7	338.212	335.289	332.389	329.512	326.658	323.826	321.017	318.230	315.465	312.722
−8	310.001	307.302	304.624	301.967	299.332	296.717	294.124	291.551	288.998	286.467
−9	283.955	281.464	278.992	276.540	274.108	271.696	296.303	266.923	264.575	262.239
−10	259.922	257.624	255.345	253.084	250.841	248.617	246.410	244.222	242.051	239.898
−11	237.762	235.644	233.543	231.459	229.393	227.343	225.310	223.293	221.293	219.309
−12	217.342	215.391	213.456	211.537	209.633	207.873	205.745	204.017	202.175	200.349
−13	198.538	196.742	194.961	193.194	191.442	189.705	187.982	186.274	184.579	182.899
−14	181.233	179.581	177.942	176.318	174.706	173.109	171.524	169.953	168.396	166.851
−15	165.319	163.800	162.294	160.801	159.320	157.852	156.396	154.952	153.521	152.101
−16	150.694	149.299	147.915	146.544	145.184	143.835	142.498	141.173	139.858	138.555
−17	137.263	135.982	134.713	133.453	132.205	130.968	129.741	128.524	127.318	126.123
−18	124.938	123.763	122.598	121.443	120.298	119.163	118.038	116.923	115.817	114.721
−19	113.634	112.557	111.489	110.431	109.381	108.341	107.310	106.288	105.275	104.271
−20	103.276	102.289	101.311	100.341	99.380 9	98.428 4	97.484 3	96.548 5	95.621 0	94.701 6
−21	93.790 4	92.887 2	91.992 0	91.104 7	90.225 3	89.353 7	88.489 8	87.633 6	86.780	85.943 9
−22	85.110 4	84.284 2	83.465 5	82.654 0	81.849 8	81.052 8	80.262 9	79.480 1	78.704 3	77.935 5
−23	77.173 5	76.418 4	75.670 1	74.928 6	74.193 7	73.465 5	72.743 8	72.028 6	71.319 9	70.617 6
−24	69.921 7	69.232 1	68.548 7	67.871 6	67.200 5	66.535 6	65.876 8	65.223 9	64.577 0	63.936 0
−25	63.300 8	62.671 5	62.047 9	61.430 0	60.817 8	60.211 2	59.610 1	59.014 6	58.424 5	57.839 9
−26	57.260 7	56.686 8	56.118 2	55.554 8	54.996 6	54.443 6	53.895 8	53.353 0	52.815 2	52.282 4
−27	51.754 6	51.231 7	50.713 6	50.200 3	49.691 9	49.188 2	48.689 2	48.194 8	47.705 1	47.219 9
−28	46.739 3	46.263 2	45.791 6	45.324 3	44.861 6	44.403 1	43.948 9	43.499 1	43.053 4	42.612 0
−29	42.174 8	41.741 7	41.312 6	40.887 7	40.466 7	40.049 8	39.636 8	39.227 8	38.822 6	38.421 3

温度（℃）	0.0	0.1	0.2	0.3	0.4	0.5	0.6	0.7	0.8	0.9
−30	38.023 8	37.630 1	37.240 2	36.854 0	36.471 4	36.092 6	35.717 3	35.345 7	34.977 6	34.613 1
−31	34.252 1	33.894 5	33.540 4	33.189 7	32.842 3	32.498 3	32.157 7	31.820 3	31.486 2	31.155 4
−32	30.827 7	30.503 2	30.181 9	29.863 7	29.548 6	29.236 5	28.927 5	28.621 5	28.318 5	28.018 5
−33	27.721 4	27.427 2	27.135 8	26.847 4	26.561 7	26.278 9	25.998 8	25.721 5	25.446 9	25.175 1
−34	24.905 9	24.639 4	24.375 5	24.114 2	23.855 5	23.599 3	23.345 7	23.094 7	22.846 1	22.599 9
−35	22.356 3	22.115 0	21.876 2	21.639 7	21.405 6	21.173 9	20.944 4	20.717 3	20.492 4	20.269 8
−36	20.049 4	19.831 2	19.615 2	19.401 4	19.189 8	18.980 3	18.772 9	18.567 5	18.364 3	19.163 1
−37	17.964 0	17.766 9	17.571 7	17.378 6	17.187 4	16.998 2	16.810 8	16.625 4	16.441 9	16.260 3
−38	16.080 5	15.902 5	15.726 4	15.552 1	15.379 5	15.208 8	15.039 7	14.872 5	14.706 9	14.543 0
−39	14.380 9	14.220 4	14.061 5	13.904 3	13.748 8	13.594 8	13.442 4	13.291 6	13.142 4	12.994 7
−40	12.848 6	12.704 0	12.560 9	12.419 2	12.279 1	12.140 4	12.003 2	11.867 4	11.733 0	11.600 0
−41	11.468 5	11.338 3	11.209 5	11.082 0	10.955 9	10.831 1	10.707 6	10.585 4	10.464 5	10.344 9
−42	10.226 6	10.109 5	9.993 66	9.879 03	9.765 63	9.653 43	9.542 43	9.432 60	9.323 95	9.216 46
−43	9.110 11	9.004 90	8.900 82	8.797 85	8.695 98	8.595 21	8.495 52	8.396 90	8.299 34	8.202 83
−44	8.107 36	8.012 92	7.919 50	7.827 08	7.735 67	7.645 25	7.555 80	7.467 33	7.379 81	7.293 25
−45	7.207 63	7.122 94	7.039 17	6.956 31	6.874 36	6.793 30	6.713 13	6.633 84	6.555 42	6.477 85
−46	6.401 14	6.325 26	6.250 22	6.176 01	6.102 62	6.030 03	5.958 24	5.887 25	5.817 04	5.747 61
−47	5.678 94	5.611 04	5.543 89	5.477 49	5.411 82	5.346 88	5.282 67	5.219 17	5.156 38	5.094 29
−48	5.032 90	4.972 19	4.912 16	4.852 80	4.794 11	4.736 08	4.678 70	4.621 96	4.565 87	4.510 40
−49	4.455 56	4.401 34	4.347 73	4.294 73	4.242 33	4.190 52	4.139 30	4.088 66	4.038 60	3.989 10
−50	3.940 17	3.891 79	3.843 97	3.796 69	3.749 96	3.703 75	3.658 08	3.612 93	3.568 29	3.524 17
−51	3.480 56	3.437 44	3.394 83	3.352 70	3.311 06	3.269 90	3.229 21	3.189 00	3.149 25	3.109 96
−52	3.071 12	3.032 75	2.994 81	2.957 31	2.920 25	2.883 62	2.847 42	2.811 65	2.776 28	2.741 34
−53	2.706 80	2.672 66	2.638 93	2.605 59	2.572 65	2.540 09	2.507 91	2.476 11	2.444 69	2.413 64
−54	2.382 96	2.352 63	2.322 67	2.293 06	2.263 81	2.234 90	2.206 33	2.178 10	2.150 21	2.122 65
−55	2.095 42	2.068 52	2.041 93	2.015 67	1.989 72	1.964 08	1.938 74	1.913 71	1.888 98	1.864 55
−56	1.840 42	1.816 57	1.793 01	1.769 74	1.746 74	1.724 03	1.701 59	1.679 42	1.657 52	1.635 89
−57	1.614 52	1.593 40	1.572 55	1.551 95	1.531 60	1.511 50	1.491 65	1.472 04	1.452 66	1.433 53
−58	1.414 63	1.395 96	1.377 52	1.359 31	1.341 33	1.323 56	1.306 02	1.288 69	1.271 57	1.254 67
−59	1.237 97	1.221 49	1.205 20	1.189 12	1.173 24	1.157 56	1.142 07	1.126 78	1.111 67	1.096 76

（mPa）

温度（℃）	0.0	0.1	0.2	0.3	0.4	0.5	0.6	0.7	0.8	0.9
−60	1 082.03	1 067.49	1 053.12	1 038.94	1 024.94	1 011.11	997.462	983.980	970.668	957.524
−61	944.545	931.731	919.079	906.587	894.253	882.076	870.053	858.183	846.465	834.895
−62	823.473	812.196	801.064	790.074	779.225	768.514	757.941	747.504	737.201	727.030
−63	716.990	707.079	697.297	687.640	678.109	568.700	659.414	650.248	641.200	632.270
−64	623.457	614.758	606.172	597.698	589.335	581.081	572.935	564.895	556.961	549.131

温度（℃）	0.0	0.1	0.2	0.3	0.4	0.5	0.6	0.7	0.8	0.9
−65	541.403	533.778	526.252	518.826	511.497	504.265	497.128	490.086	483.137	476.280
−66	469.514	462.838	456.250	449.750	443.337	437.009	430.765	424.605	418.527	412.530
−67	406.613	400.776	395.017	389.335	383.730	378.200	372.745	367.363	362.054	356.817
−68	351.650	345.553	341.525	336.566	331.674	326.848	322.088	317.393	312.761	308.193
−69	303.688	299.244	294.860	290.537	286.273	282.068	277.920	273.829	269.795	265.816
−70	261.892	258.023	254.206	250.443	246.732	243.072	239.463	235.904	232.394	228.934
−71	225.521	222.157	218.389	215.567	212.342	209.161	206.025	202.933	199.885	196.879
−72	193.916	190.994	188.114	185.274	182.475	179.715	176.994	174.311	171.667	169.060
−73	166.491	163.958	161.461	158.999	156.573	154.182	151.824	149.501	147.210	144.953
−74	142.728	140.535	138.373	136.243	134.143	132.074	130.035	128.025	126.044	124.092
−75	122.168	120.273	118.404	116.563	114.749	112.961	111.200	109.464	107.753	106.068
−76	104.407	102.771	101.159	99.5705	98.0053	96.4631	94.9437	93.4468	91.9720	90.5190
−77	89.0875	87.6772	86.2879	84.9192	83.5709	82.2427	80.9342	79.6453	78.3757	77.1250
−78	75.89030	74.6795	73.4842	72.3069	71.1472	70.0050	68.8800	67.7720	66.6807	65.6059
−79	64.5473	63.5047	62.4780	61.4668	60.4710	59.4904	58.5246	57.5736	56.6371	55.7149
−80	54.8067	53.9125	53.0320	52.1649	51.3112	50.4706	49.6429	48.8280	48.0256	47.2356
−81	46.4578	45.6921	44.9381	44.1959	43.4652	42.7458	42.0376	41.3405	40.6541	39.9785
−82	39.3135	38.6588	38.0144	37.3800	36.7556	36.1410	35.5361	34.9407	34.3546	33.7778
−83	33.2101	32.6514	32.1014	31.5602	31.0276	30.5034	29.9875	29.4799	28.9803	28.4886
−84	28.0049	27.5288	27.0603	26.5994	26.1458	25.6995	25.2603	24.8282	24.4031	23.9848
−85	23.5732	23.1683	22.7699	22.3780	21.9924	21.6131	21.2399	20.8728	20.5116	20.1563
−86	19.8068	19.4630	19.1249	18.7922	18.4650	18.1432	17.8266	17.5152	17.2090	16.9077
−87	16.6115	16.3201	16.0336	15.7517	15.4746	15.2020	14.9339	14.6703	14.4111	14.1562
−88	13.9055	13.6590	13.4166	13.1783	12.9440	12.7135	12.4870	12.2642	12.0452	11.8299
−89	11.6182	11.4100	11.2054	11.0042	10.8065	10.6120	10.4209	10.2330	10.0483	9.86680
−90	9.68833	9.51290	9.34047	9.17098	9.00439	8.84064	8.67971	8.52153	8.36607	8.21329
−91	8.06313	7.91556	7.77053	7.62801	7.48795	7.35031	7.21506	7.08216	6.95156	6.82323
−92	6.69714	6.57324	6.45150	6.33189	6.21437	6.09890	5.98546	5.87401	5.76451	5.65694
−93	5.55126	5.44745	5.34546	5.24528	5.14686	5.05019	4.95523	4.86195	4.77033	4.68034
−94	4.59195	4.50513	4.41986	4.33612	4.25387	4.17310	4.09377	4.01586	3.93935	3.86422
−95	3.79044	3.71799	3.64685	3.57699	3.50839	3.44103	3.37490	3.30997	3.24621	3.18361
−96	3.12216	3.06182	3.00258	2.94443	2.88734	2.83129	2.77627	2.72226	2.66924	2.61720
−97	2.56612	2.51597	2.46676	2.41845	2.37103	2.32450	2.27882	2.23400	2.19000	2.14683
−98	2.10445	2.06287	2.02207	1.98202	1.94273	1.90417	1.86634	1.82921	1.79279	1.75704
−99	1.72198	1.68757	1.65381	1.62069	1.58820	1.55632	1.52505	1.49437	1.46428	1.43476
−100	1.40580									

附录四 六氟化硫断路器检测接口

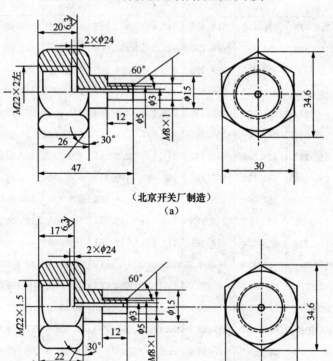

（北京开关厂制造）

（a）

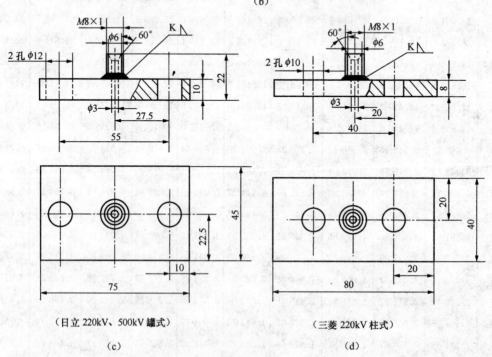

（上海华通开关厂制造）

（b）

（日立 220kV、500kV 罐式）

（c）

（三菱 220kV 柱式）

（d）

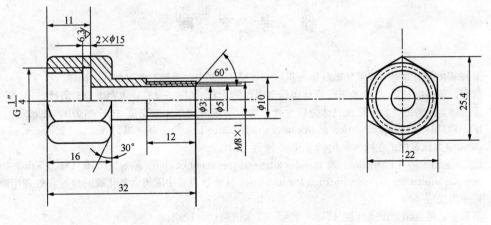

（西门子 500kV 柱式）

（e）

参 考 文 献

[1] 朱芳菲，孟玉婵等．六氟化硫气体分析技术（M）．北京：兵器工业出版社，1998.

[2] 黎明，黄维枢．SF_6 气体及 SF_6 气体绝缘变电站的运行（M）．北京：水利电力出版社，1993.

[3] 孟玉婵，朱芳菲．六氟化硫气体分析发展．（A）六氟化硫技术论文集（C）．四川：1996.

[4] IEC 60376 - 2005 Specification of technical grade sulfur hexafluoride（SF_6）for use in electrical equipment 电力设备用工业级六氟化硫（SF_6）规范（S）.

[5] IEC 60480 - 2004 Guidelines for the checking and treatment of sulfur hexafluoride（SF_6）taken from electrical equipment and specification for its reuse. 从电气设备中取出六氟化硫的检验和处理指南及其再使用规范（S）.

[6] 李英干，范金鹏．湿度测量（M）．北京：气象出版社，1989.